転生したら
悪役令嬢
だったので
引きニートになります
~チートなお父様の溺愛が凄すぎる~

転生したら悪役令嬢だったので引きニートになります
～チートなお父様の溺愛が凄すぎる～

藤森フクロウ

illustration 八美☆わん

ICHIJINSHA IRIS NEO

CONTENTS

この作品はフィクションです。
実際の人物・団体・事件などには関係ありません。

転生したら悪役令嬢だったので引きニートになります～チートなお父様の溺愛が凄すぎる～

一章　転生に気づいたら、誘拐現場でした

アルベルティーナ・フォン・ラティッチェは悪女である。

正確に言えば、乙女ゲーム『君に恋して』ことキミコイの悪役令嬢である。

ある時は義弟を虐《いじ》めまくり、ある時は過去の有責を盾に婚約者を徹底的に締め上げ、ある時は権力を笠に横暴の限りを尽くし貴族の令息令嬢を陥れる。

そんな彼女の目の前に、身分の低い者や平民が現れればそれこそ徹底的にいたぶる。

彼女にとって格下は虫ケラのような存在である。下級貴族も似たような扱い。図体《ずうたい》がでかい分鬱陶しい虫ケラだ。

そんな目ざわりな存在が目の前に出て、自分の弟や婚約者に近づけば当然虐め抜く。使用人は奴隷のように扱い、庶民平民民草の下賤《げせん》女と徹底的に扱《こ》き下ろす。器物破損や窃盗、時にはならず者をけしかけたり毒薬をぶちまけたりして犯罪オンパレードIN魔法学園。

そんなやっべー女がなぜこうものさばっているかと言えば、王族すらなかなか手を出せないからだ。

過去に王女と間違われ誘拐され、怪我《けが》を負った。それが身分の低い貴族ならまだしも、王姉を祖母に持つ由緒正しき公爵令嬢だった。ちなみに両親は、貴族の中でも名門中の名門。両方とも四大公爵家

の出自を持ったスーパーサラブレッド令嬢だった。

しかも、絶世の美貌を持っていた。緩く波打つ艶やかな黒髪に、王族特有の鮮やかなロイヤルブルーならぬロイヤルグリーン——サンディス王家の名を取ったサンディスグリーンの瞳は漆黒の長い睫毛《まつげ》に縁取られている。そして、それを引き立てるような雪肌。スタイルはボンキュッボンの大変けしからんボディラインであった。胸は驚くほど豊かなのに対し、腰はまさに折れそうなほど細い。

チッス、おら日本人。今日から『アルベルティーナ・フォン・ラティッチェ』でーす☆

無理だから！！！

『私』こと『アルベルティーナ』がそんな前世を思い出したのは、奇《く》しくもアルベルティーナ——もうめんどいからアルベルでいいや。五歳の幼いアルベルが王女と取り違えで誘拐され、なんとかお父様が捜し当てて救出した直後である。

ちなみに、このお父様、非常にアルベルに甘い。チョコレートなんて目じゃない。砂糖の蜂蜜漬け並みに甘い。

王家も全力で捜していたが、先にお父様がアルベルを見つけてしまったのがヤバかった。

しかも、王女誘拐事件の発端が現王の幼馴染《おさななじみ》の大臣が、他国と内通していたという大変糞《くそ》な理由であり、アルベル及びラティッチェ家は完全とばっちり。

しかも、アルベル救出にあたり、死に物狂いで一人娘を捜索していたお父様ことグレイル・フォン・ラティッチェはその不正を暴いた。危うく王位簒奪《さんだつ》の危機という壮大な悪事も露見した。ついでにそれに伴う国庫の改竄《かいざん》や収賄なども暴いた。もうラティッチェ家とお父様の株はうなぎのぼり。

そして、悲劇の令嬢としてアルベルティーナはそりゃあもうそんな英雄のお父様に溺愛され、王家は王太子を差し出して婚約するからと平謝りとなる。だが、「可愛《かわい》いアルベルを王家なんかにやってたまるか！！！」と傷物にされた娘を可愛がるあまり超絶拒否。

原作だと、数年にわたる交渉の末、アルベルが美貌の王太子をお気に召して婚約する流れとなる。

まあ、それはさておき。

アルベルティーナは娘溺愛、娘ＬＯＶＥガチ勢のお父様により救出された。

なんか怪しい黒魔術でもやっていたんじゃなかろうか、という具合に意味不明な死体が、薄暗い部屋の天井から吊《つ》るされている。両手を縛られ、箱の中に入れられていた。恐怖でアルベルは心が折れた。多分原作だと、そこで頭がかなりイっちゃったんじゃないかと思うの、アルベルティーナ。

お父様はだいぶ大暴れをしたらしく、床には赤い何かがべっとりと広がり、壁にも飛び散っている。気のせいじゃなきゃ、ごろごろと生首が落ちている。中にはしゃれこうべ状態のもあるから、おそらく原因はお父様だけではない。

「ああ……っ！　アルベル、アルベルティーナ！　よかった……お前が生きていてくれて……っ！恐ろしい思いをしたね……！　もう大丈夫だよ、お父様がお前をずっと守るからね……！」

やべえでござる。事案でござる。娘大好きを拗《こじ》らせてしまったお父様はＳＡＮ値が足りていない。

薄汚れ、やつれている娘を見る目は狂気じみていた。正気度がやべえ。

本来なら社交界のデビュタントからマダムまでため息をつく端正な美貌のはずだが、アクアブルーの目は血走り、髪は乱れて頬や額に誰の血かわからない赤が飛んでいる。

「おとうさま……」

「……っ！　アルベル！　なんだい⁉　どこか痛いのか⁉」

「おうちかえりたい……」

それだけ言って、私の意識は闇に沈んだ――。


絶世の美悪女に転生した私は考えていた。

アルベルティーナって、学園行って余計なことしなけりゃ領地で引き籠《こも》ってOKな、ヒキニート上等なとってもイージーモードでは？

おうちに戻って以来、お父様は私に対して湯水のようにお金を使うことをためらわない。

王家からの賠償もあり、アルベルティーナは生きている限り大金が舞い込む。

「アルベル、国王が自分の小倅《こせがれ》どもを欲しければやろうって言っているけど、欲しいかい？」

「いいえ。アルベルはお父様とおうちにいるのが一番ですわ。誘拐されたらこわいですもの」

「わかったよ、アルベル。アルベルはずっとおうちにいていいんだから」

アルベルは王家主催のお茶会で誘拐された。普通にとんでもない醜聞だ。しかもアルベルは王族に連なるご令嬢だ。

多分、この一件で護衛をしていた王宮騎士の上層部で首を切られ、左遷となった人は少なからずいることだろう。

二章　ヒキニート令嬢のフラグ折り

新生アルベルティーナとして再出発をして、半年ほどたった時、お父様が再婚することとなった。

あまり乗り気ではないが、一人娘であり、溺愛するアルベルティーナがあの誘拐事件以降、トラウマ傷物のヒキニート幼女になってしまったため、ラティッチェ公爵家を継がせるために養子を取ることとなった。分家の子爵か男爵の末息子らしいが、魔力が強いためその母親ごと引き取ることにしたという。

なんで母親ごとかといえば、ヒキニートに加え私はあの誘拐事件以来、男が苦手になったから。年齢の近い子供や女性は平気なので、引き籠《こも》り娘の話し相手も兼ねて引き取ったのだ。

基本アルベルティーナ以外見えていないお父様は人の心がわかっていない。軽く引いた。

連れてこられた義母は豪邸と最高級の調度品に囲まれ、恐縮しきりだった。義弟にいたっては虚《うつ》ろな目をしてぼんやりしている。

優秀な従僕であるジュリアスによれば、貧乏男爵家の愛人のうちの一人だったそうだ。金に困っていたうえに、強力な魔力を持った妾腹《しょうふく》の末息子にろくな教育を受けさせる余裕もない男爵ははした金であっさり義母と義弟を渡してきたという。体のいい厄介払いだったのは私にもわかる。

本家アルベルは義母をイビリまくり自殺に追いやり、義弟を虐《いじ》めまくる。

そのことが原因で義弟ことキシュタリアルートでは断罪時に、死にたくても死なせないってレベルに復讐《ふくしゅう》される。

ついでに言うと原作でジュリアスもイビリつつも、顎で使いまくっていた。

原作通りになってたまるかと反骨心を抱いていた時もありました。ごめん、ジュリアス。今も使っている。ふええ、有能すぎて使わないとか無理！

パワハラセクハラではなく主に食事改善のために。顎が痛くなる硬いパンは嫌なのだ。リンゴとレーズンによる天然酵母と、お父様を泣き落として手に入れたヨーグルトで作った白パンは私の好物だ。ブイヨンのきいていないうっすいスープも、香辛料まみれのドチャクソ舌に痛い干し肉やステーキもうんざりだ。マヨネーズ、ケチャップ、オイスターソースは財力と気合で今後絶対作らせる。王家からの賠償金を使い込んでも絶対作る。

だって私は悪役令嬢なのだから！

ジュリアスは商品化を熱心に勧めてくるけど、私が満足しない味を世に送り出すつもりはない。そう言って突っぱねると、コック長とジュリアスが結託してあーでもないこーでもないと試行錯誤しており、私は義弟のキシュタリアとニューママンのラティーヌお母様と美味《おい》しくいただく日々が続いた。

次は味噌《みそ》と醤油《しょうゆ》を作りたい。大豆の代わりになる豆を目下捜索中であります。

義家族二人とは別に仲は悪くない。

といっても、ヒキニート令嬢の社交スキルなんてへぼ極まりない。

一緒に食事をしたとしても、大貴族のテーブルってとんでもなくでかいものだから距離感が半端ない。

私がちゃんと喋《しゃべ》れるのはお父様と専属メイドのアンナと従僕のジュリアスくらい。経歴長くても令嬢として蘊蓄《うんちく》か含蓄かわからない嫌味を流すドーラは好きじゃない。

しかも私が誘拐事件以来、暗闇恐怖症かつ閉所恐怖症なの知っていて、時々わざとカーテン閉めきったり、寝ている私の顔に布被《かぶ》せたり、魔石ランプの灯《ひ》を消したりしてくんだぜ？　酷《ひど》くね？　しかも寝たあとで。そのせいでアンナとジュリアスがド深夜で私が気づく前にそれを直しにくるんだぜ？　運悪く真っ暗な中で起きると私が発狂するから。朝なら平気なのだよ……日が昇ってれば。

ドーラってお母様――実母のほうなんだけど、あっちの専属メイドだったからかなり幅を利かせているのよね。アンナとジュリアスも奮闘してるんだけど、二人とも有能だけど若いの。鍵の使用権とか、他の使用人を顎で使える度合いはどうしてもドーラに軍配があがる。

というより、リアルママがいなくなって増長してる？　あんな大人になりたくないわー。何したいのよ、あのおばさん。

お父様に言ったら物理で即刻首が飛ぶから、あんまり言いたくない。そこまで命を軽率に扱えないわ。ジュリアスやアンナたち――というか、アルベル派はチクり推奨っぽいから余計にね。

あれでも、お母様のメイドだったのよ。あんなんでも。

女主人付きだったのなら、ニューママンたちの手助けにもなる――と思いきや、その間の空気は冷えているっぽいのよね。ドーラ、アンタ何したいの。私だけでなくラティーヌお母様やキシュタリアにまで顰蹙《ひんしゅく》買いたいなんて、どMの極みだわ。

おかげでヘイトが全力でドーラ直行。私と新しい家族は割とぎすぎすしてない。私が勝手にびびってるけど。

「……アルベルティーナ様は、ボクや母様がいやではないの？」

キシュタリアはさすが乙女ゲーム攻略対象というべき紅顔の美少年。アッシュブラウンのちょっと癖のある髪と、宝石のようなアクアブルーの瞳。

アルベルティーナも相当な美少女だが、キシュタリアも女装すればかなり美少女……ごほん！　かなりの美少年だ。

ちなみに十八禁版ではアルベルによって童貞を奪われる過去も存在する。

だが新生アルベルティーナはとってもチキンなヒキニートなので、基本アンナかジュリアスに隠れまくる。最近は「慣れてください、弟君なのですから」と無理やり引きずり出されるので挨拶はする。食事時？　距離あるからね！　まだ我慢できるよ！

えーと、それよりなんで話しかけてきたのかな⁉　内心大恐慌に陥りながら、ジュリアスにしがみつく。

微苦笑を浮かべるジュリアスは私付きの従僕。十一歳にして超有能。実はこのインテリ眼鏡もかなり美少年だ。華奢《きゃしゃ》といっていいほどに小柄で細身なので、もっと年齢が近く見える。

おのれ！　乙女ゲームの世界だからか！　視界がまぶしい……っ！　油断するとすぐに「目が……っ！　目があああ！」となる。たまに鏡見てもなる。乙女ゲームの顔面偏差値レベルヤバい。

「……少し怖いけど、嫌いではないわ」

「こわい？　ボクを？」

「……しらない人は怖いの。おそとからきたひと、みんなが怖いの」

事実アルベルティーナには外敵が多い。

何せ世間知らずなお嬢様だし、過去の悶着《もんちゃく》から王家すら迂闊《うかつ》に物を言えない爆弾扱い。

お父様も私の周囲にはギラギラと目を光らせている。

もし、この親子の存在にアルベルティーナが愚痴をこぼせば、お父様の一存で即刻追い出される可能性もある。と、いうよりあのスーパー娘大好き公爵はやる。

「ボク、こわくないよ。公爵様は、アルベルティーナ様のためにボクをここにつれてきたんだよ」

……………………父！！！

何を言ったおとーさまあああ！　こんな小さな美少年がなんかもう、ニコニコと悪気なくやべえセリフ吐いてる気がする！

そりゃー、お父様にとって私以外塵芥《ちりあくた》かもしれないけどさ、なんかもーアルベルのために死ねとか平気で言ってたり……しない……よね……？？？

あのお父様ならありうる。やべえ、私の迂闊な態度や一言にこのショタとショタママの命がかかっている。

フリでもなんでも仲良くしといたほうがいいかもしれない――ということでコミュ障のヒキニート令嬢は義理の弟と母を懐柔することにした。

ちなみに懐柔作戦は基本お菓子だ。子供と女性は甘いものが好きだろうという安直な考えだが、これがまたよく効いた。

もともとお茶会やパーティを一切放棄した放蕩《ほうとう》令嬢であるアルベルティーナは、最低限の礼儀作法やお勉強以外すべて食生活改善に充てている。

調味料やレシピはもちろん、この世界にはないお菓子も熱心に作成しようとしている。

王家からの詫《わ》び金が尽きれば、キュルンとした顔でお父様に強請《ねだ》った。全力で。娘を目に入れても痛くないどころか、目に入れて持ち歩きたいくらい愛しているグレイル・フォン・ラティッチェ公爵は全力バックアップしてくれた。

そんなこんなでお菓子を滅茶苦茶作った。

クッキーやスコーンはあるのだが、ケーキはぼっそぼその硬い謎のブツだったので、シフォンケーキの開発の一環でスポンジケーキを開発した。あれは小麦粉・砂糖・卵・バターもしくは油があればできるので楽勝だった。ついでにドライフルーツやナッツを入れたパウンドケーキも開発した。紅茶やコーヒーフレーバーも開発した。そして香辛料を探している途中で手に入れたカカオから念願のチョコレートを。寒天を入手し、ゼリー系のものも作った。

あの手この手でお菓子を作りまくり、それなりに食べられるものが出来上がると二人に贈り、意見が聞きたいという名目で茶会に招待した。

一年もすれば、普通に喋れるようになった。

ジュリアスは今やケチャップやマヨネーズだけでなくお菓子も商品化しようと大変熱心に訴えかけ

てくる。嫌でござるぅ、嫌でござるぅ！　となけなしの根性で抵抗したが、気づいたらジュリアスにあっさり説得されていた――なぜ？？？　あれ？　私って公爵令嬢だよね？　といっても、私の仕事はお父様に「お願い？」と一言声をかけるだけで、あとは超優秀な従僕ジュリアスと、お父様の執事のセバスが大体やってくれる。

最近お母様がご飯やお菓子が美味しすぎて太った気がする、と私もなかなかに聞き捨てならない悩みを打ち明けてきた。

実を言うと、超絶美少女のはずのアルベルティーナの体にもお肉がついてきたのだ。

ふくふくと丸みを帯びてきた気がする。これは事案だ。原因は解っているけど、前世の日本に比べると雑極まりない粗食からようやく解放されたのに、また残念ご飯には戻りたくない。

ならばどうする？　運動だ！　ダイエット製品の開発だ。

幸い、今まで熱心に研究していたパンや調味料、お菓子といったものはラティッチェ家の一大産業として、この世界を席巻して巨万の富を生んでいるという。資金はばっちり！　うちのスーパー従僕がやってくれた。お父様は「アルベルは天才だ！」と褒めたたえるけど、私は命令しただけなんだ。ごめん。

まずは形から、ということでスポーツウェアの開発をした。伸縮性があり、吸水性もある着心地のいい素材。高級な素材と言えば絹だが、動くということは消耗が激しいのである程度丈夫であり安価なものがいい。

そして気づいたのは、この世界には女性用のスポーツウェアがない！　貴族社会においてはドレスの格式序列がある程度で、基本『THE乙女ゲー』と言わんばかりのティーン向けのロマンティック系ばかり。プリンセスラインかAラインドレスか選べ、みたいなレベルの狭いファッションしかない。スレンダーラインやエンパイアドレスやマーメイドドレス等は一切ないのだ。お母様はスラリとしたスタイルの良い美女だが、いくら美しくとも十代が似合いそうなピンクや黄色、しかも明るくはっきりとしたものばかりが主流――そんなのはきつそうである。そういえば、ヒロインもスチルがプリンセスラインのピンクのドレスだった。

アルベルティーナも似合うだろう。外見こそは花も恥じらう美少女なのだから。

だが――中身がヒキニートに乙女系バリバリのパステルカラーはきつい。スポーツウェアもしかり。たとえ肉体年齢が六歳でもここは譲れない。

別にこの国にファッション革命を起こしたいわけではない。ただ単に、あの超絶ロマンティック系ドレスを強要されるのはごめんだ！　そして、それをラティーヌお義母様《かあさま》が着るというのも見ていてきつい！　三十代や四十代には許されざる領域だ！

今のアルベルはアースカラーとモノクロを愛する女である。

そもそもラティーヌママが似合うのはピンク系じゃなくてブルー系！　ノーブルでハイソなペールカラー！　何が哀《かな》しくて大人の色気あるレディに、あんな七五三の延長ドレスを着させなくてはならないのだ!?

財力に物を言わせ、オタク名残の昔取った杵柄《きねづか》というものでなんとかいろいろデザインを考えた。色鉛筆でざかざか色塗りをして、ジュリアスにラティーヌママにはこーいうドレスが似合うの!!　と力説した。

引き籠っている娘と、早世した実母の代わりに、慣れない社交界や婦人会に出ているママンを虐める気概も筋合いも私にはない。

ダイエットのための女性用乗馬服の作成と並行して、ラティママにマーメイドドレスを作る。今までこんなドレスはなかったから、ウエストから太ももあたりのラインが出るのが気になるかもしれないので、レース編みの大判ストールと重ねづけパールロングネックレスも用意した。それに合わせたアクアマリンとパールのピアスやらバレッタやらいろいろと作った。かといって、今までプリンセスドレスごり押しだった世の中に、いきなりママンがセンセーショナルファッションでいっても中傷されるだけだ。

私は考えた。貴族どころか王家でも文句の言えない人間が一緒にいればいい。つまりうちの魔王げふっ！　お父様だ！　君に決めた！

お父様は相変わらず娘にゲロ甘なので、おねだりでイチコロだった。

娘にわけのわからない衣装を押しつけられ、書類上だけの――それこそ雲の上の存在だったうちのクレイジーサイコ娘ラブお父様にエスコートされていったラティママ。娘に頼まれたのだから、お父様も無体なことはしないだろう。そのはずだ。

「お嬢様、こちらのドレスブランドのお名前はいかがいたしますか？」

「ふぇ？」

「アルベル姉様。無理ですよ。もうジュリアス、お針子や機織り場まで押さえているから、完全に名づけ待ちの状態ですよ」

素早く耳打ちしてきたのは義弟。好きなことしかやらないヒキ令嬢とは違い、真っ当に公爵子息の教育を受けているキシュタリアが憐憫《れんびん》の籠った眼差《まなざ》しを向けてきた。

にこやかだが有無を言わせぬ笑みを浮かべたジュリアスの手には、私の描いたデザイン画をつづったクロッキー帳。

「………アンダー・ザ・ローズ」

薔薇《ばら》の下——その意味は『秘密』『内緒』。

私は別にこの世界で存在を主張したいわけではない。それに女性のファッションなら、花の名前が入っていてもおかしくない。

ジュリアスは一層笑みを深め、慇懃《いんぎん》に一礼して去っていった。あのスーパー従僕はとても仕事が早いから、下手をしたら来週には王都に店舗がオープンしているかもしれない。

ぞっとする。敵にしなくてよかった。多分敵じゃないよね？　思わずキシュタリアの背中にしがみつき「姉様？」と首を傾《かし》げられた。

怖いよ！　便利で素敵なはずの従僕が、私の首を絞めようとしている気がする。しかも一発でぐいっといくのではなく、真綿でゆっくりゆっくり何重にも巻いて窒息させるような気配が……ぶるぶるぶる。怖っ！

「ね、ねえさま！　ボクが姉様を守るよ！」

「……アリガトウ、きしゅたりあ……」

その一生懸命な言葉だけでおばちゃん涙が出るよ。頬《ほ》っぺたを赤くして「ほんとだよ!?」となおも言い募る姿はやはり可愛《かわい》いだけ。

ごめん、キシュタリア。アンタ、乙女ゲーだと攻略対象だったし頼るにはちょっと怖い。今は姉弟《きょうだい》としての仲は悪くないけど、恋って人を変えるらしいし。

嫌でござる！　せっかく、最終兵器お父様を使って王子との婚約フラグをへし折ったのに、なぜ弟までも攻略対象！　R指定ルートの悪役令嬢の末路って滅茶苦茶悲惨なのに！

「キシュタリアは私が悪い子でも助けてくれる？」

「うん！　ボクが守るよ！」

言質取ったからね！　本当にいきなり裏切って後ろからグサッとかやめてよ……？

私が戦々恐々としている中、なぜかアンナは「あらあらまあまあ」と言わんばかりににまにまとした笑みを浮かべていた。知らないって幸せだよね。

「ボク、姉様が……アルベルティーナが大好きです」

「……ありがとう、十年後も同じセリフが言えたら考えさせて？」

その頃にはヒロインの……なんだっけ？　リナ？　レナ？　に会って、ルートがルートならば断罪まっしぐらのはずだ。

ぷんすかしたキシュタリアが「本当だよ！」と言っているけど、ヒキニートは恋愛に消極的だ。血がつながっていないとはいえ、姉弟。しかも私には超絶娘大好きなお父様がいるのだから、娶《めと》るとか茨《いばら》の道どころか修羅の道だぞ。

誘拐されて一回死亡説が流れたせいもあって、手元から少しでも離れるとめたくそ嫌がる。

おお、キシュタリア。お前はこんな欲望（主に食欲）に忠実な姉に振り回されているというのに、こんなに健気《けなげ》に可愛く成長して。健気属性に飽き足らず、このますすくすくヒロイン属性を獲得したら、ジュリアスとよろしくしている薄い本でも発行してやろう。

なでなでと柔らかい少し猫っ毛ぎみの頭を撫《な》でてやると、面白いほどに顔が真っ赤になった。


七歳になりました。私はすくすくと成長して、最近はポニーに跨《また》がり乗馬ダイエットも成功し、下半身や腹部のたるみもすっきり消えた。同じくお母様も乗馬ダイエットでますます美女ぶりに磨きがかかった。

レディースファッションブランド『アンダー・ザ・ローズ』はかなりヒットしているらしい。らしいというのは、私は社交界に全く出ていないのでラティお母様のお話を聞いているだけであるから。

今までのさばっていたロマンティック系オンリーの甘々ファッションに飽きまくって砂を吐き散らしすぎて反吐《へど》が出る女性陣はやはり多かったようだ。

若い少女ならともかく、成人・結婚等を迎えた女性にあのファッションは優しくない。また、あれは可愛らしい正統派美少女に似合うものであって、それ以外には首を傾げるものだ。若い女性にはやはりプリンセスラインは人気だが、最近マーメイドドレスとエンパイアドレスが流行最先端といえる。

また、ドレスは高いのでなかなか買えないし、予約すら難しいローズブランド。最近はドレス小物のブローチやコサージュ、ロゼットやバッグや靴といったものにも手を伸ばしている。ぶっちゃけ私は今の主流の爪先とんがり・鋭角ハイヒールは好きじゃない。おでこのような丸みを帯びた愛らしいラインが好き。というわけで、作らせている。私が履きたいから!! ドーラは淑女が事業を行うなどはしたないって言うけど、ブローチやイヤリングとかの試作品に対しては目を爛々《らんらん》とさせて黙ってるよね。

割と公爵家の恥の部類だけど、殺したいほど憎いわけでもない。

それに、使用人も新しい家族も私の味方だもの。みんなが守ってくれる。

お父様は最終手段よ。

お父様が私を溺愛しているのはクリスティーナお母様の件もある。

私の実のママンは私が誘拐されたショックで、もともと体が弱かったこともあってそのまま倒れて帰らぬ人となっている。

ちなみに私はママンに激似である。生き写しだ。

そんな娘以外には激怖お父様は、クリスお母様とは大恋愛結婚。婚約者のいた母に一目ぼれし、諦めず決闘で奪い取った猛者である——まあ、それゆえに私への愛情は御察しである。そして、王家への憎しみも。

「はぁ……どら焼き美味しい〜」

「アルベルティーナ様、まだ白餡《あん》と栗《くり》入り、生クリームとチョコクリーム、カスタードクリームもありますからあまり食べすぎないように」

「えっ！　おやつじゃなくて試食？」

「明日はダイフクとヨウカンです。太らないよう午後にはみっちり乗馬を入れますから――ほら、さっさと評価用紙に記入してください。貴女《あなた》の味覚が頼りなんですから」

「うえええっ、もっとゆっくり味わって食べたいですわ～」

「商品化後でしたら、いくらでもご自由に」

おかしくない？　おかしくない？　私って公爵令嬢だよね？　なんでこんなにせかされながら食べてるの？　ジュリアスに訴えたくても、ジュリアスの後ろには私の評価という判決結果を、重罪の囚人のような顔をして待っているシェフやパティシエの存在によって阻まれる。

「そういえば、お嬢様」

「なんですの？」

「第一王子主催の誕生日会を兼ねたお茶会の招待状が来ており」「欠席で」

食い気味というか、被せるように即答した。

隣にいたキシュタリアを前に押すようにして、自分の身を隠す。といっても、座っている状態なのでそんなに隠れていない。そんなの次期公爵のキシュタリアが行けばいいのだ。

全く社交界に出ない私が『見るのも憚られる醜女《しこめ》』とか言われているらしい。顔面が抉《えぐ》れたような傷があるとか、大火傷《やけど》が残っているという噂《うわさ》もある。実際は背中に薄っすら傷が残っているだけ――らしい。アンナ曰《いわ》く。

嫌でござる、と全力で意向を訴えるとジュリアスは苦笑し、キシュタリアは肩をすくめた。

「ああ、でも王宮の茶菓子というのは気になりますわね。キシュタリアは知っていますか？　王子の主催ということは、伝統料理から最先端の粋を凝らしたものが出るのでしょう？」

「伝統料理はちょっと前まで食べてたぼそぼそしたパンを砂糖衣で包んだようなのだし、最先端のお茶菓子とやらは半年前に商会で開発したシュークリームとケーキだと思うよ」

「惜しいですね、シュークリームとマカロンです。王室から予約が入っております」

あれかー。あれはもう試作品を試食しまくって飽きたわ。三年は食べたくない。シュークリームはシューの部分がなかなかうまくいかなくて苦労したんだ。マカロンはフレーバーの厳選が大変で大変で……思い出したくもない。実はクッキーシューやエクレアも考えていたけれど、しばらく生クリームというか洋菓子は食べたくなくなって保留にした。

アルベルティーナを断罪する第一王子を人生からフェードアウトさせ、義弟のキシュタリアを懐柔して私の世話をさせるまで調教しきった私には死角などない。

ラティッチェ家の守護神お父様は、私が楽しそうであれば大体大丈夫。

どんな高貴な人からのお茶会もパーティも全力拒否でおうちに引き籠り、美味しいご飯とお菓子に舌鼓を打つ日々。

そんな中、ついに第三の刺客がやってきた。

その刺客の名はミカエリス・フォン・ドミトリアス。ドミトリアス伯爵家の嫡男である。

こいつのルートでは私はほとんど関わり合いないが、メインキャラの一人なので放置はまずい。全力で懐柔してくれるわ！　主にジュリアスとキシュタリアを使って！

ミカエリスは燃えるような真っ赤な髪と赤い瞳の美少年。熱血キャラと思いきや、冷静沈着で非常に真面目。というより、表情筋が動かないタイプ。妹のジブリールを溺愛しているものの、そのクールキャラが仇《あだ》となりイマイチ仲が良くない――というより、妹に遠慮されすぎ、劣等感から苦手意識まで持たれて少し距離を取られている可哀想《かわいそう》なお兄ちゃんなのである。

ふははははは！　残念だったたな！　私は同腹ではないどころか遠縁筋から引き取った義理の弟をすでに懐柔しているのだよ！　この勝負私の勝ちだ！　権力の勝利である！

そんな優越感があったが、ミカエリスらを見た瞬間吹き飛んだ。

え、何この子たちめちゃ顔色悪い。

「ドミトリアス伯爵家の当主ガイアスは私の友人なんだが、病を患ってな。執務に携われない間に、弟夫妻がやらかしてくれたようだ」

そこにいたのは心優しく穏やかな伯爵夫人と、幼い兄妹《きょうだい》。気が強いうえ常識のない弟夫妻は我が物顔で伯爵本家に居座り、伯爵が病気の間に好き放題やっていたらしい。

あまりに横暴な振る舞いに、ついに伯爵夫人は耐えかねて恥を忍んでグレイル・フォン・ラティッチェという大御所ことお父様を頼った。

ラティッチェ公爵家とドミトリアス伯爵家は、格は違うが領地は近い。そのため、交流があった。隣の領地が荒れれば、ラティッチェ家にも余波が及ぶ。よって次期当主たるミカエリスの後見人となり、執務をできるようになるまで鍛え上げることとなった。

だが、この貸しは今後両家に大きく影響を残すだろう――少なくとも、ドミトリアス家はラティッチェ家に歯向かうことは絶対できなくなる。

「アルベルティーナ、ドミトリアス家は非常に肥沃な土地を持っているんだ――新しい農場が欲しいと言っていただろう？」

そういうことですかお父様！　娘の戯言《たわごと》に、伯爵家の領地を分捕るおつもりか⁉

いや、取らなくても実質、二束三文で収穫物を寄越せとかいう契約を交わさせるつもりか？　領民や農家に優しくないぞ！

最近私は美容関係の化粧水や乳液、石鹸《せっけん》とかを作り始めている。石鹸作りには油の抽出が必須である。いろいろ混ぜるが、メインはこれ。

お父様の声が聞こえたのか、一瞬ミカエリスの肩が揺れた。

「確かに栽培して欲しい植物がありますわ。できれば職人も育てたいと思っていますの。ラティッチェ公爵家の良き隣人として、おつき合い願いたいと思っています」

「植物を育てるのはともかく、職人はラティッチェで揃《そろ》えればいいだろう？」

「うーん、遊び場は十分すぎるほどですわ。力が一点集中しますと、その場自体が乱れますでしょう？　それに最近、王家からの招待状があれこれと本当に鬱陶しゅうございますの」

「……それはよくないな」

欲しくないと言えば嘘《うそ》になるけどミカエリスの恨みを好んで買いたくない。

ラティッチェ家の財政はかなり裕福だし、そんなにがめつくしなくていいと思うのだ。

それ以上に、王家からの招待状が鬱陶しいと私が憂いていることに、お父様の関心は一気に傾いた。

私を安心させるようににこりと美貌に笑みを乗せたお父様は「少し仕事があるのでな」と軽く頭を撫でて退席した。

ちらりとミカエリスを見ると、彼は咄嗟《とっさ》に妹を庇《かば》うように身を呈した。

妹のジブリールは不安げに――というより、キラキラとした目で私を見ている。

「きれいなお姫さま……」

赤いお下げと切り揃えた前髪。瞳の色といい、カラーリングは兄と同じだ。だが、夢見るようなポーっとした顔で私を――アルベルティーナを見ている。

…………………

……………………………はっ！

そうだよ！　アルベルティーナは絶世の美女（予定）のはずなんだよ!!　たとえ中身がへっぽこでも！　誰も美少女扱いしてくれてる感じしないけど！

私はにっこりと笑みを浮かべてジブリールに歩み寄った。

「初めまして、わたくしはアルベルティーナ・フォン・ラティッチェ。ラティッチェ公爵家の長女ですの。貴女のお名前を教えていただける？」

「あ、あたしはジブリールです！　ジブリール・フォン・ドミトリアスです！」

「そう、よろしくね。ジブリール」

「はい！」

ふと、ジブリールを見て妙なことに気づく。ジブリールは伯爵家の娘のはずだ。そしてドミトリアス伯爵家はそれなりに領地も多く、財もあるはずだ。成り上がりでも家名だけの貧乏貴族でもない。なのに、ジブリールの服は随分くたびれていて、その裾は薄っすら黒く汚れている。皮脂や垢《あか》かまではわからないが、よくよく見れば肌も髪も荒れている。若いというより、幼いぴちぴち素肌のはずが粉を吹いたような感じになっている。

そっとその頬に触れると、やはり触り心地が悪い。でも若いから、化粧水を叩《たた》き込めばすぐ卵肌に戻るだろう。

「お食事の前にお着替えしましょうか。ジュリアス、湯殿の用意をしてちょうだい。わたくしの服で、この子が着られそうなものを見繕ってきて」

「畏《かしこ》まりました」

ジュリアスがそつなく一礼する。

ちらりとミカエリスを見れば、やはり身に纏《まと》うものはジブリールと似たような様子だ。よほど伯爵家で彼らの叔父夫婦は横暴に振る舞っていたのだろう。次期当主と令嬢が身繕いさえできないほど。浮浪児まではいかないが、貴族としては落第だ。お父様ったら少しは整えて差し上げればよかったのに。

「ミカエリス様の服は……さすがにキシュタリアの服は入らなそうですわね」

やせ細っているが、身丈は年上であるミカエリスのほうがある。

かといって大人サイズは大きい。一番近いのはジュリアスだが、従僕の服を与えるなど、伯爵子息には失礼な話である。

「ローズブランドの試作品がいくつかありますわ。あちらはいかがでしょう？」

「女性用よ？　合わないのではなくて？」

「騎乗服や、カジュアルスーツであれば少し変えれば男性用と変わりません」

「では針子の方たちやデザイナーの方々をお呼びして、軽くミカエリス様と合わせましょう。せっかくですわ。いくつか衣装を用意させましょう。妹君ばかり衣装持ちになっては不公平ですわ」

ちょっとくたびれてはいたものの、ジブリールは鮮やかな赤毛とルビーを思わせる瞳がとても似合う溌剌《はつらつ》とした美少女だった。あれは磨けば光る。原石だ。

そして、我が家には今までアルベルより小さな少女なんていなかった。ぶっちゃけ、フランス人形なんて目じゃない美少女に、思いっきり着飾らせたい、と欲望がたぎって仕方ない。自分？　パスパス。それはアンナの仕事です。

「ねえ、ミカエリス様はジブリール様には何がお似合いになると思います？　わたくしは白いレースとモスリンがたっぷり使われた絹のワンピースなどがお薦めですわ！　美しい赤髪がとっても映えそうです！　それとも桃色もいいかしら？　いいえ、ペールグリーンの羅紗《ラシャ》重ねのハイウエストスカートがよろしいかしら？」

「姉様、落ち着いて！　ミカエリス様が引いてる！」

「あら、いやだわ。はしたない。失礼いたしましたわ、ミカエリス様。ではごきげんよう、また晩餐《ばんさん》でお待ちしておりますわ」

むしろ興奮しすぎて、私自身もくらくらしてきた。カーテシーを取ろうとして頭がふらつく。足元がおぼつかないことに気づいたのか、先ほどまで制止しようとしていたキシュタリアがすっ飛んできて私を支えてくれる。

私はキシュタリアに支えられながらも、ルンルンで可憐なジブリールをどう着飾ろうかと浮かれ切っていた。そして、熱を出してアンナとジュリアスに布団の中に詰められた。

寝るまで動くなと言わんばかりに、二人は起き上がれないようにブランケットを押さえている。

やめてよ、寝苦しい。そんなことしたら寝れなくなる……すやぁ。

どうやらドミトリアス伯爵家兄妹たちとの出会いは、思ったより私にストレスが強かったようだ。へなちょこ令嬢はあっさり倒れた。

なんで？　キシュタリアとラティーヌお母様は平気だったのに。

嘆くお父様。私にお友達という名の玩具《おもちゃ》を用意したのに、まさかこんなことになるとはと悲嘆に暮れている。

「始末しようか？　アルベルティーナ」

やめてよ！　このお父様超怖い！　ゲームアルベルがあんな悪逆非道に暴走したのって、このお父様の血筋だからだわ！

朗らかな笑顔で処刑宣告しないで！


私の熱が下がった頃に再び会ったあの赤毛兄妹は、完全にツヤサラの美少年美少女として復活を遂げていた。

私のお古のドレスを着てニコニコと裾を持って喜んでいるジブリールを、ミカエリスは穏やかな目で見守っている。

目の保養だとニヨニヨ眺めていたら、ミカエリスと目が合った。最初会った時の警戒心の強い目とは違い、ほんのり目元を染めて微笑し、素早く綺麗《きれい》な一礼をしてみせたのはさすが伯爵子息と言ったところだ。

ジュリアスに調べさせたら、やっぱりというか叔父夫婦に滅茶苦茶いびられていたらしい。彼らのお母様は病床の夫を庇いながら、常に子供たちを守るのは難しく、ジブリールは年の近いいとこたちにドレスやアクセサリーを軒並み奪われてしまったそうだ。

そして、なんとかドミトリアス夫人の機転でラティッチェ公爵家の庇護《ひご》を受けることとなった。夫人も同行したかったが、ドミトリアス伯爵の病気はますます悪化し、夫をみとる覚悟を決めて田舎で療養のつき添いをしているという。

で、現在の問題はその叔父夫婦。

魔王お父様にドミトリアス家から払い出され、それでも甘い権力の味が忘れられず、当主夫婦には蛇蝎《だかつ》のごとく嫌われ、接見禁止。そこで目をつけたのはつい最近まで虐めていた子供たち。

自分たちの娘とも年齢近いし、次期伯爵と結婚すれば事実上自分たちが伯爵家という凄《すさ》まじい脳みそお花畑理論を展開した模様。猛烈にあの二人――というより、ミカエリスにつき纏うようになった。と、いってもお父様の城であるラティッチェ邸には入れるわけもない。お父様は私に毒虫を寄せつけたくはないのだから当然のこと。

しかし、ヒキニート令嬢の私と違い、意欲的かつ精力的に次期伯爵として学ぼうと奮闘するミカエリス。週に一度は、父の病気がよくなるように教会にお祈りしに行く。それ以外にもお屋敷から出ることもあるのだが、その彼に徹底的につき纏うようになったのだ。ちなみにキシュタリアからのタレコミ。

なんでも、自称婚約者までしゃしゃり出てミカエリスには居丈高に甘ったるく「婚約者なのだから！」と嘯《うそぶ》いて近寄るのだが、その妹は見下して冷遇しているらしい。

キシュタリアは「あんな下品なもの見ないほうがいいよ」と諭してくるけど、可愛いジブリールを扱《こ》き下ろすとはいい度胸だ。その面拝んでやろうじゃねーの。

言っておくがジブリールは可愛いぞ！　超絶可愛いぞ！　私のローズブランドと公爵家の金銭を湯水のように使って磨きまくったからね！　ジブリールを着飾ることに熱中しまくっていた頃を思い出す。使用人の年収相当以上のブローチやネックレスに、無邪気なジブリールはキャッキャと女の子らしくはしゃいでいた後ろで、ミカエリスがおろおろしていたのは無視した。

「いただけません、アルベルティーナ様」

「あら、どうして？　このロゼカラーのペリドットやガーネットのブローチなんてジブリールにとてもよく似合うと思うのだけれど」

「似合う、似合わないの問題ではなく……あまりにも高価すぎるのです」

なんて謙虚なのだ。うちのドーラなんぞ、年季だけが取り柄なくせにえらい態度でかいぞ。反面教師としていいけど、あれは一人いれば十分すぎる。それはともかく可愛いは正義という言葉を知らないのか、この隠れシスコン。

安けりゃいいのか。そんなわけでアルベルお姉さんは考えました。可愛いジブリールにお堅い兄に突っ返されない、綺麗で高価じゃない貢物げふん、プレゼントをする手段を。

宝石の代わりに色ガラスや、某ブランド品のような超高透明度のガラス、屑石《くず》と呼ばれる宝石を加工してそれっぽくしたものを作ればいいじゃないか。小さい宝石を集めて固めて大きいものに見えるようにすればいいじゃないか。

確か色ガラスはクロムとか少量の金属を入れれば変色させることができるはずだ。

レッツゴー工房。交渉はジュリアスに丸投げだが、できる従僕はサクッと職人を手配してくれた
――というより、工房ごと買い取って事業を起こし始めた。やりすぎじゃないの？　と私は困惑したけど、無言でキシュタリアに首を振られた。

「アルベルが興味を持って発言した時点で、もうこうなるのは決定していたと思うよ」

最近姉と呼んでくれないキシュタリアは、微妙なお年頃なのだろうか。

同じ年でも、生まれたのはちょっと私が早いのに。しっかりしているのはキシュタリアだけど。

時々、貴族の令息たちだけの社交場とかにも顔を出しているのを私も知っている。

なぜって？　ドーラが「分家のキシュタリア様でさえできているのにアルベルティーナ様は」と嫌味ネチネチで言ってきたから。アンナが頭文字Gで始まる不浄の申し子でも見るような表情でドーラを見ていたのですぐに嫌味は止まった。

私と二人きりの時にネチる女なのだ、ドーラは。実のほうのお母様と幼馴染《おさななじみ》とか乳兄弟とか聞いたけど、ほんとに仲良かったの？　ドーラから聞くクリスティーナお母様の話ってすごく嫌味フィルターかかってない？　あとで、ジュリアスやラティお母様に「ドーラに近づいてはダメ」とメッされた。

そのあとドーラの姿を見なくなったので、それとなくキシュタリアに聞いたけれどニコリと可愛らしい笑みでかわされた。解せぬ。ジュリアスに聞かなかったのは、あれはできる侍従すぎて、怖かったからだ。お父様に言いつけるまでもなく完全犯罪をやりそう。

ドーラは嫌いだけど、クリス母様を知る数少ない人物がいなくなるのは惜しい。お父様視点だけでなく、他の人から見た母様も知りたいのに。ブチブチと文句を垂れていたら、ジュリアスは困った顔をして「それだけでアレを野放しにしていたのですか？」と言われた。

それ以外に何があると？　嫌味は多かったけど暴力はなかったから、うん、まあ。躾《しつけ》というか、マナーは厳しかったけど。反面教師にはなったよ。あれが二人いたらぐれてたけど。

若干憮然《ぶぜん》としていたジュリアスであったが「他にお嬢様に気がかりな態度を取る者がいたら、今度から私の一存で排除させていただきます」とやけに綺麗な笑顔で言われた。

キシュタリアの誤魔化しスマイルを思い出す、やけに完璧なそれ。もしかして、うちの従僕って腹黒いのだろうか？

　そんなやり取りがあった時期、まず屑宝石を密集させて大きく見せるなんちゃって高級ジュエリーは出来上がった。土台のデザインが難航したけど、敢《あ》えて反射やきらめきの強い素材を使うことによってさらに宝石を大きく見せるなど、試行錯誤を繰り返した。

　こうしてジュエリーさながらの輝きを持つ高級ガラスは開発された。それらは大きな宝石の購入は難しいけど派手なお洒落《しゃれ》をしたい下級～中級貴族に爆発的に売れた。カラーガラスのアクセサリーは、恋人や伴侶の色を取り入れるのがトレンド！　と宣伝するようにお母様にお願いしたらそりゃもうバカ売れした。

　カラーガラスは安価だが、ビジューやライトストーンとして大胆にドレスに取り入れたことで、この世はガラスラメ大装飾時代と化した。ついでにスパンコールも開発し、ビーズアクセサリーも制作し始めた。ローズブランドは予約殺到で、すでにドレスが数か月どころか数年待ち状態なんだって。

　この世の文明開化が強行軍状態だけど、後悔はしていない。

　このお金でおっきいお風呂を作るんだ！　ミカエリスのいたドミトリアス領は、変な臭いのする山にお湯が沸く場所があると聞いた――すなわちそれは温泉が出ていると！　美容や健康をイマイチわかっていないミカエリスに必死に猛烈アピールして、その場所に保養所やスパを作らせて欲しいと頼み込んだ。

　来たばかりの頃はやせっぽっちだったミカエリスとジブリールは、すっかり子供らしい健やかなふくよかさが戻っていた。グルメ女王アルベルティーナの我儘《わがまま》三昧に振り回され続けていたラティッチェお抱えのシェフたち。おかげで国一番どころか大陸一番の美食の聖地と呼ばれているラティッチェ領でも、最高峰の美食の桃源郷と言われている。

楽園はここにあったらしい。すみません、食いしん坊お嬢で。

そんなこんなで、温泉の素晴らしさを一生懸命に訴えかけていると、ようやくミカエリスは折れた。

「他でもないアルベルティーナ様の頼みです。一度、公爵にかけ合ってみます」

ミカエリスは滅茶苦茶怒られた。お父様に。

お父様はクスリでもキマってるんじゃないかという顔で「アルベルティーナがしたいというのだから、なぜしない!?」とブチ切れていた。ごめん、うちのお父様は娘のおねだりに弱いどころか命かけても叶《かな》えるタイプなんだ。

鶴より響くアルベルの一声である。

いざゆかん、温泉地の開拓へと愛娘《まなむすめ》からのエールを受けてノリノリすぎるお父様にドナドナされていくミカエリス。

あとで聞いたが、その足でまだかろうじて生きているドミトリアス伯爵から開拓権をもぎ取り、大きなスパリゾートを金の力で作り上げた。私は「アルベルちゃんも温泉行きたいナ☆」と可愛い子ぶってフリーパスをもぎ取った。ついでに、ラティッチェ領からドミトリアス領までの道の舗装もしっかりお願いしておいた。馬車でお尻痛くなりたくない。

お母様が他所《よそ》にお茶会にちょっと行くならともかく、遠出する時はかなり憂鬱そうだもの。最高級のはずの公爵家の馬車ですらそんだけ辛《つら》いってどういうことなの。

試しに隣町まで乗せてもらったらとんでもなくお尻が痛くなった。とりあえず座るところにはしっかり綿詰めて、バネ入れて、車輪はゴム使って衝撃吸収――ってゴムがないのでジュリアスにゴムの木でもゴム系動物でも鉱石でもいいからこんな感じの！　と探してもらった。スーパー従僕すぎて、こき使いまくりだ。大変申し訳ないジュリアス。

ごめんねと言うと、とても楽しいので別にいいとのこと。わあ、すごく社畜。

快適な旅のためにぜひぜひ見つけて欲しい。

お尻を痛がる私に、なんかものすごく残念そうなものを見るような憐憫というか、可哀想なモノを見る視線を弟から浴びた。箱入りヒキニートは脆《もろ》いんです。

ついでにスパに、ローズブランドの石鹸や化粧水や乳液を置いて宣伝もしておこう。味噌や醤油を作る過程で大量に栽培した大豆はお豆腐や油揚げ、きな粉など様々に加工もしている。それらの販促にも使えるかもしれない。王都にはそこそこ長く置いているから、認知度も高い。そろそろ他の町にも置いてもいいと思う。

ジュリアス曰く売れ行きは好調らしい。ラティッチェ料理には最近豆腐料理も増えた。寒い日の湯豆腐やお鍋は最高。マーボー豆腐も美味しい。

るんるんと上機嫌で回っていたら、目も回ってキシュタリアにベッドに連行された。

惰弱で怠惰なヒキニート令嬢も十歳になった。そんなある日、不幸の手紙が来た。

「お嬢様、王室主催でパーティが行われ」「嫌ですわ」

誰が自分から死亡フラグに突き進むものか。行かないでござる。引き籠りたいでござる。

職人から納品された羅紗布――オーガンジーの出来にうっとりしていたら、耳糞《くそ》以下のお話にげんなりする。ゲロゲローってカエルになっちゃう。

むすっとした私に苦笑するキシュタリア。「ではそのように」とジュリアスに促し、招待状らしき封筒を下げさせた。

「そういえば、アルベル。お父様から、ドミトリアス領の保養所ができたからおいでって手紙が来たそうだよ」

「まあ、本当？　楽しみだわ！　みんなで行きましょうね」

「アルベルティーナ様、キシュタリア様。護衛や馬車の用意は済んでおりますので、天候の良い来週以降を予定に組んでおります」

早い！　これってもっと前から準備していた？　このスーパー従僕本当にやりおる……。

ジュリアスは我儘小娘にあれこれ命令されてもしれっと叶えちゃうんだから。たまにキシュタリアが嫉妬の視線を向けている。ええんやで、弟よ。そこまで人間離れしたエリート社畜にならんでも。

そんなこんなで、キシュタリアやラティお母様、ジブリールと温泉旅行に行くことになった。ジュリアスは必需品なので、ないという選択自体ない。

そういえば、そろそろミカエリスは王都の学園に行くだろうし、あそこは寮生活だったはずだ。しばらく会えなくなるんだろうな。

久々に会ったミカエリス・フォン・ドミトリアスは見事に枯れ木のようになっていた。

なぜー！！？

ドナドナされていったけど、その時は健康優良児だったよね!?

あの鮮やかな赤毛と紅顔の美少年っぷりも相まって、あの薔薇もかくやといわんばかりの華やかさは!?

そのやつれっぷりに私だけでなく、キシュタリアもジブリールも狼狽《ろうばい》して困惑している。

何が起こったのかと、びっくりするあまりキシュタリアにしがみついてしまう。ジブリールもしがみついていたが、それがベルトだったため、キシュタリアは必死に片手で下ろされそうなズボンを掴《つか》んでいる。

「ミカエリス、どうしたの……？」

「あ……え？　アルベルティーナ……か……いや、その、忙しいこともあってあまり食事が進まなくて。これは夢か？」

「忙しいからこそ、食事と睡眠は取らなくちゃだめですわ」

ミカエリスは私の髪や顔をペタペタ触り「夢？　白昼夢？」と虚ろな瞳でこちらを覗《のぞ》き込んでいる。

現実ですわ。

確かに私、ヒキニート令嬢ですけれど今回はお父様の許可が特別下りましたの。まあ、お父様の目的は頑張って作った保養所を愛する娘に見せて「さすがお父様ですわ！」と絶賛されることですけど。

もちろんしますけど。

それにしてもミカエリスの劇的ビフォーアフターは酷い。記憶にあるルビーを思わせる真紅の瞳は、どんよりして生気を失っている。ラティッチェにいた頃もお父様にゴリゴリ扱《しご》かれていたと思うけど、さらにスパルタ化したのか。

あんまり触られるとせっかくジブリールとお揃いコーデをしたのに乱れてしまう。ジブリールもそう思ったのかペチンとミカエリスの手を叩いた。

「レディに失礼よ、お兄様」

「す、すまない。ここにアルベルティーナがいるとは思わなかったんだ」

「アルベルで結構よ。それは、お父様からリゾート施設が出来上がったから招待を受けたのよ。貴方《あなた》はご存じないの？」

ここ、ラティッチェ領じゃなくてドミトリアス領だ。領主であり伯爵の子息であるミカエリスが知らないのもおかしな話だ。

でも、そこにお父様の影がちらつくだけで納得してしまう。それがお父様クオリティ。

それにしてもさっきからキシュタリアが笑顔なんだけど妙な含みというか、圧を感じる。最近、なんか笑顔がお父様やジュリアスと同類化している気がするんだけど、我が弟よ。幼い日々、私を恐怖とときめきの坩堝《るつぼ》に追い詰めたエンジェルスマイルはどこに消えたの？　まだ全然いけるけど。

「ああ……そういえば確か」

ダメだこれは。休ませなきゃ。

今はお腹《なか》が黒くなっている気配のするキシュタリアより、死相が出ているミカエリスだ。

「ミカエリス、お父様にはわたくしから伝えておきますわ。貴方はすぐにお食事をして、歯を磨いて、お風呂に入ってお布団で眠るのよ！」

超越特権アルベルティーナの一声を発動します。この効力は絶大！　お父様ですら逆らえない絶対命令だ。ごく一部にしか有効ではないけど！

「したいのは、やまやまなんだが……」

「なんですの？」

「原因はラティッチェ公爵ではなくて――」

「ミカエル様！　こちらにいらっしゃったのね！」

疲れ切った顔をしていたミカエリスの表情がスンと抜け落ちた。能面みたいで超怖い。ミカエリスも攻略対象なだけあってかなりの美形なのだ。キシュタリアが甘いマスクの美男子だとすれば、ミカエリスは迫力の美丈夫というべきか。まあ、数年後の話だけど。

ミカエリスの表情を抜き去った声の持ち主は金色の髪を見事に巻いたちょっと吊《つ》り目がちの碧眼《へきがん》美少女だった。わあ、元祖悪役令嬢って感じ。真っ赤なドレスはボリュームたっぷりのフリルとレースをあしらったAラインドレス。いろいろなところにリボンやコサージュをぎっちりつけた、よく言えば華やか、悪く言えばど派手というかけたたましいドレスだった。

彼女は私やジブリールをちらりと見ると、旅行用のシンプルなドレスを値踏みするように見て鼻で笑った。それに気づいたジブリールは「品のない方は品のないドレスをお召しになるのね。アルベルお姉さまのほうがずっと優雅で美人だもの」と静かに憤慨した。キシュタリアもアンナも頷《うなず》いてないで、ジブリールを窘《たしな》めて。私の可愛い弟妹たちがさっきからちょっとおかしいの。

ミカエリスの腕をがっちりと搦《から》め捕り、寄せ上げたボリューーミーな胸をぎゅうと押しつける謎の令嬢。

「さあ、昼餐のご用意ができましたわ！　テンガロン家の料理人が腕を振るいましたの！　どうぞいらっしゃって！」

「いえ、来客がいらしてますのでそちらをご案内しなくては。セイラ様はどうぞお先に」

断られるとは思わなかったのだろう「んまあ！」と大仰なほど、遺憾の意を表すセイラ様とやら。忌々《いまいま》しそうにこちらを見る視線は、ドーラを思い出す。とても嫌な視線だ。

ミカエリスは疲労の滲《にじ》む顔になんとか社交スマイルを張りつけている。ここまで来ると痛々しい。

キシュタリアは無言で私を庇うように立ち、ジュリアスは静かにさらに私を下がらせる。

「わたくし、テンガロン伯爵家のセイラ・フォン・テンガロンですの。今から婚約者であるミカエル様と大事な昼餐があるので、ご遠慮いただけるかしら？」

ツンと細い顎をそらし、忌々しそうに白い羽根飾りの大量についた扇をばさりと広げるセイラ嬢。縫製が甘いのか、ふわりと羽毛が舞う。羽根も不揃いで野暮ったいし、少なくともローズブランドではなさそうね。

堂々と名乗っているけれど、セイラ嬢のおうちって公爵家より下やん。爵位は基本、公爵・侯爵・伯爵・子爵・男爵という順番だ。その下に準爵や騎士候といった貴族階級や特権階級に準ずる身分もある。国によって若干差異はあるが、原則は変わらないはず。

絶好調で身分をひけらかしているセイラ嬢に、思わず冷めた一瞥《いちべつ》を向けてしまう。何言ってんだ、こいつ、というやつだ。その視線にむっとしたのか、柳眉をはね上げるセイラ嬢。言動と目つきはあれだけど、結構美人さんだ。ジブリールのほうが超絶可愛いけど。

「貴女、見たことないわね。どこの田舎貴族かしら？」

そりゃ引き籠り娘だし、私に会わせる人はお父様とジュリアスとキシュタリアが徹底的に厳選している。出入りの商人すら、同じ商会でも屋敷に入れる人と入れない人がいる。

少し見る目がある人は、お父様と私がいたら、私に売り込んだほうが勝機があると知っているので全力で懇切丁寧にいろいろ紹介してくる。そしてそれを後ろで査定するのがジュリアスとお父様。

おそらく、実家であるラティッチェ公爵家や特例のドミトリアス伯爵家を除けば、私の顔を知っているのはあの誘拐事件があった時などに会った人たち。それでいて、物心のつく年齢でそれなりに年齢を重ねている人たちだけだろう。しかも王家の催し事に招かれるなんてごく一部。

ある意味SSR級に珍しい私を、伯爵令嬢ごときが知るはずない。

すると、隣からふっと笑う――嘲笑《あざわら》う気配がした。

「初めまして、セイラ嬢。僕はラティッチェ公爵が子息キシュタリア・フォン・ラティッチェです。隣にいるのは姉であるアルベルティーナです。こちらはジブリール・フォン・ドミトリアス嬢。そちらにいるミカエリス様の妹君ですが……それすらご存じないと？」

お父様に似たアクアブルーの瞳が冷たく静かにセイラを見る。非の打ちどころのない慇懃な一礼は、いっそ威圧的だ。

まさかの大物の名前にセイラはぽかんと口を開けて、扇で隠すことすら忘れている。ぽとんと指からすり抜けた扇が、床に落ちた。さすがにラティッチェ家は知っているようだ。

「初めまして、セイラ様。アルベルティーナ・フォン・ラティッチェですわ」

ドーラに定規やハタキの柄でバチバチ叩かれながら覚えさせられたカーテシーを披露する。

あれって今思えば体罰？　痣《あざ》は残らなかったけど。

ドーラがいなくなった後、新たに来た作法の先生に絶賛されたこのカーテシーは私の自慢の一つであり令嬢としてできる数少ないスキルの一つだ。

しばらく頭を下げていたが、あちらは頭を下げる気配はないのでややあって頭を上げた。

本来、貴族の作法としてはあってはならないことだ。基本、身分の高い者が声をかけて身分の下の者が声を返し、挨拶を返すことが許される。もし、身分の高い者から挨拶されることがあれば、それ以上に深く、長い一礼をもってそれに報いなければならない。

さらにジブリールが可憐なカーテシーの追い打ちをかけても、わなわなするばかりで挨拶を返さないセイラ嬢。これ、かなりイケナイことじゃないのかな。疎い私でもわかるの。

相手が身分を明かしたのに、それに対して棒立ちって。

「姉様、行こうか。どうやらテンガロン家のご令嬢は、ろくに挨拶もできない方のようです。そのような不作法な方をいつまでも貴女の視界に入れては、父様に合わせる顔がなくなってしまいます」

きっつー！　キシュタリアってこんなにきつい性格だったっけ？

幼いながらに整った顔に浮かぶのは侮蔑と冷笑。

後ろでようやく事態に気づいたセイラ様がなんとか取り繕うそぶりを見せるが、私の腰を抱いて連こ……じゃなくてエスコートするキシュタリアと、ジブリールの肩を庇うように抱いて同じように足早にこの場を去ろうとするミカエリス。その表情は一見無表情だけど、鋭利で苛烈な光が宿っていた。とどめのように、ジュリアスが足止めすればセイラ嬢が追いかけられるはずもない。

あとで聞いたけど、どうやらあのテンガロンのご令嬢は、最近急激に持ち直してきたドミトリアス家に急接近してきて、過去にあったかどうか微妙な口約束を盾に婚約を迫っていたらしい。すごいガッツだな。

最近までつき纏っていた叔父夫婦といとこがようやく大人しくなったと思ったのに、なんでこうミカエリスはどぎつい女に絡まれるのかな。宿命？　可哀想だわー。ミカエリスって、どっちかというと控えめで可愛らしいヒロイン系女子が好きそう。がつがつ肉食系は違うんじゃない？

あんまりにもパターンが似てたから最初いとこ筋のお嬢さんかと思ったわ。さっさと諦めてくれるといいんだけど。

だがしかしその日から、セイラ嬢はミカエリスから引くどころか、激しい猛アピールを開始した。

ラティッチェ家の顰蹙を買うか、ドミトリアス家を通してつながりを持つかという二択で、彼女はしょっぱなから痛恨のミスをしたのだ。

もしラティッチェ家に取り入りたいのなら、絶好の相手が目の前にいるというのに、それを全力で無視してミカエリスを篭絡《ろうらく》しようとかかっている。

ミカエリスだって、ラティッチェ家の顰蹙を買いまくるセイラ嬢とよろしくしたくないだろう。ミカエリス、あの子の声が聞こえるたびに表情が消えるもの。彼個人も、印象が良いはずもない。

「お馬鹿さんですわね、セイラ様は」

「僕としては、アルベルに余計な奴が近づかないほうがいいけど」

「あら、また姉様って呼んではくれないの？」

残念、と言うとキシュタリアは少し眉を下げてこちらを見て、苦笑を浮かべた。いつの間に、そんな大人びた表情をするようになったのかしら。

なんだか寂しいわ。昔は同じベッドで寝たことだってあるのに。主にジュリアスに怪談を聞かされて、私が泣いてせびって泣き落としてだけど。

ジュリアス、地味じゃなくて生粋のS資質よね。そしてチキンハートの主人をからかうとんでもない従僕である。だが、ジュリアスは言葉選びや語り口調がうまく、ついついいろいろな話に聞き入って、もっともっとと強請ってしまうのだ。

でも、まだキシュタリアが来る前、誘拐事件の直後は暗闇が怖くて怖くて仕方なかった私が夜中に悲鳴を上げて飛び起きて、半狂乱になった時に大丈夫と抱きしめてくれたのもジュリアスだ。お父様が来るか、部屋を明るくするまで暴れて悲鳴を上げ続ける子供の相手は大変だっただろう。

今でも暗いのや狭いのは怖いけど、前よりマシになった――多分。

相変わらずセイラ嬢からの猛アピールにさらにヘロヘロになっていくミカエリス。ジブリールは憤慨しっぱなし。さすがに私やキシュタリアがいる時は一瞬大人しくなるが、隙を見て私を睨《にら》んでくる。

本当にお馬鹿さんだ。これをお父様に見られたら、テンガロン伯爵家は容易《たやす》く手折られてしまうというのに。

お父様にとって私を傷つけ仇為すものはすべからく、消えなければいけないもの。

お父様の恐ろしいところは、それが手塩にかけた義息子や友人の息子だろうがそれに含まれそうなところだ。

娘である私さえ絡まなければ、顔良し・頭良し・家柄良しの栄華極める公爵。王家からも重用されるほど有能で、非の打ちどころのない完璧人間なのだけれど。

お父様によくわからない伯爵家を潰させるのはなんか悪役令嬢一直線感が半端ないので、そっとお父様をドミトリアス邸に行かないように仕向けた。

セイラ嬢についてはジュリアスにちょっと調べてもらって、親御さんに回収を要請しよう。

キシュタリアに頼みたいんだけど、なんか今ご機嫌斜めでオーバーキルの予感がするのよね。

まだ十代にして異様な老け込みというか死相を出すミカエリスは、理由をつけて温泉に連れ出した。だって見ていられない。真面目なミカエリスは、あってないような約束を振りかざす自称婚約者に辟《へき》易《えき》しながらも、レディを無下にできないという紳士精神を発揮して今までひたすら我慢してきたようだ。じゃあ、恩義ある公爵家のレディはもっと無下にできないわよね？

オホホ、この腕を払えるものなら払ってごらんなさい!!

セイラ嬢のようにがっしりと腕を掴んで連行した。胸が当たってる？　当ててんのよ！　大してないけど！

意気揚々と引っ張る私に、大人しく引きずられるミカエリスは始終歯切れ悪く呻《うめ》いていた。ミカエリスのほうが年上だし、男の子だからヒキニート令嬢より全然力があるんだけど逆らわない。逆らえないというべきか。

ふと、密着している状態だとミカエリスからなんだか香ばしいようなツンとくるような匂いがして首を傾げる。

「ミカエリス、何か匂いがするわ。変わった香水でもつけたの？」

そもそもミカエリスはきつい香水などあまりつけそうなタイプではない。

私の知っている範囲では使っているのは二人。お父様はもちろん甘く上品であり、どこか怜悧《れいり》さを感じる魅惑の香りがする。何気にジュリアスも香水をつけていたりする。お父様と系統は似ているのだけれど、ジュリアスはほんのり甘くしっとりとした中に、何か深い森みたいな香りを感じる。

犬のように嗅ぎ回った幼き日、エリート従僕に顔面を掴まれたのはいい思い出だ。淑女のすることではないとお灸《きゅう》をすえられた。ごもっともです。確かに。

お父様は少しでも離れ離れになると、再会するたびに私を抱きしめるのでそれで気づいた。ジュリアスは私が夜中に発狂した時や、熱を出した時などに抱き上げたりするのでそれで知った。細そうに見えて、ジュリアスって結構力持ちよね。

しかし、ミカエリスの匂いはお上品というより、むしろ野生味を感じる。

「………香水じゃないんだ、これは」

げんなりとした表情で、苦々しく言うミカエリス。匂いの正体に思い当たる節はあるようだが、答えたくないようだ。

温泉を楽しんでいる間に、すっかりその匂いは消えてしまった。だが、ドミトリアス邸に戻ってそんなに時間がたたないうちにその匂いはミカエリス――と、いうか時々ドミトリアス邸自体からも感じるようになった。

しばらく匂いの正体を確かめようとミカエリスの周囲をうろついたが、強い時と弱い時がある。大抵午後一番のお茶会が一番強い。あと、たまに朝から匂う時もある。

そして、その匂いが強い時に限ってミカエリスは疲れた表情が多い。

公爵令嬢として犬のようには嗅ぎ回れないが、気になって仕方がない。そして、相変わらずセイラ嬢は良くバッティングし、私を睨んできて周りの顰蹙を買っている。ほっとけばいいのよ、あんな小物。

それより、匂いの正体が気になる。なんか新しい植物でも植えたのかしら？

好奇心がむくむくと湧いてきて仕方のない私を心配そうに見つめるキシュタリア。大丈夫よ、保養所に来て倒れたりしないわ。ジュリアスという有能なストッパーもいるし、なんとかなる。

そして今日は一段と例の匂いが充満している。

せめてラティッチェ邸に戻る前のこの正体を看破したいと勝手な目標を立てていたら、前方にミカエリスを見つけた。窓枠に寄りかかり、なんかアンニュイそう？　その隣に、おろおろしているジブリールもいる。

「ごきげんよ……ろしくなさそうですわね、ミカエリス。どうしたの？　ジブリール、何があったの？」

「お、お兄様がわたしの分のお料理まで食べてぇ……」

ぐすぐすと鼻を鳴らしながら、目に涙の幕を張ったジブリールは揺れた声で答える。つまりご飯を取られて泣いてる？　違う気がする。だって、ミカエリスはとても妹想《おも》いで、ジブリールを大切にしているから。でも、体調が悪いのはミカエリスが食べすぎってこと？

なるほど、わからん。

しかしまあ、当のミカエリスの顔色は本当に悪い。

「本当に酷い顔色ですわ、ミカエリス。一度横になったらいかが？　お医者様をお呼びしたほうが良いかもしれませんわね……」

「そのほうがよさそうですね。お呼びしてまいります」

「頼んだよ。僕は誰か運べる人を探してくるから、アルベルとジブリールはそこで待っていて」

ジュリアスもキシュタリアも私と同意見のようだ。ミカエリスが顔色は真っ青なのに脂汗をかいて、口を押さえている。目は少し伏しているが、眉間にはしっかり苦悶《くもん》のしわが寄っている。

そして、いつも礼儀正しい彼が私やキシュタリアに一切挨拶をしないなんてよほどのことである。

「ねえ、ミカエリス。せめて腰を下ろしてはいかが？」

ずるずると壁にもたれながら、崩れ落ちるように座り込むミカエリス。

食べすぎにしては酷い有様だ。毒を盛られたといったほうがいいくらい。滲む脂汗にハンカチを当てると、一瞬彼がびくりと震えた。

「ミカエリス？」

「アルベル、はなれ……」

ぐらりと傾いた体を咄嗟に支えると、危なげなほどに体を戦慄《わなな》かせたミカエリス。

そして、濁音の混じったなんとも言えない嗚咽《おえつ》を漏らしたと思ったら、彼は盛大に吐瀉《としゃ》した。思いっきり吐いた。最高級のローズブランドのシルクドレスに、汚物が流れる。嘔吐《おうと》物独特の、胃酸混じりの鼻につく臭いがその場に広がる。

口を押さえて、なんとか次の衝動を抑えようとするミカエリスだが、始まったえずきはそうそうなくならない。これだけ吐いたらもう二度だろうが十度だろうが変わらない気がする。混乱が一回転して頭に菩薩《ぼさつ》が降臨する。震えるミカエリスの背中を撫でて、慈愛と諦観の悟りを開いた。

すっかり吐き終わった彼は、先ほどとは違う意味で真っ青になっている。

自分より身分が上のご令嬢のドレスにゲロったんだもの。そりゃそうだ。だが、嘔吐をやり過ごしても、体調はなかなか戻らないらしい。でもそれ以上に今度は精神的ショックがでかいのか譫言《うわごと》のようにひたすら謝罪している。

「お、おれは……申し訳ございません……ごめんなさい、ごめんなさい……っ」

「体調が悪かったのだもの。仕方がないわ。少しは楽になったかしら？」

「しかし、アルベルのドレスが……」

「わたくし、とても衣装持ちなの。これくらいのドレスもっとたくさんあるわ」

嘘ではない。でも、エンパイア型の青と白の細かいストライプドレスは旅行先に持ってきた中でもかなりのお気に入りの一つだ。

だけれど、少しでもそんなそぶり見せたらミカエリスは気にするだろう。

なので、にっこり笑って断言した。おおよしよし、と粗相をしてしまった子供をあやすように、ミカエリスの頭を撫でると彼は呆然《ぼうぜん》としていた。

「まずはお口をゆすぎましょう？　歩けそうですか？」

なんかミカエリスは首をくくりそうな顔しているけど、私は悪気のない病人をしばくほど鬼ではない。

努めて優しい笑顔で話しかけたが、呆然とするミカエリスの耳に届いているかは微妙だ。

「ミカエル様ぁ～、もしよかったら今からあたくしとお散歩にって……って汚い！　ヤダ！　なにこれ⁉　吐いたの……やだー、さいあく……」

甘ったるい声を響かせながらやってきたのはセイラ嬢。だが、私のドレスの惨状と、ミカエリスの有様を見て合点がいったように引いている。正直は美徳だが、少しは繕いなさいな、ご令嬢でしょうアンタ。

だが、これにすぐさま怒ったのはジブリールだ。

「アンタのせいじゃない！　いっつもお兄様に変な料理ばかり出して、無理やり食べさせようとして！」

「へ、変な料理⁉　あれは王都でも流行《はや》りのゴユラン国の高級な香辛料を使った、とても豪華なものなのよ⁉　平民どころか、下級貴族なんか一生食べられないモノなんだから！」

「あんなのラティッチェのお屋敷にいる者だったら、ネズミでも食べないわ！　辛いばっかりで臭くて痛くて拷問みたいな味じゃない！」

「わたくしの料理にケチをつける気⁉」

「ならあれ、アンタが全部食べなさいよ！　アンタが料理持ってくるたびにお屋敷が香辛料臭くなるのよ！」

こちらも合点がいった。

どうやら、セイラ嬢は自慢の料理と称して香辛料まみれのブツをたびたび出して、ミカエリスの味覚にダイレクトアタックをかましていたようだ。ついでに胃もやられているのだろう。あのくたびれたミカエリスは、散々ラティッチェの美食三昧から急に香辛料地獄に叩き込まれた反動だったのだ。

そして、ミカエリスは私が連れてきた彼の妹まで香辛料地獄に晒《さら》されると危惧し、咄嗟にジブリールの分を無理やり食べたのだろう。不器用ながらに妹想いの彼は、自分の身を犠牲にして妹の健康を死守したのだ。

わかるぞ……あの高級食材として出された香辛料まみれの肉。あれは暴力的な味だった。高級イコール美食とは限らないと私の五感に叩き込んだ一品だった。おかげで、食の革命に躍起になってしまったわ。だってご飯が美味しくないって、拷問じゃない。

そんなヤバい料理など突き返せばいいものを、根が紳士で真面目なミカエリスは、鬱陶しい我儘令嬢といえレディ相手にそんな失礼な真似《まね》はできなかったのだろう。

私がたびたび感じていたあの鼻にくる匂いの正体はコレだったのだ。

ジブリールとセイラ嬢がキャットファイトを始める横で、すっかりメンタルが潰れて脱魂状態のミカエリスをよしよしして私も現実逃避した。

ジュリアス、キシュタリア……早く帰ってきて!! 座った腿《もも》から膝あたりにかけて嘔吐物の広がるドレスでは立ち上がれない。そして失神直前のミカエリスを放置などできない私は、罵声を飛ばしあい殴り合う小さなレディたちを眺めることしかできなかった。

その取っ組み合いは、ドレスが千切れようとリボンがもげようと続いた。それこそ、大人たちが集まって二人を羽交い絞めにして止めるまで続いた。

その後、体調不良の原因がはっきりしたミカエリスに、すりおろしたフルーツやよくふやかしたオートミールのミルク粥《がゆ》や良く茹《ゆ》でた野菜のスープなどを中心とした胃に優しいメニューを一週間きっちり取らせた。三日目あたりからもっとお肉やガッツリしたものが食べたそうな顔をしていたが、譲らなかった。だって吐いたものに赤っぽいの混じってたんだもの。香辛料だとしても血液だとしてもヤバすぎる。

ちなみにセイラ嬢には私直々に筆を執り、おたくのお嬢さんどういう教育してやがるんだということを貴族風にご両親あてへお手紙を出した。私のお友達に何してけつかるという旨をきっちり添えて。監修はジュリアスだから、ちゃんと丁寧に見えて辛辣なのは間違いない。

せっかくジュリアスに探してもらったテンガロン伯爵家の弱みは、使いどころがなくなってしまったわ。これまで使ったら、テンガロン伯爵家に対してやりすぎになっちゃう。ジュリアスは納得していなかったけど、あまり大事にしたくないし――してないわよね? そう思いたい。

「ジブリール、貴女は女の子なのですから男の子のような喧嘩《けんか》をしてはだめよ？」

「でもあの女、アルベルお姉様を侮辱しました！　お兄様も虐めました！　許せません！」

ジュリアスとキシュタリアをドン引きさせ、やってきた医者と騎士を青ざめさせ、実の兄のミカエリスの魂を宇宙に飛び立たせたジブリールは、傷だらけになっても可愛らしい顔に憤怒を滲ませた。

セイラ嬢との取っ組み合いの末、セイラ嬢が鼻血ブーになる右ストレートを顔面にお見舞いするとか、ちょっとまずい気がするの。問題になっても、公爵家権力でもみ消すけど。だって可愛いジブリールはちょっと兄想いで姉想いなだけなのよ。そうっていったらそうなの。

血の気が多いのは、ドミトリアス家は伯爵家でありながら同時に優秀で勇猛な騎士を輩出する家だからということにしよう。深く考えちゃだめだ。

でも今後、ジブリールが令嬢として瑕疵《かし》が残るようなことはあってはならない。傷によく効く軟膏《なんこう》をジブリールに塗りながらメッとするけどわかっているのかな？

「今度会ったら『ハナッパシラ』とやらをへし折ってやります！」

「……アンナ、ジュリアス――確かジブリールの先生はわたくしと同じはずですわよね？　同じ令嬢として、最高の教育とやらを受けているのですよね？」

これまずくない？　力いっぱい言い切っているけど令嬢が鼻っ柱なんて単語どうやって覚えてくるの。

ヒキニート令嬢のアルベルティーナならともかく、今後社交界に出るジブリールがこんなワイルドな男塾系でいいのかしら？　お姉様は、妹が心配でなりません。

アンナは困ったように首を傾げ、ジュリアスはご臨終ですと言わんばかりの悲壮感で、重々しく頷く。そうですか、最高の令嬢教育でこれですか。お姉様はますます心配です。

「わたくしの可愛いジブリール。そんな乱暴な言葉を使ってはいけません。貴女は伯爵令嬢です。ですが、セイラ様と同じ土俵になど上がってはいけませんわ」

「……アルベルお姉様がそうおっしゃるなら……」

「ああ、そんな顔をしないで。わたくしはジブリールの笑顔が大好きよ。いくらセイラ様が嫌いでもレディが殴り合いなんて、良くないわ。こんな怪我《けが》なんてして欲しくないの。貴女の可愛いお顔や体に傷が残っては大変よ。ジブリールが心配なの、わかってくれる？」

「はぁい、お姉様」

ちょっとむくれながらも私の愛するジブリールは了承した。頼むからやめておくれ。


その日、珍しくジュリアスとキシュタリアから手放しに褒められた。私は知らなかったが、ジブリールは実は大層お転婆なご令嬢で、説得するにかなり覚悟が必要だと思っていたようだ。

知らなかったよ、私。先入観があった。原作のジブリールはこうなんていうかさ、地味だったんだよ。

華やかなミカエリスと同じ髪と瞳の色を持ち、兄に劣等感と羨望と憧憬を抱きながらも思春期の複雑な心情を屈折させていた。今のジブリールはそんな面影もないくらいキラキラのルビーのように輝かしくも華やかな美少女令嬢だ。

ジブリールの少女らしい愛くるしい笑みは超絶重いお父様の愛や、従順に見えて時々なんか怖いスーパー従僕のジュリアス、今は懐いているけど数年後は破滅に追いやってくるかもしれない義弟キシュタリアの中でとても素晴らしい清涼剤だったのだ。

ミカエリスは何かよくわからん。あのゲロ吐き事件から私に引け目を感じているのか、なんかちょっとぎこちない。まあ、アルベルティーナ様ではなくアルベルと咄嗟に出てくる程度には仲の良い関係だとは思う。

私をそのまんま愛称のアルベルと呼べるのはお父様とキシュタリアとミカエリスくらいだ。潤いなくないでしょうか。私の周囲の女性ってアンナとラティお母様とジブリールだけじゃない？

しかもジブリールはテンガロン伯爵家の一件もあり、ミカエリスも伯爵として持ち直してきたのでドミトリアス領に近々戻るという。寂しいですわ～。

後日、私にゲロ吐いたミカエリスをしばいていいかとお父様から打診があった。

やめて差し上げろくださいまし！！！

……動揺してしまいました。朗らかに『処していい？』とチャーミングに首を傾げられて、うっかり頷くところでした。美形パワー怖い。

あれは不幸な事故だったんです。不慮の事故です。

お父様の気を逸《そ》らすために「そんなことに時間を割く余裕があるのなら、わたくしと遊んでくださいませ！」と精一杯可愛らしく拗《す》ねてみた。溺愛する娘の可愛いおねだりにお父様の記憶から、即刻ミカエリスゲロ吐き事件は削除された。

ちなみにしばいていいって言ったらどうなってたんだろうと、ほんの出来心でジュリアスに聞いてみた。

ずれてもいない眼鏡を直し、視線を逸らすジュリアス。

「…………貴族名鑑からドミトリアス家が消えるのは確かでしょうね」

お父様、やめて差し上げてくださいまし！

疎遠になったり、爵位が下がったりするどころの話ではない。

あとで聞いたが、すでにお父様は娘のＧＯサインさえ貰《もら》えれば、即刻焼き払う気であったそうだ。

どこを。何を。準備万端だったそうだ。怖い。何を用意していたの。

幕間　僕の家族には魔王と天使がいる

キシュタリアは貴族といっても名ばかりの、底辺といえるような家柄の子だった。

そして、女にだらしなかった当主がとても美しかった母親を無理やり愛人にしたことにより、妾腹《しょうふく》の息子として生を受けた。

本妻とその息子たちには疎まれていた。ろくな教育も受けず、本宅にいることも許されず狭い倉庫だった小屋を与えられそこに住んでいた。

血縁上は父親だという男は、キシュタリアには見向きもしなかった。しかし、母のラティーヌやキシュタリアが外に出ていくことは許さなかった。本妻の怒りに触れるのを恐れてラティーヌやキシュタリアを庇《かば》うことはなかったが、見目の良い愛人にはまだ未練があるようだった。脂下《やにさ》がった、欲に血走った眼《め》が母を舐《な》めるように見るのが嫌いだった。

粗末な家とも言いがたい場所で、夏は汗だくになり、冬は寒さに凍えていた。

貧しいゆえに、口にできるものも限られていた。

薄い塩味の安い豆や屑《くず》野菜のスープに、酸っぱい硬い黒パンは顎が痛くなるほどだった。たまに卵や肉の切れ端でもあれば豪勢だった。お腹《なか》いっぱい食べられる時のほうが少なく、いつもくたびれた服を着て、母と肩を寄せ合うように生きていた。

ある頃から、本妻の息子の一人が母を当主とよく似た欲にまみれた目で見るようになった。

最初は盗み見るように。次第に、母に近づいて父ではなく自分の愛人となれと恥知らずな命令を口にするようになった。当然母は拒否した。もともと愛人も好んでなっていたわけではなかったのだから、当然だ。それに激怒したその男は、逆上して母を嬲《なぶ》ろうとした――あるいは殺そうとしたのかもしれない。

それを見た瞬間、キシュタリアの中に澱《おり》のように積もっていた怒りが爆発した。

記憶はあまりない。

気づけば庭木が跡形もなくへし折られ、敷地を囲っていたレンガが崩れ、屋敷が半壊していた。

恐ろしいものを見る目で、父である男が見ていた。いつも蔑みの目を向けていた本妻も、加虐的な目を向けていた兄たちも。

化け物、近づくな、そんな声を聴いた。

なんとなく、ここを追い出されるんだなと理解した。ようやく出られるとも思っていた。

キシュタリアが暴走させた力は魔力だった。キシュタリアは膨大な魔力持ちと発覚した。それから間もなく、やけににこやかな――いつもの脂下がりとは違うが、やはり下品な厭《いや》らしい笑みを浮かべた父である男がやってきた。

キシュタリアを迎えに来たのは『ラティッチェ公爵』という男性だった。

美しい男だった。

ぞっとするような美貌とはこういうことなのだろう。キシュタリアの母も美しかったが、その男は次元が違った。別の生き物のような美貌だった。

人ではないと言われても納得できるような別次元の存在。

そこにいるだけで、圧倒的な存在感があった。

漠然とした恐ろしさを感じながら、そのラティッチェ公爵を——義父となる男性を見た。

その圧倒的なオーラや美貌に本妻だけでなく、血縁上の父と兄たちもがあんぐりと口を開け惚《ほう》けていた。

その人はキシュタリアを見ると、少し目を細めた。笑っているけれど、よく観察すれば目の奥は笑っていない。

「初めまして、キシュタリア君だね？」

「はい……」

「私の名前は、グレイル・フォン・ラティッチェ。話は聞いているとは思うが、公爵家の当主だ。我が家には息子がおらず、娘が一人なんだ。そして、娘は少しばかり事情があり当主となるにも、婿を取るにも難しいから君を養子に迎えたい」

穏やかだが静かで聞き取りやすい言葉だった。うっとりしてしまいそうな豊かな声音。だが、キシュタリアの本能が警鐘を鳴らしていた。

物腰は穏やかで、風采もとても立派。口調も柔らかで、小さなキシュタリアに視線を合わせる気づかいを見せるのは実にできた人のように思えた。

「条件を、一つ。お願いがあります」

「なんだい？」

「母も、一緒に連れていってください。夫人として迎え入れていただかなくてもいいので、母を一緒に連れていく許可をください」

ここにいたら、母は間違いなくこの家の悪感情の的になる。

お世辞にも人間ができたとは言えない人たちばかりいる。むしろ下種《げす》と言っていい。

ラティッチェ公爵は少し考えるようなそぶりをすると「構わないよ」とにっこりと笑った。優しそうだ。美しいのに、やはり何か作り物めいていて恐ろしい。

あの脂下がった男は美しい愛人を手放すのは嫌なのかやや渋った。しかし、母も連れていくからと金貨の入った袋をラティッチェ家の執事が出すとすぐさま手の平を返した。

まさに金で買われた養子縁組だった。

そのまま馬車で連れていかれたが、ちらりとキシュタリアとラティーヌを見た公爵は執事に命じた。

「これではアルベルに見せられん。見られる程度に整え、躾《しつ》けておけ」

「畏《かしこ》まりました」

これが本性かと、少し落胆したが納得もした。

アルベルト？　アルベリー？　アルバトロス？　アルベルティーナ？　アルベロッサ？　公爵の愛《いと》おしげに転がすアルベルという愛称から思い浮かぶ名前。一人娘と言っていたのだから、女なのだろう。そもそもあれはフルネームなのか愛称なのかすらわからない。

しばらくして、ようやくお許しが出て公爵家本宅に行けることとなった。

本宅に行く前、久々にラティッチェ公爵が姿を見せた。

「お前たちにアルベル――私の娘の、アルベルティーナを紹介する。お前たちはあの子のために生きて死ね。逆らうことは許さない。その時は死と絶望をもって贖《あがな》わせる。余計なことを考えず、アルベルティーナに尽くせ。お前たちの価値はそれだけだ」

あんまりな物言いだったが、いっそ悍《おぞ》ましさすら覚えるほど威圧を放ちながら公爵は言う。逆らえば、文字通り始末されると理解した。ただ是と恭順するしかできない。

キシュタリアはその『アルベル』との出会いを、今も鮮明に覚えている。

見た瞬間、すべてを貫かれたような感覚がした。初めての衝撃だった。

その少女を見るなり、あの冷たい威圧感と恐怖が美貌を着て歩いているような公爵が相好を崩す。

「アルベル」

「お父様！」

キシュタリアたちを見て、一瞬隣にいた少年の陰に隠れようとした少女だったが、公爵の姿を見るなりぱっと表情を輝かせて抱き着いた。

声も可愛い。少女独特の甘く高い声が胸に響くのを感じた。

くらくらと酩酊《めいてい》するような熱に浮かされたような感覚を覚えながら、キシュタリアはぼうっと少女を見つめた。同じくらいか、少し年下くらいだろうか。

少女が動くたびに可愛らしいピンクのドレスが揺れるのが花のように可憐《かれん》だった。

自分がどんな自己紹介をしたか、母がどんな話をしたかすらぼんやりと過ぎていった。

アルベルティーナはかなり人見知りのようで、初めて見るキシュタリアやラティーヌの前になかなか出てくれなかった。しかし、興味はあるようでジュリアスという従僕に引きずり出されて小さな声で自己紹介をしてくれた。だいぶ恥ずかしがり屋でもあるのかもしれない。そしてすぐにジュリアスの陰に隠れて、そっとこっちを伺ってくる。

その仕草すら小動物のように愛くるしく、顔が緩みそうになる。それは母のラティーヌも同じようだった。

ずっと兄や本妻、父である人物に悪意と侮蔑と忌避する視線に晒《さら》されていた。

それに比べれば、少し戸惑いと恐怖と興味がないまぜになった少女の視線は可愛《かわい》いものだ。

可愛いな。声をもっと聴いてみたい。顔が見たい。なぜそんなことを思うのかわからないけれど、ずっとそんなことを思っていた。

気がつけば、自分の部屋だという場所に案内されていた。

「お嬢様は人見知りが激しいので、ほどほどに」

帰り際、黒髪で眼鏡をかけた従僕――ずっとアルベルティーナがくっついていた従僕が釘《くぎ》を刺してきた。

そう言われてしまえば、怖がりの小さな少女に強引に近寄ることもできない。

メイドのアンナや従僕のジュリアス、執事のセバスにも相談しても一様に、慎重に距離を詰めてくださいというのが総合判断だった。

母のラティーヌは、なぜか公爵の再婚相手として選ばれていた。最初は不思議だったが、後にパーティやお茶会の供をした母により判明する。

あの化け物じみた美貌の公爵はモテる。それも凄《すさ》まじく。本当の愛はアルベルティーナの実母のクリスティーナに捧《ささ》げたままだが、それでも公爵の正妻の座が空きっぱなしという状態にいかなる手を使っても滑り込みたいと妄執じみた粘着する女性が後を絶たない。デビュタントから未亡人どころか、夫のいるマダムまでしつこく言い寄ってくるそうだ。

公爵は根回しも良くスパルタ教育を受けさせている間に、ラティーヌの後見人に上級貴族を何人もつけさせていたため、元下級貴族の愛人というレッテルを表立って罵る人間は少ない。つくづく隙のない義父であった。そして味方であれば心強い。

相変わらず公爵は恐ろしい義父だが、その娘のアルベルティーナはほっとけない少女だった。

時折、アルベルティーナは真夜中に悲鳴を上げて飛び起きると、アンナやジュリアスに宥《なだ》められている。

あまりに酷《ひど》いと、公爵が来るか朝が来るまで泣きじゃくるか、暴れ疲れて泣いて疲れて気絶するように寝るまで騒いでいた。

最初はその理由を知らなかったが、かんしゃくの一つかと思っていたが何かがおかしい。その時のアンナとジュリアス、そしてセバスまでもがかなり張り詰めていることに違和感を覚えた。

様子を探っているとアルベルティーナは過去に誘拐されたことがきっかけで、狭い場所や暗い場所が苦手。しかし、それを知っている使用人の誰かが彼女に虐《いじ》めじみたことをしているというのだ。

それを聞いた時、まさかと思ったが事実だった。

傍《そば》付きをしている中でも、アルベルティーナの怯《おび》え方を知っているアンナやジュリアスは、彼女が寝たあとにも部屋が暗くなりきらないようにしている、顔に何もかからないように気を配っている。にもかかわらず、視界が真っ暗闇の中でアルベルティーナが起きることが何度もあった。誰かが意図的に仕掛けているのだ。

そのことにはキシュタリアもラティーヌも激怒した。質《たち》が悪いにも程がある。

後にその犯人である上級使用人のドーラはジュリアスをはじめとする皆に追放された。もしかしたら、生きていない可能性もあったが、知ったことではない。

虐められていた当のアルベルティーナはそれほどことを重く捉えていなかったようだが、先に彼女を慮る者たちの怒りと我慢が振り切れた。

アルベルティーナはにこにこと何かを思いついてはジュリアスにお願いしている。ジュリアスはいつも通り、だがよく見れば大抵浮き足立って熱心に聞いている。その内容によっては公爵家の使用人たちが下級から上級までひっくり返る大騒動になることもあった。

アルベルティーナは世間知らずの箱入り娘だった。

だが、その頭脳は恐ろしく発想力が豊かだった。そして、ラティッチェ家当主はそんな娘を溺愛し、娘が望むなら気が済むまでやらせろという方針だった。そして、それがとんでもないものを次々発明するきっかけとなる。

今までにない美食や、ファッション。美容品から健康食品や薬品や生活用品の類《たぐい》まで。

キシュタリアには最初よくわからなかったけれど、年齢を追うごとにアルベルティーナの特異性を徐々に理解する。

たまに、屋敷までアルベルティーナ会いたさに詰めかける人間もいる。だが、ごく一部の公爵の許可を得た人間しか入ることは許されない。

この屋敷で最も偉いのは公爵だが、最も厳重に守られているのはアルベルティーナだった。

ようやくキシュタリアにも慣れてきた頃には、アルベルティーナはあの屈託のない笑みをキシュタリアにも向けるようになっていた。相変わらずおっとりしていたが、お姉さんぶりたがる、背伸びをした姿がとても可愛らしくて——でもなぜか姉と呼ぶのに抵抗があった。最初は姉と呼んでいたが、呼ばなくなると少しむくれていた。

キシュタリアは知らずに過保護にはなっていたかもしれない。義姉《あね》が可愛くて仕方がない。

社交界に出ないアルベルティーナのことをよく知らずに貶《けな》す奴はしっかりとやり返した。

しれっとした顔でジュリアスどころかセバスも手伝っていたから義父公認だった。グレイルからはたまに「手緩《ぬる》い」と手際の悪さとやり方の甘さに叱責は受けたが、やめろとは一度として言わなかった。そうやってキシュタリアは戦い方も守り方も覚えたのだ。

三章　ニート令嬢は画策する

「うーん、来シーズンは社交界に出てみようかしら？　女の子のお友達が欲しいわ」

「温室育ちどころか結界育ちが何を言っているのですか。だめですよ、どこで変な病気や毒を貰《もら》ってくることか――悍《おぞ》ましい」

「悍しいって」

「それだけラティッチェ公爵家に集《たか》る蝶《ちょう》のふりをした蠅《はえ》は多いのですよ」

今日も極上に美味《おい》しい紅茶を淹《い》れてくれた、有能従僕こと辛辣すぎるジュリアス。じゃあキシュタリアはと思ったら「絶対ダメ」の一点張りだった。

紅茶を傾ける姿すら優美な、まさに令息然とした姿に、後ろでケーキスタンドを持った新人メイドがほうっとため息をついている。それにちらりと一瞬アンナが視線を向けた気がした。目を伏せていたのだけど、気配を感じた。あのメイド、あのままの調子だと私付き外されるかもな。

「僕にはアルベルを守る義務と権利があるんだ。絶対ダメ」

その本人が行きたいって言ってるんですけど!?

我が弟よ、姉その言葉信じていいの？　信じた瞬間後ろから滅多刺しとかしない？　魔法で木っ端にしたりしない？　ちゃんと守ってくれる？

ちなみに私の社交界デビューの話は消えた。主にお父様の恐ろしい計画によって。

「とりあえず、ダンペール家あたりでも派手に散らしておこうか？」

爵位は言わなかったし、階級も言わなかった。でも、笑顔のお父様の後ろでセバスとジュリアスが微妙に表情――といっても些細《ささい》すぎるので、せいぜいほんの一瞬雰囲気を変えたので、かなり大家なのではないかと推測する。

祝賀花火代わりにどこかのおうちを木っ端にしようとしないでください、お父様。

それは物理ですか？　それとも家柄の名誉的なことですか？

あの二人は従僕と執事の鑑《かがみ》みたいな人たちなので、基本冷静沈着かつ頭の回転がすこぶる良い。そんでもって、表情と感情があまり連動しないタイプなのだ。静と動はあるけど、常に笑顔か無表情で綺麗《きれい》な仮面がのっている。

そのダンペール家とやらが、お父様と過去にどんな遺恨があるかは知らない。だけど社交界デビューと同時に私刑執行の記憶が混ざり合うってどうかと思う。忘れられないこと間違いなしの思い出になりそうだけど。

きっと、私の返答次第でかなりの騒動になるんではないだろうか。

一瞬、使用人たちの目に縋《すが》るような眼差《まなざ》しが混じった気がしたの。普段、お父様の暴走っぷりに散々振り回され、見せつけられているうちの使用人が。心臓に毛どころか、リーゼントが生えているようなメンツばかりなのに。特にセバスとジュリアス。

「まあ、ありがとう存じます。お父様」

「いいんだよ、アルベル。お前は特別なんだ。有象無象など、お前を楽しませればそれで本望なのだよ。好きに選び、好きに遊び、好きに壊すと良い。アルベルティーナ、お前は選ばれた存在なんだよ。この世はお前のためにあるんだから！」

お父様、引き籠《こも》りにとんでもない思想を植えつけようとしないでくださいまし。

公爵令嬢という肩書は確かに、人間社会の中でもただ一握りの貴族の中の、さらにほんの一握りではある。だけれど、傍若無人の傲岸不遜で悪逆非道を貫いて良いイコールではないと思うのです。

貫いた結果、本家のアルベルティーナは世が世なら王女として生きていたかもしれないほど高貴な血筋を持っていた。だが、悪逆の限りを尽くした彼女の末路は悲惨だった。

単に処刑されるならまだマシ。身分を剥奪され国外へ追い出され、賊の慰み者となったり、親よりも年上のヒキガエルのような醜男《しこお》に嫁がされ凌辱《りょうじょく》されたり、女奴隷として孕《はら》んだ体のまま男に嬲《なぶ》られたり――普通に処刑されたほうがマシやんというのがゴロゴロだ。

私は断固拒否だ。それなら修道女で一生清い体でいい。

お父様の冴え冴《さざ》えとした美貌の中で、瞳の中に底光りする感情。

お父様の瞳に映るのはただ一人、私という存在のみ。

お父様は、その私の存在の中に誰を見ているのでしょうか？

それは誘拐事件前までいた、本当のアルベルティーナでしょうか？　亡きクリスティーナお母様でしょうか？　お父様の中の夢想でしょうか？

狂乱と冷徹が混ざり合うその目に、本当に映っているのはなんでしょうか？

きっとその疑問はけして口にしてはいけなくて、それでも私はアルベルティーナとして生きている中でこの父親に感謝しているのは事実でもあるのです。

きっと世の中の貴族というものは、より繁栄を願って娘はより良い嫁ぎ先か、より良い婿取りをしようとするものだ。このように安穏と放置させてもらっているのは、ひとえにお父様が私をお父様の手の内――ラティッチェという箱庭に閉じ込めているのと引き換えに、すべての責務を免除してくれているからだ。

「わたくしはお父様の娘で幸せですわ」

「私もアルベルのような可愛《かわい》い娘がいて、本当に幸せ者だ！」

そういうが早いか、お父様は私を抱え上げ、腰に両手を添えてくるくると回り出した。高い高いである。お父様、実はかなり力持ち？　娘、結構育っているぞ。もう誘拐された、あの幼児期とは違うのに。

恐ろしく有能な従僕も、お人形よりも見目麗しい義弟も、物語の令息と騎士を思わせる華やかな伯爵子息も、お父様はまるで玩具《おもちゃ》を子供に与える感覚でお与えになった。

衣食住と娯楽まで与えられて、お父様に不満など言えるほどの立場でないことなど私が十分わかっている。

ですが、娘は時々不安なのです。私は娘という立場に胡坐《あぐら》をかいて、その愛情を浴びるだけ浴びて何もしなくていいのでしょうか？

お父様は笑顔で必要ないと断言するでしょうけれど、時折罪悪感が首をもたげます。

私が、周囲に甘いと言われるのはそんな罪悪感から出る偽善かもしれません。

「別にダンペールとやらはどうでもよく思っておりますの。お父様のお好きになさって？」

「そうかい？」

「ええ」

ぎゅうと私を抱きしめるお父様。お父様の香水の香りと、ほのかな整髪料の香りは何よりも落ち着くものだった。この腕の中では恐ろしいものなどありはしないのだから。

お父様は私を守ってくれるもの。私を守るためなら、平民貴族王族すら関係ない。敵か味方で踏みにじるか放置するかを決める人。そして、時たま気まぐれに拾い上げる。

そんな悍ましいほどの苛烈さを持つお父様だけれど、私はどうしても嫌いになれない。

それはお父様の愛情ゆえなのだから。歪《いびつ》でも、それは確かなのだ。

「大好きです、お父様」

「……ああ」

できるだけの笑顔でそう伝えると、僅かに目を見張ったお父様は、まぶしいものを見たような、懐かしむような表情でぎこちなく笑い返した。

「お父様？」

「いや、アルベルはクリスに……クリスティーナによく似ている。最近、大きくなってきてますます似てきたと思ってな」

「そうなのですか？」

「そうだとも。アルベルのお母様は国一番の美女だったんだぞ！　王家の馬鹿どもを蹴散らして、お父様がお母様と結婚したんだ！」

……………………お父様の王族嫌いはもしや、お母様がご存命の時代から？

ニコニコと笑うお父様だが、若干セバスの顔色が悪い気がする。やんちゃしてたのかしら？　いや、相当やんちゃしないと王族にコナかけられていた女性を娶るなんて無理だろう。

特に王様って王妃である正妃以外に、側妃を娶《めと》ることができる。基本王妃は他国の王族か、国内外の公爵からや侯爵からの輿入《こしい》れが多い。稀《まれ》に勢力の強い伯爵もいるが、基本上級貴族の中でも特に勢力が強い家柄から選ばれる。側妃は王妃より基本身分の低い女性たちが娶られる。だが側妃でも妃《きさき》と名がつく以上は貴族が多い。最低でも爵位がないとお話にならない。そしてその下には妃公認の愛人である寵姫《ちょうき》がおり、それ以外には王の気まぐれのお手つきで下級貴族や未亡人、平民など様々な愛人さんもいるという。

国によってはハーレム宮殿をでんと建てる人だっている。サンディス王国にも後宮はあるけど、一、二代目前の王様の時はかなりお盛んだったらしく、国庫を傾ける勢いで女性関係が派手だったらしい。

当然多すぎる王位継承者たちによる後継者争いは苛烈だったが、流行《はや》り病で終息に向いたという。皮肉なことだ。

確かメギル風邪という、魔力保持者に特攻入りという王侯貴族殺しの病だ。

現王ラウゼス陛下は王位継承順位が低かった。たくさんのご兄弟がおり、王位継承争いは熾烈を極めたそうです。この熱を伴う死病に兄殿下らを多く亡くされた。このように継嗣を失った家は少なくない。同様に病に罹《かか》りながらも運よく生き残ったラウゼス陛下もまた、そういった経緯で王位を継ぐことになった。

ルートによっては、その風邪に攻略対象が罹って看病イベントがある。王子ルートやキシュタリアルートもそうなのよね。熱に喘《あえ》ぐセクシーショットが人気スチルだった。

でも、家族を苦しめる趣味はないもの。こっそり薬は入手するつもり。あれ、一般的な解熱剤効かないのよね。魔力暴走に起因するものだから。魔力の強いキシュタリアやお父様が感染したら重篤になるわ。逆に魔力があまりない下級貴族や平民はぴんぴんしてるのよねー。アルベルも魔力持ちだから、やっぱり多めに薬は用意しておきましょう。

どこでもあるけれど王家とは血統を重んじる。王家の血を持たない者が王になるのは、戦争や革命から起こる簒奪《さんだつ》がほとんど。サンディス王家もそうだ。サンディス王国も血統による使用可能な国宝の魔法や道具があるので、始祖王から連綿と紡いだ血を絶やしてはいけないという当然にして暗黙のルールがある。

その魔法により、様々な災厄や戦争、反乱を退けてきた過去もある。

これって古い契約やロストテクノロジー的なものなので、本当に替えが利かないのよね。

当然、王家の血を引くお母様は引く手あまただったのだろう。サンディスグリーンの瞳は、王家の瞳。しかも超絶美女だ。

もしそんな人たちとやり合ったというのなら、お父様は相当なやり手だ。

今でこそ向かうところ敵なしといわんばかりにブイブイ勢い風を吹かせているが、お父様だって若い頃があるし、幼い頃だってある。今みたいにパワーゲームなんて難しい分、相当うまく立ち回っていなきゃ国一番の美女とやらは娶れないだろう。

しかもお母様のお母様は現在の王の姉だったはず。王族降嫁なんて名門一族にしか許されないはずだ。普通、よっぽどやらかしてない限り。

貴族なんて親の決めた政略結婚が多いはずなのに、愛を貫くってすごい。

どんな感じだったのかしら？　お父様とお母様のおつき合いって。ジュリアスに聞いてみたら、かなり熱烈な恋愛結婚だとは知っているが詳細までは知らないと言葉を濁された。

それもそうね。ジュリアスだって、私と大きく年が離れているわけではないのだから。

ならばセバスにと昔話を強請《ねだ》ったら、セバスは青ざめた顔で首を千切れんばかりに横へ振った。

「お嬢様には刺激が強すぎます！　どうかお許しを……っ」

………お父様、本当に何していたの？

相当やんちゃしていたのは間違いなさそう。セバスはとても優秀な家令であるのに、苦渋とばかりに壮年の顔を歪《ゆが》ませるのは心が痛んだ。

ジュリアスが無言で首を振るあたり、やはりこれ以上の問いかけは酷なのだ。ごめんなさい、うちのお父様が苦労をおかけします。

あれか、セバスにはお父様がいつも大変ご迷惑をおかけしていそうだ。ここは一人娘として一肌脱いで、肩叩《たた》き券代わりに一言券でも贈呈すべきだろうか。お父様はかなりパワフルでアグレッシブなお方だから、本当にセバスでもどうしようもない時に私にダメもとで止めさせるようなもの。まあ、私の言葉は物理的や権力的な抑止力はないけど、多少は精神的なストッパーにはなると思うの。

お疲れなセバスにお手製チケットをあげたら、膝から崩れ落ちておいおい泣き出した。

えー!?　ちょ、セバスさーん!?　滂沱《ぼうだ》の涙とはこのことだろう。しわの刻まれ始めた目元を染めて、涙の幕から次々と雫《しずく》がこぼれている。そして『お父様に言葉をおかけするチケット』こと『お父様チケット』を神から賜りし至宝のように掲げている。

ちなみに行使できるのはセバスのみで、ちゃんと『セバスへ』と書いて、私用の薔薇《ばら》の封蝋《ふうろう》と同じ判子を押してある。

私と一緒にちょっとそれを見ていたキシュタリアとジュリアスが引きながらも、なんとも言えない表情をしていた。

「ある意味国家権力相当ですし、王家からの命令よりも効力ありますよね」

それ、お父様に限りという注釈がつくけどね。

親子揃って従僕や執事に迷惑かけまくりですもの。かたや魔王、かたや超世間知らず。どっちのお世話がマシなのかしら。

だけれど、キシュタリアにあれは安易に作ってはいけないと釘《くぎ》を刺された。

「セバス様は家宝にしそうですから、使うべきところで使い渋りをしなければいいのですが」

ジュリアスが珍しくルンルンにはしゃいでいるセバスに、本気で心配している。

そんなに大事？　あれ子供が作った玩具みたいなもんだよ？

ついでに折り紙で鶴を作っていたら、ジュリアスが興味を持った。

そういえば、この世界というか、少なくともこの国は西洋寄りの文化だ。折り紙というものも認知されていない。外国って包装とかも結構雑って聞くし、紙を折って形作って美しくって文化があまりないのかもしれない。

そういえば、ジュリアスは来年から王都の学園に通うキシュタリアに同行するんだって。

原作と違ってアルベルティーナが学園行かないモノね。

そっかー、もう私もキシュタリアも十五歳。時がたつのはあっという間ね。

ミカエリスとジブリールの伯爵家兄妹《きょうだい》達も行くのよね。ミカエリスはもう入学してるけど、確かキシュタリアとヒロインは同学年だったはず。ジブリールは来年。

みんなになんかお守りを作ってあげようと考える。

原作通りに行っても行かなくても、とんでもない学園生活になるのは目に見えている。

学生の本分そっちのけの恋愛メインだけど、学力や魔力や技術力、魅力などといったたくさんあるパラメーターも上げつつ本命に接近して落とすゲーム。ちなみに逆ハーレムルートもあるけれど、あれって卒業後って泥沼軋轢《あつれき》ばかりではないかと思うのよ。

しかも、学園生活を盛り上げる悪の華ことアルベルティーナ・フォン・ラティッチェという権力と美貌を兼ね備えた悪役令嬢がいないって、多分盛り上がりに欠けると思うの。王子ルートとキシュタリアルートなんて特に、障害ことアルベルがいたから一層盛り上がった感があるものね。

ちなみにキシュタリアは手紙を書くから、ちゃんと返すようにと上京する息子を心配するママのようなことを言っている。逆じゃないのかな。

ジュリアスはジュリアスで、自分がいない間につく従僕のレイヴンに事細かに私の言動を報告するように言い含めている。ねえ、それ本人の近くで言うこと？　ジュリアスの中で私はなんなの？　公爵令嬢という名の四歳児なの？　もし私が将来修道院行きたいとか知ったら、ショックで虚脱状態にならない？　ジュリアスって私にかなり過保護な気がするの。キシュタリアよりわかりにくいけど。

「ラティーヌ様とアンナがいるとはいえど、心配ですから」

お嬢様はすぐにしでかすのに、ご自覚がありません――言葉は諫言《かんげん》だけれど、その表情は少し困ったような微苦笑だ。ひえええ、普段どっかが凍てついているような美形の、貴重極まりない微笑。しかも作り笑顔じゃなくて、感情の乗ったそれは春の雪解けを促す日差しのごとく。

まばゆさに思わず目を細めた私を、そっと目隠しするキシュタリア。

こいつぁやべえ。事案でござる。美形慣れしていたと思っていたけど、まさか一番見慣れている美形に目潰し食らうとは。私もまだまだである。

なんとか過去の記憶を四苦八苦して思い出しながら作ったのは、手の平に乗るサイズの小さなくす玉だった。折り紙みたいな薄い色紙が手に入りにくくて、ちょっと大変だった。

ちまちまとくす玉の素材を折っていると、私の企みの気配を察知したジュリアスがうろちょろするので、アンナとレイヴンに頼んで追い払ってもらった。

キシュタリアには瞳と同じ水色を中心とした青系のくす玉。ジュリアスは紫系である。ミカエリスとジブリールは赤系だけど、ミカエルは真紅、ジブリールはピンク系にした。

　王都へ行くまであまり時間がないから、せっせと折り進めてなんとか形となった。ちゃんと出発前に間に合って渡せてよかったわ。

「綺麗だね。アルベルは器用だよね」

「そう？」

「普通、紙でこのような緻密な細工を、しかも手で折ろうなどとは考えないかと……」

私ではなく先人の技術や知恵を丸パクリですわ。

キシュタリアやジュリアスは褒めてくれますが、大変申し訳ないですわ。

飾るだけでなく、何かにぶら下げられるように組み紐《ひも》を通し、玉を模した魔石で重さを持たせ、揺れ動く姿も様になるようにする。しかも魔石はアミュレットとしての意味もある。ガチお守りだ――使い切りタイプだけど。

　攻撃系は目を背けたくなるへなちょこだけど、サポート系の魔法は得意です。本家アルベルは攻撃魔法も呪詛《じゅそ》もバッチコイに得意だったのだけど……やっぱ中の人が原因？


　ついにこの日が来てしまいました。

学園へ向かうための馬車はキシュタリアだけでなく、従僕のジュリアスや護衛を数人乗せている。

そのため、荷馬車を含め数台の馬車が連なる形となった。

サンディス王国でも筆頭貴族といえるラティッチェ公爵家。その継嗣となる令息の護衛はかなり厳重となっている。護衛も精鋭。しかもキシュタリアも剣術や魔法の手ほどきを受けているし、とても優秀だと聞いている。ジュリアスだっているんですもの。万全ですわ。

「キシュタリア、いってらっしゃい。楽しんでらっしゃい」

「うん、母様。アルベルのことをお願いします」

うわーん！　キシュタリアが行ってしまいますわ！

今までずっと屋敷にいましたが、今年からの学園生活は寮生活となります。

寂しい、などと駄々をこねません。行かないのはむしろ、私の我儘《わがまま》なのですから……天敵とヒロインに近づかないと決めているのです。ですが……うう、胸がスカスカします。

ラティお義母様《かあさま》が私に寄り添ってくださいます。その腕にぎゅっと身を寄せる。私のへこたれている様子にジュリアスが苦笑する気配が。

「お嬢様、キシュタリア様にご挨拶を」

「はい……、いってらっしゃいませ。キシュタリア、怪我《けが》や病気に気をつけてくださいましね？」

「いってくるね、アルベル。長期休みには必ず戻るから、アルベルも体に気をつけて過ごしてね。体はなるべく温めるんだよ。でも、日差しの強い場所にはあまり長くいちゃだめだよ？　学園に着いたらすぐに手紙を書くから待っていて。だから、そんなに心配しないで」

大丈夫、大丈夫と言い聞かせますが、ずっと恐れていた魔の学園生活が始まろうとしているのです。

恐怖、そして寂しさを感じてしまいます。

私はお留守番です。

「手紙、たくさん書いていい？」

背が伸び始めたキシュタリアは、徐々に柔らかい線が消えつつある。いつから、義弟を見上げるようになったのかしら。幼い子供になったように目が潤み始めるが、そんな情けない私を見るキシュタリアの眼《め》は優しい。

「もちろんだよ、待っているよ」

あああ！　私の義弟が優しい！　びゃっと涙が溢《あふ》れかける。次に会った時は反抗期や蔑み溢れる殺意の視線とかになったらショック死しそう。

せめぎ合う感情に震えていると、ラティお義母様に頭を撫《な》でられました。

「ジュリアス、キシュタリアをお願いします。何かあったらくれぐれも教えてね」

主に恋愛面。姉離れもそうだけど、死亡フラグが来るかもしれない。

ジュリアスは「畏《かしこ》まりました」と深々と一礼する。長年いた従僕まで一緒に行ってしまうのは寂しい。こんな時でもジュリアスの目にはいつもと変わらない。涙の気配すらない。

私は、二人がいなくなってこんなに寂しいのに。

そんな駄々漏れの感情に気づいたのか、ジュリアスが微苦笑を浮かべる。

「私は長期休暇以外にも、定期的に戻りますので」

「本当？」

「ええ」

「その時は、できるだけ顔を出してね？」

「仰せのままに」

いつになく素直だ。意地悪レスですわ。

キシュタリアが私に甘いのはいつものことですが、ジュリアスはややビターですわ。

「……ジュリアスも、気をつけてくださいまし」

そういうのがぎりぎりで、お義母様の背中に隠れてしまいました。背中に顔を押しつけ、じわりと広がる眼窩《がんか》の熱を誤魔化す。

子供のようですわ。私はこんなに弱かったでしょうか。

なんとか我慢して、顔を上げるとキシュタリアは柔らかい表情で立っている。私を待っていてくれたのです。

ぎりぎり泣かないで見送ることはできました。ですが、しばらく談話室でお義母様の膝でクッションを抱きしめながらふて寝をしてしまいました。

ヒキニート令嬢は打たれ弱いのですわ。ラティお義母様は何も言わずに頭を撫でてくださいました。セバスはお気に入りのブランケットを掛けてくれて、アンナはお勉強をおサボりしてしまったのですが、何も言わずに大好きなホットチョコレートを用意してくれた。

……どうやら、私がこうなるのを見越して家庭教師たちも今日はお暇を出していたようです。

お父様は朝に簡単な別れの挨拶のみで普通に登城をしていましたが、私が哀《かな》しみに暮れているとどこからか聞きつけたのか午後には戻ってきてくださいました。

家族がすごく優しい。私は恵まれていますわ。


学園は関係ないけれど、キシュタリアたちとは別にちょっとだけ大きなくす玉をお父様に作った。様々な青に銀粉を振った特注の色紙で折ったものだ。

急ぎでないから、少し凝った作りにしたら時間がかかってしまったが、お父様は大層お喜びになられたのでよしとする。

後日、お父様が娘の手作りしたくす玉を胸からぶら下げて、意気揚々と登城したとセバスから聞いた。


やめて！　とても痛い！　いくら素材が高級でも所詮紙！

お父様が登城する時のスタイルはお胸から腰の近くまで燦然《さんぜん》と輝く並んだ勲章。それと一緒にぶら下がる娘手作りの素人丸出し工作品なんて！

お父様は今代の貴族の中でも武官としても文官としても優れているスーパーマルチな公爵様らしい。魔物の大量発生や、近隣国の小競り合いをおさめに赴くこともあれば、国内で発生した飢饉《ききん》や災害、犯罪の対策を練ったりもする。お父様は政界でも大変顔を大きくしているが、それは公爵という肩書だけでなく、裏打ちされている国の立役者としての実績があるため王族からの扱いも丁重になっているということだ。

本当になんでアルベルティーナをみすみす誘拐させたのかな？　王家、迂闊《うかつ》すぎ？

しかもラティッチェ領は、現在美食と芸術、そして流行の最先端を行く超技術都市。第二の王都と呼ばれているらしい。ヒキニート娘にはわからないが、お祭りがあると国中どころか近隣国からも観光客が押し寄せてくるという。

昔は知らないけど、おうちでラティッチェの財政を学んでいたキシュタリアと一緒に聞いたから鮮度抜群、虚偽なんてゼロ間違いなしのはず。

キシュタリアは「僕が学ぶものだから、アルベルは大丈夫だよ」と苦笑していたけど、正直街の発展速度に建築とか道路整備間に合ってない？　私の有り余る財産という名の賠償金とお父様からのやべえお小遣いの積み立てから、街道整備と近郊住居や商店街の整備をお願いした。無計画にやると、あとが大変だもの。あと街中の清潔を保つことと上下水道の整備はサボったらお父様に言いつけてやると脅して含めた。

不潔や異臭は許さないときつく言った。他の上下水道の整備がないところもやれ！　と命令しておいた。アルベルちゃんは病気なんて嫌です。

人が増えると街中での自然浄化作用は非常に落ちるし、不潔になると感染症が起きやすい。前世で言うとペストとかが有名どころよね。あんなのもの流行らせてたまるものですか、お父様の領地で。病魔はメギル風邪でお腹《なか》いっぱいよ！　予防が大事！

サンディス王国には衛生管理と病気の関連性なんてまだ解明されていない。だが、お父様はあっさりと頷《うなず》いてくれた。娘にはダラ甘でもきっちりしてそうだし、綺麗好きそうだもの。不潔より清潔がいいわよね。

お金足りるか心配だったけど、今のラティッチェ財政にしてみれば大したことがないとのこと。非常に豊かなので、国内からの移民も多く働き手も多いんだって。好景気万歳だが、他の領地ではそんな余裕ないんだって。

うおお、原作のアルベルティーナがでかい顔をするはずだ。左うちわにも程がある。

私のフォローをしてくれるキシュタリアや、なんでもこなすスーパー従僕ジュリアスがいない日々は平和で、穏やかで——とても寂しいと思ってしまう。

アンナやラティお母様と、新しい従僕のレイヴンはいるけれど、見慣れた二人が傍《そば》にいないのは物足りないというものだ。

その分、ローズブランドの新製品の開発にはげんだり、小麦粉を加工する製麺技術を作り出したり、食事事情を一層豊かにしようといそしんだ。

うちの国、小麦をたくさん作ってもパンみたいに焼くことしかしてないんだよ？　もったいなくない？　パンもテーブルロール系のどシンプルな丸パンか食パンみたいなのばっかり。バターロールとクロワッサンとブリオッシュみたいなバターとお砂糖マシマシなものがない！　キッシュみたいな総菜パンもない！　唸《うな》れ！　私の前世知識！

今まで私の我儘を粛々と受け入れてきたシェフたちは、むしろ私のオーダーに闘志を燃やして挑戦している。最初は絶望に染まった死刑囚みたいな顔していたのに。いや、死刑囚なんて見たことないけど。

他にも小麦の種類を厳選し、うどんやパスタを作り出した。パスタもスパゲッティからペンネまでなんでもござれ。次は卵麺でラーメンを作りたい。

だが、しかし——私が本当に探しているのは米である。ライスである。白米大好き日本人。

タイ米系のぱさぱさお米ではなく、ジャポニカ米系のもちもちのお米を探している。

お米も麺やお餅に加工できるし、何より元日本人としてはソウルフードを求めてしまうのは致し方ないだろう。

キシュタリアに次来る時に、とびきりのご馳走《ちそう》を用意すると大見得切ってしまった手前、妥協は許されない。頑張るのは主に公爵家お抱えのシェフたちだけど。

料理人たちは我儘娘に振り回されて大変だろうなぁと厨房《ちゅうぼう》を覗《のぞ》いたら、レシピ原案を拳と拳との会話で奪い合っていた。

レイヴンは「話し合いは無理でした」とあっさり告げた。

レイヴンは浅黒い肌に黒髪と黒い瞳の、ちょっと異国の血を感じる彫りの深さを持った少年だ。私より少し年下なのだと思う。造作は整っているけど、鋭さの中にまだ幼さが残っている。そして、身長も私とあまり変わらない。大きい男性は苦手なのでありがたい。でも、散歩中に足元に何か虫が落ちてきたら、さっと私を抱え上げた。見かけは年下だが、かなり力持ちっぽい。

なんなの？　私の従僕は私を持ち運べることが必須条件なの？

そのままぐるぐるしてーって言ったら、そのままやってくれた。レイヴンは良い奴である。ジュリアスは絶対とまではいかないけれど、滅多にやってくれない。周りに人目が一切なく、私も安全だと彼が納得できる場所でなら片手で数えるほどだがやってくれたことがある。

レイヴンはジュリアスより寡黙ではあるものの、まだ幼いということもありからかいがいのある少年だった。レイヴンはからかわれているのも理解していないのか、黒髪に花を挿されてもきょとんとしていた。とても可愛かったので、今度は花冠でも載せてやろう。

キシュタリアは学園生活をどのように過ごしているだろうか。

もうすでにヒロインといちゃついている時期だろうか。キシュタリアルートであれば、そろそろ互いを意識し始める時期だろう。

まあ、それ以外ならキシュタリアはいろんなご令嬢と浅く広く交友しているのだろう。そろそろあの子も婚約者とかできていいはずなのにのらりくらりとかわしているみたい。

好きな子ができたとしても、お父様の許可を得ないと難しいのもあるかもしれない。

お父様、ちゃんとキシュタリアのお嫁さんを考えているのかしら？　将来の義妹《いもうと》はちゃんと仲良くなれる子がいいわ。

レイヴンとアンナとラティ母様にそうこぼしたら、みんな曖昧な笑顔で誤魔化された。レイヴンは首を傾《かし》げていた。やっぱり可愛い。

お父様には絶対言わない。そんなこと言ったら最後、一生涯、私におべっかを貫き通さなければならない弱みを握られた哀《あわ》れな女性があてがわれそうだから。

お父様の愛情は、時折斜め向こう側なのだ。

ちゃんとした縁談になるか、お姉ちゃんは心配なのです。

そう言うと、誰しもが思っていても目を背けていたのだろう。お茶会がお通夜ムードになった。ラティ母様のいるところで言うべきではないのかもしれないけれど、ラティ母様は首を振った。

「あの子も、ラティッチェ公爵家に引き取られ、次期当主として育てられた身です。婚姻が政略的なものだとしても、理解しているでしょう。…………むしろ気になるのはもっと……」

もっと？　何？　もしやキシュタリアに私の知らないところで青春的な展開があるのかしら⁉　お手紙ではヒロインとイチャイチャパラダイスの気配はないのよね……ミカエリスも。ジュリアスは事業のお話とお小言が多い。これじゃルートがわからない……。

代わりにジブリールが大変うざいブスが小蠅のように飛び回って、きりがないと手紙でそれはそれは丁寧にオブラートに包んで伝えてくれた。やはり彼らはモテるらしい。そして、まだ婚約者のいないキシュタリアやミカエリスは、ご令嬢にとっては優良物件すぎて毎日が戦場のようらしい。パーティなんて特に防波堤役を求められるジブリールはなかなかに辟易《へきえき》しているという。あとジュリアスもその有能性と知的な美貌でいろいろ噂《うわさ》があるんだって。何それ気になる。

じいっとラティお母様を見つめると、苦笑してそのまま紅茶を飲んで言葉も飲み込んでしまった。その顔は大きな息子がいるとは思えない大輪の美女っぷりだ。

お母様が初めてラティッチェ家に来た時は、日陰というか借り物の猫というか、身を縮めて気配を押し殺していたような人だった。

だけれど、今はラティッチェ公爵夫人として社交界に様々な旋風を巻き起こす、ファッションリーダーである。

幸い、ラティッチェには私の我儘の副産物で珍しいものがゴロゴロしている。

お母様が纏《まと》ったものや使用しているものは高確率で、流行となるのでおかげでうちの財政はウッハウハだ。ジブリールも協力して、ローズブランドの流行を牽引《けんいん》してくれる。

ジブリールをとても可愛がっている私は、よく新商品を送っている。

もちろん、キシュタリアやミカエリスやジュリアスにも送るけど、やはり選ぶのは女性ものが楽しい。華やかであり可愛らしいものが多いもの。

デビュタントからマダムまでお任せのレディスファッション。ここにない流行はないと言われるローズブランド。

お陰で資金潤沢でやりたい放題です。

最近は男性の宝飾品にも力を入れて、タイピンやイヤーカフス、騎士の剣などに下げるアミュレットや根付。基本、私の作るデザインはお父様、キシュタリア、ジュリアス、ミカエリスをイメージして作ることが多い。具体的なモデルがいると作りやすいのだ。

季節は巡る。キシュタリアやジュリアス、ミカエリスとジブリールから手紙が来る。

学園生活のこと、互いのこと、王都のこと、様々な情報がつづられている。

私は前世のゲーム内でしか知らない世界であり、恐怖と興味が尽きない学園生活。

キシュタリアは約束を守ってくれて、学園に着いてからすぐに筆を執ってくれた。そして飽きずに手紙を出してくれる。とても嬉《うれ》しい。もちろん、みんなからも来る。それぞれの視点からの近況は楽しい。

来月には少しまとまった休日がある、とさっそく来た手紙には書いてあった。もうすぐ会えるよ、と教えてくれると胸が弾んだ。早く会いたい、楽しみにしていると返事を返す。便箋を封筒に入れ、慎重に封蝋を押します。実はこの作業はちょっと苦手。アンナが代わりにやると申し出てくれたけれど、早く返事が来ますようにと験担ぎを兼ねて自分でやっています。

みんな筆まめなのでありがたい。

手紙が来るたびにラテイお義母様やアンナやセバスたちに報告して、ぴょこぴょこしていた。自慢しまくりな私は、かなり微笑《ほほえ》ましい生ぬるい視線を浴びていたことも知らず、浮かれていました。

選ぶ便箋や封筒もいろいろと相手を思って吟味した。その時間さえ楽しみの一つ。

長期休暇には帰ってくるけど、基本王都にいるので私は置いていかれた気分だ。

なぜって？

手紙だけではわからなかった事実に打ちのめされるからですわ……。

「ア、アルベル？　どうしたの、そんな顔して？」

「また、まーた背が伸びましたわね！」

そんな気はしていたの！　ちゃんとしたヒールつきの靴を履いても、視線が明らかに上になってきた気はしていたの。

一番背が高いのはミカエリス。その次にジュリアスとキシュタリアと続いている。

ミカエリスに至っては領地に魔物が出やすいこともあり騎士や武官向けの授業も受けており、本人も日々鍛錬にいそしんでいるのだろう——まちがいなく以前会った時より、体の厚みが増している。

ジブリールは幸い大して視線の高さが変わらなかった。

「貴方《あなた》がたばかりすくすくお育ちになって……っ」

思わず目つきを険しくさせ、扇を握る手が白くなるほど力を込めてしまう。

私の身長も少しは伸びたけど彼らは伸びすぎではございませんこと⁉

「……アルベル様も育ったと言えば育ったと思いますけど」

ジュリアスが憮然《ぶぜん》とする私に呆《あき》れたように言った。

いいえ、貴方がたに比べたら些細な変化でございます！

かつては美少女も恥じらうといわんばかりだった美少年は夢の跡ですわ！　もうドレスが似合わないではありませんか！　キシュ子もジュリ子もミカ子ももう無理ですわ！　完全に仮装大賞になってしまいますわ！　ひっそりとアンナと考えていた野望が潰《つい》えました！　お母様も笑って許してくださって、あとはドレスのサイズ合わせだったのに！

まさかこんなに背が伸びるなんてー‼

狙ったの⁉　わざとなの⁉

私の身長は頭打ちになってしまったというのに！

「殿方ばかり……っ！　貴方がたばかりずるいですわ！」

嫉妬でキィキィとヒステリーを起こす私はジュリアスに掴《つか》みかかった。

おのれー！　すくすく育ちおって！　ますます差が広がっている！

しかし、ジュリアスは私が肩をゆすろうとしてもびくともしない。え？　あれ？　足に根っこでもはえているの？　一番ほっそりして見えるから、ジュリアスくらいならいけると思ったのに……ヒキニートは従僕一人の肩をゆすることすらできないの!?

そういえば、このスーパー従僕は元祖アルベルティーナの手下で、汚い仕事だって押しつけられていた。そんなところでもマルチな才能を発揮していた。

精一杯押しても引いてもびくともしないジュリアス。だからこの男の体幹はどうなっているの!?　私の焦燥や苛立《いらだ》ちを感じ取ったのか、それはにこやかなジュリアス。

腕がプルプルしてきた。辛《つら》いでござる……心も辛いでござる……

ぐぬぬ……ではキシュタリアはどうだ!?

方向転換してキシュタリアに突撃した。急に標的になったキシュタリアはきょとんとしたけど、私がやはり押したり引いたりしようと肩をゆすってくることに対し、最初は意表を突かれたのか一瞬ぐらついたけどすぐに平然となる。

弟から何か微笑ましいものを見るように、生暖かい眼差しを注がれ、非常に私の心は荒《すさ》んだ。

公爵子息なんて体を鍛える必要あるの!?　ある……あるわ。確かにキシュタリアは魔力が大きいことで引き取られたけど、お父様は文武両道の方。当然、後継であるキシュタリアに同等を求めてもおかしくない。領主がいざとなれば、魔物や賊の退治の指揮を執り最前線とはいかなくとも、戦場に立つことはあるもの。

というより、お父様って強すぎない？　セバスが言うにはゲンスイなんだって。

へー。

……………元帥!?

それって国の軍事力を担う人で一番偉い人だよね!?　なぜあの父が!?　え？　王様以下省略がものすごく戦争とか指揮や軍略的なものがへたくそ？　戦死とか年齢的なものとか、病死とかでお父様しか残っていない？　背に腹は代えられないから……アッハイ……そうですよね。国が潰れるか、やべー奴だけど仕事もやべーくらいできる奴を国軍トップに据えるかの究極の選択。国を選んでこうなってるって？

そりゃあ、お父様がでかい顔をできるはずだ。スペアがいない。忙しいはずだ。国防全般がお父様の指揮らしい。

公爵としても政治家としても軍人としても立場が強すぎる。何その糞《くそ》チート。これは本家アルベルが以下省略なはずだ。

怖いからもう考えるのやめよう。アルベルちゃんは脳みそからっぽで生きたい。

それはともかくキシュタリア！　あの可愛らしかった美少年が！　なぜにこうなった!?

あんなに可愛かったのに、こんなに可愛くなくなってしまって！

やさぐれて、その胸板をぺちぺち叩く。おのれ！　おのれ！　おのれー!!

微笑ましいものを見る目で私を見るな！！　私イズ姉！　ビッグシスター！

最後に残ったのはミカエリス。

この胸筋なんて、もしかしたら胸囲が私よりもあるのではなかろうか。

確か、学園でもずば抜けた剣技を有しており、剣技を競う大会や騎士同士の親善試合など武勇においては右に出る者はいないほどだという。確か、ゲームではそういう設定だった。なるほど頷ける。筋骨隆々とまではいかないが、鍛えられた体をしているのが服越しでもわかる。

悪役ながらに大変けしからんボディラインを誇っていたアルベルティーナである。現在成長途上のボディラインはアンナとラティお母様たちと絞り込んでいる。けして、悪いはずはない――ないけど、何かしら⁉　質量的に負けてない⁉

「ま、負けませんわ……」

ミカエリスの逞《たくま》しい胸板にしがみつきながら、精一杯の負け惜しみをつぶやいた。

当然パッドなど入っているわけがない。まあ、レディのように寄せ上げて谷間を作ってみせる必要なんてないものね。

なんかやけにバクバク心音が速い気がするけど、大丈夫なの？　ちらりと顔を上げてミカエリスを見ると、ルビーのような瞳が熱心なほどにこちらを見ていた。

な？　なに？　やはり乱暴すぎた？　挙動不審すぎた？　呆れられた？

離れようとしたのだが、ふと後ろに下がれないことに気づいた。腰に誰かの手が回っている。誰のとか、さすがにいろいろと疎い私でもわかること。

外してくださらないかしら？　うごうごと身じろぎするが、するりと背中に手の平が添えられてむしろ抱き寄せられた。

…………………………………はい？

内心、先ほどのくだらない怒りが吹き飛んで、なんでこんな状況となったのか混乱した。ふわふわとまとまらない思考に支配される。顔に熱が集まるのがわかる。

微笑を浮かべ私を腕に囲うミカエリス。その視線は、なんといいますか……その……それ以上にこの体勢ヤバくない!?　いくら幼馴染《おさななじみ》とはいえ、再会の場とはいえ、私からグイグイ絡んでいったとはいえー!?

え？　え？　何どういうことー!?

事案でござるー！　殿中でござるー!?　ミカエリスがご乱心でござるー!?

「失礼します」

ばちん、と良い音が鳴った。

私の腰にも軽く衝撃が来たが、どちらかといえば振動である。

まるで植物の蔓《つる》でも取るように、べりっべりっと私に伸ばされていたらしい手——というより腕を剥がすのはレイヴンだった。

私をミカエリスから救出したレイヴンは、そのまま私の背を押して少し離れた椅子に座らせた。

考えの読めない漆黒の瞳が、ひたりと見据えられる。

「アルベルお嬢様、親しい方とはいえ男性にみだりに触れるのは淑女のすることではありません」

それ言われると痛い。確かにその通りだ。

レイヴンがいてくれてよかった。

「そ、そうですわね。失礼いたしましたわ、ミカエリス。キシュタリアも、ジュリアスもごめんなさい……子供じみた八つ当たりをしてしまいましたわ」

熱を持った頬を押さえ、しどろもどろで言い訳をする。

この三人にはすでにお父様が婚約者を手配している可能性は十分あるのだ。私が知らないだけで。私の遊び相手だから、もしかしたらと思うことも全くなかったわけではない――だけど、お父様の様子を見る限り完全に『玩具』という位置が近い気がする。婚約者候補には至っている気配はない。

私はすでに体に傷を負い、令嬢としての役割がない――果たすことができない。

平民ならいざ知らず、上級貴族でも王族に近い血筋の私が、消えない傷を持っている。それは私の落ち度でなくても、体にあってはならない傷跡がある時点で価値がないのだ。少なくとも、真っ当な令嬢としての価値はない。この国ではそうなのだ。

お父様が私をこんなにも甘やかしながら、ラティッチェに閉じ込めてけして出さないのは周囲から私を守るためでもある。同情のふりをした中傷と嘲笑の的となるのはわかりきっている。

絢爛《けんらん》なほどに華々しいお父様。唯一にして最大の欠点が私だ。

おそらく、お父様は私に結婚をさせる気はないのだろう。

本当に役立たずな一人娘である。

そんな事実を今更思い出し、怒りも羞恥心も消え失せた。ひゅうと冷たい風が心臓に吹き込んだ気がした。

立派な貴公子然とした三人。

キシュタリアは名実ともにラティッチェ公爵家次期当主。第二のお父様と言っていいくらい成績優秀なのだ。社交も魔法も剣術もなんでもできちゃう自慢の弟。自慢できる相手が少ないのが残念。アンナ曰《いわ》く、キシュタリアの婚約者候補は引き切らず、ラティお母様どころかお父様もげんなりしているんだって。すごすぎ。

ミカエリスはとにかく強い。その剣豪っぷりは王都で行われた大会でも発揮されているらしい。らしいというのは、出入りの商人の話を聞いたからわかったことだけど、その赤い髪と瞳から紅伯爵とか薔薇の騎士とか言われて、老若のご婦人から秋波を送られているとか。

ジュリアスは使用人だけど、その辺の貴族なんて目じゃなくらい優美な振る舞いなのよね。超一流の使用人だからこそできることだけど。ものすごく頭もいいし、眼鏡をしていてもわかるくらいはっきりとした美形。ローズブランドをはじめとする事業を回す辣腕は、方々に轟《とどろ》いている。

それに比べ、私は変わり映えのしない自分に少し嫌気がさす。

思わず暗くなりかけた思考に、ひょこりと鮮やかな赤毛が入ってくる。

「アルベルお姉さま、私はどうですか？」

「もちろん、今日も絶好調に可愛いわ。すごく可愛い。世界一可愛いわ、ジブリール」

流れるようにジブリールを称賛する言葉が溢れ出す。

燃えるような赤毛に赤い瞳。細い顎に収まるパーツは繊細で可憐《かれん》。白い肌にピンクのぷるぷるの唇、小さな鼻。ゲームのヒロインなんて目じゃない可愛さだ。

くりくりとしたぱっちりおめめが私を見ている。

ああ、もう！　本当に可愛いわ！　見ているだけで幸せ！　テンションが上がるわー！

「ありがとう存じます。うふふ、嬉しゅうございます。今日もお姉様はとても美しくあらせられますわ」

ギュウと抱きしめた体は柔らかくしなやかで、何より華奢《きゃしゃ》だった。ああ、なんて可愛いのかしら！

ジブリールは！

甘いフレグランスが淡く薫る。それはローズブランドの香水だった。ジブリールに似合うよう調香させた薔薇をベースにした華やかで甘い香り。

ジブリールとミカエリスの瞳の色はよく似ている。さすが血のつながった兄妹であるというべきか、あの宝石のような艶やかで鮮烈な輝きは彼ら以外に見たことがない。

同じ色の瞳だというのに、ジブリールの目を見るとたくさん構って、たくさん褒めてあげたいという愛《いと》おしさがこみ上げてくる。

先ほどの動悸《どうき》を誤魔化すように微笑んだ。私はジブリールに新作のローズブランド商品を案内する。

これが似合いそうだとか、ジブリールをイメージしたドレスとか。

そんな私の姿を、後ろの彼らがどんな目で見ているかなど知りもしないで。

ただ、ミカエリスが珍しくからかってきた。

そうだと思っていた。

だって私は『アルベルティーナ・フォン・ラティッチェ』なのだから。

いくら表面上は友好的でも、どこかでそれはあり得ないと思っていた。

それはミカエリスに限らず、キシュタリアや――ジュリアスにも。

現実を見れば見るほど、自分は普通の幸福など縁遠く、歪で堅牢《けんろう》な公爵家で大人しく生きていても
その破滅はいつ来るかわからないと怯《おび》えていた。

子供でいられる時期がもう過ぎようとしている。

目を背けていた恐怖の未来。ずっと物語通りになるものかと、全力で避けていた。避けていても
『アルベルティーナ』の身の上は非常に複雑だった。

大団円があったとしても、その中に自分は含まれる可能性はあるのか。

そのためのルートもフラグも、ゲームと違ってわからない。やり直しもできない。

心の中で、ずっとずっと――叶《かな》わない未来に憧れて、諦めていた。

私が『アルベルティーナ』と理解した時から、蓋をして閉じ込めたモノを『誰か』がこじ開けよう
と虎視眈々《こしたんたん》と狙っているなんて気づきもしなかった。

幕間　愛しき歳月

ミカエリスの初恋は忘れもしない、間違いなくあの時だった。

重い病に罹《かか》った父、それを必死に看病する母、それを眺めるしかできない自分と不安な空気を察知して震える妹。そして、その状況につけ入るようにして、伯爵家を荒らし回った叔父夫婦。

あの悪夢のような一時に出会った少女。

王族の血を引く、貴族の中でも最高峰の公爵――それも四大公爵家でも随一の勢力を持つラティッチェ公爵家のご令嬢。

彼女の父親であるグレイル・フォン・ラティッチェ公爵ことグレイルに負けず劣らずの美貌であったが、あれは王者の風格と得体の知れない畏怖を感じるモノであったが、その娘のアルベルティーナは儚《はかな》く可憐《かれん》であった。華奢《きやしや》な体は見るからに脆弱《ぜいじやく》そうで、触れると雪のように消えてしまいそうなほど心許《こころもと》ない。

公爵が彼女を溺愛しているのは明らかで、彼女の機嫌を損ねれば己の身も危ういとすぐに理解した。

その公爵に至ってはミカエリスに「お前はアルベルの玩具《おもちゃ》だ。玩具は玩具らしく役に立て」と面と向かって言い放つほどだった。

不安定なドミトリアス伯爵家において、これ以上にない後ろ盾となったラティッチェ公爵家当主に逆らえるはずもない。

己の未熟さと不甲斐《ふがい》なさを噛《か》み締めた。

恥も屈辱も飲み込んで彼女の下僕となる覚悟で出会った。そして不覚ながらも見惚《みと》れた。

何も知らないジブリールは、今まで見たこともない美しい少女に目を輝かせていた。

アルベルティーナは、はじめは少しミカエリスを警戒していたが、ジブリールに対してはとても好意的だった。

公爵家に滞在している間、容赦なく次期伯爵としての教養と知識を叩《たた》き込まれた。ドミトリアス家は代々騎士としても身を立ててきたので、剣術や魔法に関しても教育を受けた。年齢の近い公爵子息のキシュタリアがいたこともあり、互いに切磋琢磨《せっさたくま》をした。

幸い、公爵家ではきちんと暖かな部屋や美味《おい》しい食事が用意された。惜しみなく学ぶ機会もたくさん与えられ、驚くほど充実した時間を過ごしていた。

妹はアルベルティーナと一緒に淑女として教育を受けていた。ともに過ごし、とても可愛《かわい》がってくれるアルベルティーナを姉と呼んで慕うほどだった。そして、アルベルティーナもジブリールの親愛を込めた呼び名を、喜んで受け入れた。

来た当初はボロボロだった見た目も、あっという間に綺麗《きれい》になった。特に妹の変化は劇的で、ぱさついてぼさぼさな赤毛は美しく艶が出るようになった。すっかり荒れていた肌もふっくらつるつるになっている。ずっと俯《うつむ》きがちだった顔はしっかり前を見て、ミカエリスと同じ赤色の瞳は少女らしい生命力ある輝きを宿すようになった。

そして何より、よく笑うようになった。久しく聞いていない妹の無邪気な笑い声は何よりミカエリスを安堵《あんど》させ、喜ばせた。

時々、今更になって媚《こび》を売りに来たいとこや叔父夫婦が鬱陶しかったが些細《ささい》なことである。

その時からだ。いけないいとわかりながらも身近になり始めていた一人の少女に、ミカエリスは強く惹《ひ》かれ始めていた。

「ミカエリス」

最初はぎこちなくこちらを見ていた少女が、屈託なく笑いかけてくるようになってから、その感情は急激に加速していった。恋は落ちるものというように、転がり落ちていった。それを止めようとする手の間をすり抜け、いとも容易《たやす》く。

仲良くしなければならないではなく、仲良くなりたい——深い仲になりたい。そう感情が変化していくのはそう遅くなかった。そして、それに蓋をしようとするのも。

領地からどころか、屋敷からすらあまり出ないアルベルティーナは年齢の割に純粋で、貴族らしいねっとりとした欲がない令嬢だった。時折、妹より幼さを感じることすらある。無垢《むく》というべきか、隔絶された場所で生きてきたアルベルティーナに少しの憐憫《れんびん》と、庇護《ひご》欲を覚えた。

しかし、頭の回転は悪くない。むしろ頭脳明晰《めいせき》といえる。ぼやっとした箱入りらしいところはあるのだけれど、ものの考え方や捉え方が柔軟というか、既成概念にとらわれないものだった。

人見知りさえ乗り越えてしまえば、温和で実に愛らしい令嬢であった。

あの恐ろしい公爵も、愛娘《まなむすめ》にはてんで甘く溺愛のイエスマンだ。

公爵がアルベルティーナを外に出したがらない原因は、過去の誘拐事件の遺恨もあるが、アルベルティーナ自身の稀有《けう》な才能を利用したがる人間から守るためだろう。

彼女の才能が富を生むことは、今までの功績をもって証明されている。

アルベルティーナはジュリアスやセバスの協力と、ラティッチェ公爵家の力だと信じて疑わない。

だが、その原点はすべてアルベルティーナの発案だ。

その影響は、隣接するドミトリアス領にも大きく齎《もたら》された。

ラティッチェ領から王都に至るまでの街道をアルベルティーナが整備したこともあり、ドミトリアス領にできた高級保養所は貴族にとって格好の旅行先となった。

ラティッチェ公爵家の所有のローズ商会。流行と最先端の代名詞とも謳《うた》われる、サンディス王国屈指の商会だ。数多《あまた》の流行を生み出すローズブランドの新商品を優先的に卸してくれることもあり、お洒落《しゃれ》や美容に湯水のごとき勢いで金を落とすマダムたちがあとを絶たなかった。

肥沃な土地はあったが旅行客が少なかったドミトリアス領は急激に栄えていった。

また、ローズ商会が新商品を作ろうとするたびに、その素材となる植物をドミトリアス領から優先的に購入していたのも大きい。

彼女には恩義がある。アルベルティーナ自身が気づいていなくても、知らなくてもミカエリスにとって彼女は救いの女神であり天使であった。

だが、一番の決定打はあの時だった。

ラティッチェ公爵親子がドミトリアス領にできた保養所を見に来た時、テンガロン伯爵家といざこざが起きていた。そこの令嬢にゴリ押されて料理と言いがたい劇物を食べる羽目になった。

吐いた。

よりによって、アルベルティーナのドレスに。

あってはならないことだった。

恐怖の代名詞のグレイル・フォン・ラティッチェに吐くよりまずかったと言える。

よりによって、その最愛の娘に粗相をしたのだ。

アルベルティーナもさすがにびっくりしたようだったが、彼女は怒り狂うどころか、体調の悪いミカエリスを労《いた》わった。

汗の滲《にじ》む顔を拭き、頭を撫《な》でてあやすように労わった。歩けるか聞き、口をゆすぐよう促した。

人は緊急時ほどその本質が見える。

アルベルティーナは慈母か聖母のように、穏やかにミカエリスの失態を受け入れて、気づかってくれたのだ。震えて謝罪することしかできなかった愚かな子供が、落ち着くまで待ってくれた。

あの優しい手を、あの声をミカエリスは一生忘れない。

その後、ミカエリスの体調を考慮して薄味で胃腸に良い食事が用意されるようになった。

久々のラティッチェ家のシェフが振る舞う手料理は非常に美味しかったが、数日もすれば肉料理を食べる周りが羨ましくなった。しかし、きっちり一週間は特別メニューだった。

後にミカエリスの失態を知ったラティッチェ公爵は微妙な顔をして、ミカエリスをまじまじと見下ろした。

「アルベルが、どうしても処分してはダメだと言うんだ。何がいいんだろうね、お前の」

本人をじっくりと見て言う言葉ではない。

それが公爵以外であれば多少傷ついたかもしれないが、相手が美貌を被《かぶ》った怪物であることを重々承知している身とすれば、命が助かったと安堵するしかない。

アルベルティーナはあんなに優しい少女なのに、つくづくその父親は人でなしだった。

処分、という意味は理解した。この親馬鹿を通り越した何かは、アルベルティーナに粗相をする人間を基本的に許さない。死刑にしてしかるべきだとすら思っている。殺せぬのであれば、生きることを後悔するまで叩きのめすだけだった。

ミカエリスが今、普通に生活していられるのはアルベルティーナの恩情があってのことである。

やがて年頃となり、すっかり背の高くなった幼馴染《おさななじみ》たちにむくれる彼女は可愛かった。

アルベルティーナは貴方《あなた》たちばかり変わってと憤慨していていたが、見るたびにそのまばゆいばかりの美貌に磨きがかかり、淑女らしく慎ましいドレスを着ていてはっきりわかる女性的な体つきは悩ましい限りであった。

正直、妹の胸元は非常に寂しい部類なので気にもしなかった。だが、首や腕や腰は折れそうに華奢なのに、出るところが出てすっかり豊かになっているアルベルティーナ。無防備に近づかれると、時々対応に困る。

彼女が近づくと、ほのかに薫る香油と僅かに甘い香りなど感じるだけで理性が揺さぶられる。

セイラのこともあり、強烈な香りがあまり好ましくないミカエリス。気性の荒い女性は、それに伴い香水や化粧も高いものをそれだけ使えばいいと乱用する傾向がある。気づきたくなくても鼻腔を突き回すように襲ってくる。それもあって、いつも柔らかく上品な香りを纏《まと》うアルベルティーナを感じる時はごく稀《まれ》であり酷《ひど》く緊張した。

昔のような感覚で腕を取られたり、抱き着かれたりしても表情を崩さないキシュタリアとジュリアスの自制心には感服する。ミカエリスは一瞬固まる。

アルベルティーナがそこまで親しく触れることができるのはごく一部だ。それがまた優越感を加速させた。特に異性に関しては、怯《おび》えが激しいアルベルティーナの従僕選びは極めて慎重だった。よほどの古参をはじめ物心つく前からついていたというジュリアスを除けば、今のところレイヴンという異国風の顔立ちをした、浅黒い肌の小柄な少年くらいしかお眼鏡にかなっていないようだった。

アルベルティーナの警戒心はわかりやすい。

心を許した相手にはすぐに近寄るし、触る。そして、相手が触ることを許す。

おそらく、幼い日に会うことがなければ、今ではすっかり体格も良く背の高いミカエリスが、彼女の傍《そば》に寄ることすらできなかっただろう。

たくさんの偶然が重なり、出会い、惹かれるようになったのだ。

思わず笑みがこぼれ、剣にぶら下がるアミュレットに触れる。

ミカエリスの色を選んで作られた、彼だけのためのアミュレット。あの細く白い指が、一生懸命作ったと思えばこそばゆい愛《いと》おしさが溢《あふ》れる。

そういうことを自然にしてしまう人だから、きっと惹かれたのだろう。

あの時からずっと、きっとこれからも。

四章　変わらないもの、変わるもの

つん、と折り紙をつついた。

あのあと、意外なほどあっさりとあっけなくドミトリアス伯爵領に二人は帰っていき、キシュタリアとジュリアスはラティッチェ公爵邸に戻ってきた。

久々に戻ってきたというのに、なんだかぎこちない日々が過ぎていく。

ずっと待っていたのに、ともに過ごしても何か違和感のようなものがつきまとう。キシュタリアは相変わらず優しいし、ジュリアスは万能並みに仕事ができる。

少し離れていた間に外見にはっきりと表れた性別の差。以前のようにともに傍《そば》にずっといた状態だったら、そのゆっくりとした変化を気にかけなかった。

特にミカエリスの変化は大きかった。あんなに逞《たくま》しいイケメンになるとは。イケメン補正が過ぎる。

ほんの少し私が戯れに彼に近づいて、彼がその腕を私の体に回した——ぴぃぴぃ喚《わめ》いてうごごと蠢《うごめ》く私に困った彼が、転ばれても困るとただ支えただけ。

そうよ、きっとそう。勘違いは良くない。所詮私はヒロインではなくヒール令嬢。

調子づいたら、いつ死亡フラグが立つかわからない立場だ。せめて、キシュタリアたちが学園を卒業するまでは大人しくしなければ。

しかし、この微妙な空気はなぜだろう。あの二人が帰ってきたら、また前みたいに私が思いつきで巻き込んでわちゃわちゃしたかったのに。

それにたまにやってくるミカエリスが巻き込まれて、ジブリールが便乗して――そんな日々が続くと思っていたのに。

微妙になってしまった私たちの関係は、今危うい均衡の上にいる。

鈍感ヒロインのように振る舞うなんて、私にはできなかった。

だって、気づいてしまったのだもの。ミカエリスが私を幼馴染《おさななじみ》でもなく、妹でもなく、異性として見ているということに。

それが伝播したのか、多感なお年頃の義弟のキシュタリアや、まさかのジュリアスまでちょっとぎこちない空気だ。

レイヴンはそういった機微に疎いのか、先輩と公爵令息の異変を感じつつも首を傾《かし》げている。くっそー、可愛《かわい》い奴め。癒《いや》される。丸くて形のいい頭をなでなでしていたら、ジュリアスが面白くなさそうな顔をしていた。

いいじゃない。ちょっとくらい。従僕を可愛がるくらい、いいじゃない。最近のキシュタリアは頭を撫《な》でさせてくれないんだもの。

ジュリアスとレイヴンはともに黒髪だ。だけどジュリアスは漆黒というべきか濡《ぬ》れたような艶のある黒髪。レイヴンは艶消しのチャコールグレイっぽい黒髪。

アルベルティーナも黒髪だけど、アンナをはじめとするメイドたちが丹精込めて磨き上げただけあって一線を画した艶めきとエンジェルリングを保持している。

こういっちゃなんだけど、黙っていれば生きた芸術レベルだと思うよ、アルベルティーナという女は。

しかし中身は一般令嬢とはかけ離れた、世間知らずの少女だ。肩書ばかりは立派ではあるが、中身が伴っていない。安全なラティッチェの鳥籠で、ひたすらまどろんでいる。

将来はきっと修道院にでも入れられるのだろうか。結婚しないでいかず後家としてラティッチェ家に居座るなんて、普通にキシュタリアとそのお嫁さんにご迷惑だ。

すねかじりが許されるのはいつまでだろう。

ちょっと早いけど、今からよさげな修道院でもピックアップしておこうかしら。

アンナやラティお母様はアオハルの気配にちょっぴりワクテカ状態でしょうけど、残念ながらそれはあり得ないのです。

この世界において恋愛は死亡フラグ。アルベルティーナはエンディングによって様々にいたぶられる。私は凌辱《りょうじょく》されたくもないし、国外追放で身ぐるみ剥がされ惨殺されたくもない。アルベルティーナが嫉妬で燃え上がる温度に比例し、その悲惨さは増すと言える。

一時の感情で命を棒に振る選択など私には無理だ。一生涯処女でもいいから、安寧を求めるのです——そもそも、お父様の目を盗んで私にそんなことをしたら、お父様は全力で犯人を捕まえ、嬲《なぶ》り上げて徹底的に血祭りなんて生易しいレベルに処すだろう。

もしかして、何かお父様にあった？

あの最強すぎるお父様に？　お父様が身動き取れなくなるほどの事態って、よほどではないかな。

……お父様にお守り多めに持たせておこう。最強最終兵器お父様がいないなんて、今のポンコツアルベルには死活問題だ。

なんだかネガティブになっている気がする。悪いことばかり考えてしまう。

そんな荒《すさ》んだ心を癒したくて、こっそり部屋から抜け出した。ふさぎ込んでも意味がない。童心に返るように裏庭で花を摘んでいた。シロツメクサはこの世界にもあるのよね。レイヴンに花冠でも作ってあげましょうかね。あの黒髪にはよく似合いそう。

茎が短いと花の角度が決まらない。意外とうまくいかないので、ああでもないこうでもないと指を緑に染めながら作っていると、ふと周囲に影が差した。

「……アルベル様、何をなさっておいでですか」

日傘を持ったジュリアスが困ったものを見る目でこちらを見ている。

レースを重ねて作った白い日傘は、柄には磨いた木材に白漆と揃《そろ》いのレースのリボンをつけた私のお気に入りだ。

何をなさっているなんて、見ればわかる通りにシロツメクサの花冠を作っている。

「ご令嬢が、日に当たりすぎるのはよろしくありません。室内か日陰に移動なさってください」

ご令嬢――確かに私は公爵令嬢だけれど、真の意味では令嬢として価値のない存在だ。ジュリアスの言葉に苦笑するしかない。

「お嬢様?」

膝をついて傘を傾けながら空いた手を差し出すジュリアスが、私を覗《のぞ》き込んでくる。

癖のない綺麗《きれい》な黒髪だ。この黒髪にも、白い花冠は似合いそうだ。眼鏡の奥の深い紫の瞳が、怪訝《けげん》そうにこちらを窺《うかが》っている。

ついその無防備な頭に、手にしていた花冠を乗せた。

少し斜めになってしまったが、やはり艶めく黒髪に白い花と緑の茎が鮮やかに映える。

レンズの奥の瞳が虚を突かれたように見開かれたのが、一番「してやったり!」な気持ちになる。

完全無欠なスーパー従僕が、こんな些細《ささい》なことで驚くなんて。

「似合ってるわ」

「……さようですか」

照れているのかふいっと視線を逸《そ》らしたのがなんだか可愛くて、笑ってしまった。それが聞こえたのか、ますます俯《うつむ》いて顔を背けるジュリアス。

食えないジュリアスの愛らしい顔に免じて、大人しくお屋敷の中に戻るとしよう。

草の汁で少し汚れてしまった手をジュリアスのものに重ねようとすると、その手が外れた。

「……んで……っ」

ぐしゃり、と頭に乗った花冠がジュリアスの手で潰された。

思いがけない行動に、自分の心臓まで握り潰されるような錯覚がする。

「なんで……なんで……!　なんで貴女《あなた》は!」

「ジュリアス？」

「貴女でなければ……！　貴女でさえなければ俺は！」

叩《たた》きつけられた花冠はつなぎ目が外れ、花弁が散った。髪を掻《か》きむしるのは、今まで一度も見たことないジュリアスだった。

「貴女でさえなければ……愛さなかったのに！　愛さずに済んだのに！」

血を吐くような告解。拒絶に似た慟哭《どうこく》。激しい感情。

どういうこと？　愛する？　私を？　何を言っているの、ジュリアスは。

ジュリアスは私を愛したくなかった。愛したくなかったの？　なぜ私にそんな感情を抱くの？

叩きつけられた花の残骸を激情のままに踏みつける。他の使用人のよりも少しだけ上等な革靴の底に容赦なく叩きつけられ、どんどんへしゃげていく。

眼鏡の奥の激情を孕《はら》んだその目は紫電を帯びたように炯々《けいけい》と輝いている。

苦悩に端正な顔立ちを歪《ゆが》めたジュリアスは、怒りより悲しみが満ちていた。

アルベルティーナは複雑な環境にいる。絶大な権力を保持するラティッチェ家の歪《ゆが》みが、彼を巻き込んだのだろうか。私はなるべくジュリアスに酷《ひど》い仕事はさせないようにしていたつもりだけれど、何度も我儘《わがまま》を言った自覚はある。

すごく有能だけど、彼だって私と大して年齢は変わらない。その身に何度罵声や理不尽を浴びせられたのだろう。

これほどまでに感情をあらわにするジュリアスを初めて見た。

「……ジュリアス」

いつものように、すました声が返ってこない。

彼自身も突然の感情の起伏に驚いているのかもしれない。

私だって驚いている。私の知っている『ジュリアス・フラン』は、いつも冷静沈着。すこぶる有能で、本心を美しい笑みで綺麗に見せない従僕。私の突飛な思いつきに驚いたり困ったりしながらも如才なく対応する。実は新しいもの好きなのか、私が異世界である前世の知識をもって作ろうとするものにすごく関心を持つ。

ちょっと意地悪で、だけど本当はすごく優しい。

両膝をついて項垂《うなだ》れる彼の頬に手を伸ばす。

「ごめんね、ジュリアス。苦労をかけて」

びくり、と震えた。のろのろと顔を上げたジュリアスは、信じがたいものを見る目で私を見た。

できるだけ『アルベルティーナ』の悪行につき合わせないようにしていたつもりだった。でも、私が本来の悪役令嬢として違う行動を取ることにより、別にできたその歪みが彼を巻き込んだかもしれない。

アルベルティーナの従僕であるだけの彼が、どんな役割を強いられたかはわからない。もしかしたら、もっと別の問題かもしれない。

それでも、彼を苦しめたのは私であることは事実。

「……貴方《あなた》に、最初に言うわ」

きっと、やはりこの選択は間違いでないはずだ。

ずっと思っていた。そうすべきではないかと——でも甘えていたの。

お父様よりも、彼にはある意味もっと迷惑をかけていた。

「わたくしは、キシュタリアたちの卒業後には修道院へ入ります」

紫の瞳がこぼれんばかりに見開かれた。

その目に映る私は穏やかな表情だった。ちゃんと笑えている。大丈夫。

「わたくしは公爵令嬢でありながら、その役目を全く果たせていません。お父様はわたくしのために奔走し、随分と危険なこともしていると思うのです。この家は、キシュタリアが継いでくれる。わたくしが力不足なために、あの子に大きな役目を背負わせてしまった。ですが、公爵家の娘として育ててもらった以上、きちんと幕引きをするべきでしょう。いつまでも子供ではいられない。それはわたくしもわかっています」

信じられない？　でもずっと思っていた。予定調和は必要だ。私は表舞台から消えるべきだ。

私の我儘が身近な人を追い詰め傷つけている可能性を知りながらも、見ようとしていなかった。原作通りにいかなければ、誰も傷つかないと高をくくっていた。

誰かに言ってしまえば、決定的になってしまう気がして怖かった。でも私も覚悟しなくてはいけない。

「……嘘《うそ》でしょう……？」

震える声で縋《すが》るように見つめるのは、本当にジュリアスなのだろうか。

驚愕《きょうがく》しっぱなしの彼。残念だが、嘘ではない。

「いいえ、本当よ」

「働きが足りませんでしたか？　私は従僕として、お傍に侍る者として力不足でしたか？」

「いいえ、ジュリアスのせいではないわ。それは断言します。貴方はとてもよく動いてくれました。素晴らしい働きでした。わたくしは感謝しています」

「では、なぜ!?　私を拒絶するのですか!?」

「貴方が大切よ、ジュリアス」

でも。

「私は、私のために人生を狂わせる人を見たくないの。お父様に自分を顧みずに走り続けて欲しくないの。それに誰かが巻き込まれることも、お父様の代わりにその役目を押しつけられる人を生みたくもない。人を傷つけるのも、傷つけられるのも嫌なの。貴方は自由に生きてちょうだい。どうか、私が知らない広い世界を見てください」

その大切に思う気持ちが友愛か、親愛か、はたまた異性への恋愛感情なのかはわからない。

私が『アルベルティーナ・フォン・ラティッチェ』として生きた時間は短く、濃密で、歪《いびつ》だった。

「貴方の気持ちは嬉《うれ》しいわ。とても驚いたけど……好きになってくれてありがとう。でも、わたくしはただいるだけで担ぎ出したくなる血筋を持っている。わたくしが望まなくても、それを望む者はたくさんいるわ。わたくしがダメでも、婿になれば、子を産ませれば……そんな輩《やから》がね。ラティッチェ家に入り込みたい者はごまんといる。キシュタリアやラティお母様たちに迷惑はかけたくないわ」

優しいラティーヌお義母様《かあ》、優しい義弟。

私のためにお父様が揃えた『家族』――という名の玩具《おもちゃ》。いきなり連れてこられて、どれほど苦労しただろうか。

一流貴族の礼儀作法は、下級貴族より厳しい。血の滲《にじ》むような苦労をして、公爵家に馴染《なじ》もうとしただろう。

「キシュタリア様は！　あの方は分家筋でも所詮妾腹《しょうふく》です。貴女を娶《めと》るとなれば、盤石となります……っ」

「可愛い弟に役立たずのうえ、悪評と瑕疵《かし》のある女を娶らせるの？　わたくしは、あの子には幸せな結婚をして欲しいの――幸せになって欲しいのよ。ちゃんと、あの子を支えてくれるラティお母様のように社交界を渡り歩けるレディがいいわ」

「……ミカエリス様へお嫁ぎになられればよろしいではないですか」

「令嬢として欠陥のあるわたくしが真っ当な貴族に嫁げるはずもありません。この話は、あまりにも有名です。もしするにしても、伯爵と公爵でも、ドミトリアス家とラティッチェ家では格が違いすぎます。何より、ラティッチェ家は力が集中しすぎているのです。多すぎるのです。血筋にしても、権力にしても」

「貴女は役立たずなどではありません！　貴女に、どれほど救われた者がいるか……っ」

「――ありがとう、私はその言葉で十分です。安心して行けますわ」

「アルベル様……俺の言葉は届かないのですか……？」

届いているのよ、ジュリアス。ちゃんと。

でも私は、貴方をそこまで苦しめるモノと向き合える自信がない。

愛していると言われても、同じ熱で答えられない私が、傍にいていいとは思えない。

余計な期待を持たせて、待たせて振り回すのはずるい。

そこまで博愛でもなければ、悪人でもないのだ。

もし手を取れば、間違いなく私の業が彼を巻き込む。彼だけでなく、誰の手を取っても。

何かもっと違うタイミングで、違う立場で出会えていれば違ったかもしれない。でもそれは詮ないことだ。


後日、ラティッチェ邸に戻ってきたお父様に修道院に入りたいと伝えたら、全力で聞こえないふりをされた。

お父様、お耳が遠くなるには早すぎますわ。

後ろのセバスは立ったまま卒倒してしまったうえ、他の使用人もバッタバッタと倒れていった。事態が事態なのであまり食い下がることができなかった。

だが、そんな私に最後の最後でとんでもない爆弾が投下された。

お父様とは修道院へ入るために親子のガチバトルを連日続けている中、お父様をなんとか説得できないものかと私は悩んでいた。

もういっそ、外国に亡命してそこで修道院に入ろうかしら。もしくは、一度入ったら外から干渉の難しい場所とか。教会とかかしら。

アンナやラティお母様は私を止めようとしてくださるけど、私がラティッチェ――というより、この国内にいる限り火種になりうる気がする。

ラティッチェ家は大貴族であり、王家すら蔑《ないがし》ろどころか扱いに困るほどの譜代の中枢家臣の公爵家。弟の地位を盤石にするためにも、表舞台に出られない場所が望ましい。そして、引きずり出されてしまえば私は傀儡《かいらい》になる未来しか想像できない。

いつまでもお父様が守り抜いてくれた籠の中で平穏を享受できるわけがない。成人をすれば、なおさらのこと。というか歪みとなる。

どうやってお父様を説得すべきか憂いていた。

優しい公爵家の使用人たちは、全面的に私が修道院へ行くのは否定的。私の頼りにしていたジュリアスなど、否定派筆頭。言葉でははっきり言わないけど、そんな気配。専属侍女のアンナも、普段クールな童顔に涙を溜《た》めて考え直すように訴えてくる。ラティお母様もその視線は雄弁に語る。お父様は笑顔で基本一刀両断。こんなに私の行動に非協力的なことは初めてだ。私を溺愛するお父様にとって、自分の手元から私がいなくなることなどもってのほかなのだろう。

思わずため息も漏れるというものだ。お父様の監視を潜り抜けて国外はもっと難しい。

協力者がいなければ、無理だろうけれど――お父様に逆らってまで、私に協力してくれる猛者などいない。協力者＝処刑くらいのレベルなのだから。

私の正念場だ。

お父様に盾突いて、平気なのは私だけ。

そんな時、窓がカツカツと鳴っているのに気づく。

風が強いから庭木の枝が当たっているのだろうか。そういえば今夜は嵐らしい。あまりに当たるようなら、窓を突き破ってきたりするかもしれない。

ジュリアスかレイヴンに頼んで切ってもらおうかしら。庭師を深夜に叩き起こすのは可哀想《かわいそう》だし、一本くらいなら魔法でスパッと行けるはずだ。なんとなくジュリアスやレイヴンは攻撃魔法が得意そうだもの。

ちなみにゲーム版アルベルティーナはオールラウンダー。攻撃魔法、呪詛《じゅそ》系デバフサポート、結界魔法まで使えるエリート貴族様だった。そして、終盤までその有り余った才能を下種《げす》の所業で振りかざしていた悪の華である。ルートによっては「悪役令嬢ちゃう、こいつラスボスだ」なんて有様ですらあった。ちなみに学園にすら通っていない私は、攻撃魔法はヘロヘロのからっきし、呪詛魔法はなんとなーく嫌な感じがする？　とアンナやレイヴンに首を傾げられるミソッカス、結界魔法だけは「引き籠りたいでござるぅ！！！」という願望を反映するように鉄壁だった。攻撃・呪詛がへぼいその代わりと言っちゃなんだが、初歩の治癒魔法を使える。

一応、アッパークラスの頂点にいる上級貴族の令嬢なので、教養とともに魔法の勉強もあるのだ。サンディス王国の王侯貴族は、上級ほど魔力持ちが多いのも理由の一つ。

私は完全に防御・支援型。

つまり、私は木を切ることすら魔法でできないのだ。

てくてくと窓に近づくと、ガラスの外に焦燥感もあらわのキシュタリアがいた。

「キシュタリア⁉　どうしたの、こんなに夜遅くに……っ」

「どうしたもこうしたも……！　家を出ようとしているって本当⁉」

あら、耳が早いこと。でも、それを聞くためにわざわざバルコニーを伝ってきたの？

お父様が大反対で本決まりではないから、緘口令《かんこうれい》が出ている。知っているのはお父様との直談判《じかだんぱん》の現場にいたセバスはじめとするごく一部の使用人と、私が最初に教えたジュリアスだけだ。あのジュリアスが、そう簡単に漏らすとは思えない。

キシュタリアは魔力が強いから、魔法で何かしらやってきたのだろう。少し濡れ始めている髪や額にハンカチを当てるとみるみるうちに湿っていく。

一応、姉弟《きょうだい》といえ年頃の近い二人は当然別部屋である。バルコニーも易々《やすやす》と移動できるほど近くない。そして、当然公爵家なので侵入者対策を施されている。

「それより、アルベル。本当に修道院に行くつもり？」

「……ええ、まだお父様に納得していただけていないから、予定ですけれど」

お父様に告げた、ということでキシュタリアの顔はますます驚愕に塗り固められる。信じがたいものを見る目で私を見ていた。

お父様に打診した時点で、私が相当の覚悟を持っていると理解したのだろう。

「アルベルは、この家が嫌い？」

「いいえ、大好きよ。お父様も、お母様も、キシュタリアも。アンナやジュリアスやレイヴン、セバスも――みんな大好きよ」

「だったら、ここにいよう？　僕がアルベルを守るよ。お父様がいなくなっても、万一ジュリアスたちが敵になっても、他の貴族や王家からだって守ってみせる」

お父様と似たアクアブルーの瞳が、嘆願するように私を見ている。

すっかり私より背が高くなり、逞《たくま》しくなってしまった弟だがその宝石のような瞳は相変わらず美しい。若いご令嬢など、甘い美貌も相まってコロリといってしまいそうなほどだ。

キシュタリアが私をこんなにも思ってくれるのは嬉しい。だが、私はここにいる限り弟の障害になる確率の方が高いのだ。

私以外には魔王のようなお父様の鬼の扱《しご》きの後継者指導に耐え、知力・武力・魔力を磨き学園でもトップクラスの実力者だという。順当にいけば、王子たちの覚えもめでたいだろう。

そんな栄光の道が約束されているキシュタリアに、王族の血を引く社交界に出たこともない引き籠りの傷物の義姉。私が外でどんな噂《うわさ》になるかなんて、想像できる。嫉妬ややっかみ交じりで、お父様もお母様も随分苦労されているはず。キシュタリアだって少なからず中傷被害に遭っているはずだ。

「私は、どうあってもラティッチェ家の弱点にしかならないもの。今はまだお父様が庇《かば》って、守ってくださるけどいつまでもそうはしていられないわ。公爵家に取り入りたい人間も、貶《おとし》めたい人間も山ほどいる。その中には王家に関係する人たちだっているわ」

「……誰に聞いたの」

ああ、やはりそうなのか。最後の王家という一言に、キシュタリアは一気に険しい気配と変わった。

原作ではアルベルを、王家は扱いかねていた。数少ない王家筋を示す瞳を持つアルベルティーナ。訳ありのアルベルが王子と婚約したのも、それゆえだ。断罪後も青き血筋は捨てがたいのか、王家の血を増やす腹として扱われるルートもある。望まぬ男たちに体を暴かれる、悍《おぞ》ましいものだ。

この国周辺では数十年に一度の割合でメギル風邪――別名魔力風邪というものが流行《はや》った。それゆえ、今代の王族筋は少ないのだ。特に王家の瞳の持ち主は。

アルベルの祖母は王姉だが、嫁いでいて王都での流行り病から逃れた。母のクリスティーナや、仕事で王都を離れていたお父様も。

私が生まれる前のことではあるが、過去に魔法使いが集まった魔導都市や国家を滅ぼした恐ろしい病だ。

高熱の出るこの病は一般の解熱剤が効かない。効くのは魔力抑制剤や魔力の封殺で、魔力自体を下げること。それにより高熱期をやり過ごせばいいのだ。

キシュタリアは魔力が強いし、私の知り合いの中でも一番の魔力持ち。せっかくムダ金有り余っているのだから、こっそり入手したが――今はそれより現状問題だ。

この薬、まだメギル風邪の特効薬と認知されていないのよね。病気を治すというより、病症をやわらげる効果だし。

平民でも、潜在的に高い魔力を持っている人は稀《まれ》にいる。魔力を持っていても、持っているだけで魔法を使用できないパターンもいる。それが、高い魔力持ちが酷くなりやすいという認識を持たせることの妨げになっている。

　これをどうやって誰かに気づかせるかも問題だ。やはりヒロインのルートを把握したい。これを発見できる攻略者は限られている。いや、そもそも流行るかもわからないけれど。

　キシュタリアには今のところヒロインの影はない。

　そうでなくても、私とキシュタリアが個人的に仲が良くても、事を荒立てたい人間はたくさんいる。

「いいえ、誰も。でも、馬鹿な私でもそれくらいわかるわ。子供じゃないの、子供ではいられないのよ」

「アルベルは馬鹿じゃないよ……君は必要な人だ。そんなに自分を卑下しないで」

　白い絹のネグリジェ越しに、肩から手の平の温かさが伝わってくる。

　すっかり姉想《おも》いの優しい子に育って、とほろりとする。

　最近、ジュリアスから青天の霹靂《へきれき》の告白があり、ミカエリスからの手紙が幼馴染や妹というより男性が女性へ送るものへと変わっていて、今までの仲良し幼馴染グループから脱線しつつあることに心が荒んでいた。そもそも、修道院に入るという考えは幼い頃からあったせいもあり、あまり男女の仲にも恋愛にも積極的になれなかった。基本喪女思考だし――私の恋人や旦那なんてお父様の奴隷と同じだ。

　そして、お父様は私が絡むと頻繁に魔王のような冷徹で悪逆をものともしない側面が出てくる。

　お父様は本当に優秀な人なの。私とは全然違う。私さえいなければ、王家との軋轢《あつれき》もマシになるかもしれない。お父様は、私以外に目を向けて幸せを今から探して欲しい。

無知で無力な娘の世話で駆けずり回っていい存在じゃない。

私ばかり気にかけるこの状態が長引けば、当然キシュタリアが公爵になった時にも影響が出る。

キシュタリアは優しい。キシュタリアまで、お父様の二の舞にならないでいいの。

「……足手まといなのは、事実よ」

「なら僕が助ける。ずっと一緒にいよう」

「それはだめ、キシュタリア。当主となればいつか、伴侶となるご令嬢に他家から嫁いでもらう形となる。それは貴方を社交界で助けてくれる、人生のパートナーよ。その女性を大切にして。本家筋の長女でありながら私は何もしていなかった。でもその人はラティッチェ家の女主人としてたくさんのことを背負うことにな——」「いらない」

低い声が私の言葉を遮った。思わずはっと顔を上げると、明るい青い瞳に苛烈な光を宿したキシュタリアがいた。

その目は、何度か見たことがあった。揺らぐように姿を消していたので、気のせいかと思っていた——それは最近に見たことがある。ミカエリスやジュリアスの宿すものに似ていた。

気づきたくなかった、と今更理解した。目を背けていた。自分の楽園を壊す、それの正体からずっと目を逸らしていた。

やめて、キシュタリア。聞きたくないよ。

逃げたくても、掴《つか》まれた両肩は私が目を背けることすら許さない。

「そんな女、いらない。僕は貴女しかいらない」

どくり、と心臓が音を立てる。幼い私が耳をふさいで悲鳴を上げる気配がした。

「ずっと、ずっとアルベルだけを見ていた。アルベルが僕を弟としてしか見ていないことも知っていた。弟として、とても愛して大切にしてくれているのもわかっていた。社交界や学園で、アルベル以外の令嬢たちにも会ったけど、所詮はアルベル以外の女なんてどれも同じだ。何も感じないし、好きにならないし、愛せない。僕はそういう人間なんだよ」

お父様とは似ている、だけど違う熱を燃やすアクアブルーの瞳には、呆然《ぼうぜん》とする私が、私だけが映っている。肩の手よりも、視線は雄弁。そして言葉は力強く食い込むようだった。

「僕を、選んで」

私の小さく狭い、幸せな世界は壊れた。


そのあと、私の部屋に私以外の気配を感じたレイヴンがナイフ片手に入ってきた。ノックもなしに、というあたり完全に侵入者だと思っていたようだ。だが、一瞬にして距離を詰めて組み敷いて――ナイフを振り下ろそうとしたところで相手がキシュタリアだと気づいて、僅かに表情を顰めて離れた。だけれど、警戒するようにキシュタリアを睨《にら》み、背後に私を庇いながら部屋から出ていくように促した。

ちなみに、私はレイヴンとアンナにいくら弟とはいえ、異性を部屋に入れたことをこっぴどく叱られた。

レイヴンもアンナも、あの口ぶりからしてキシュタリアが私を姉ではなく異性として見ていると知っているようだった。私はやはり鈍感らしい。ますます社交界なんて無理だ。

乙女ゲームのシナリオに縛られすぎていたのかな。

頭のどこかで思っていた『アルベルティーナ・フォン・ラティッチェ』が誰かに愛されるはずもないと。特に攻略対象である彼らには。

「お嬢様のその手の事柄に関しては、公爵様が徹底規制してらしたのである意味仕方ないのかもしれませんが……本当にお気づきではなかったのですね」

「……むしろ今まで良く肉体関係に持ち込まれず、食い荒らされなかっ」「レイヴン、こっちにこい」

何か不穏なセリフを言いかけたレイヴンを、ジュリアスが威圧感のある笑顔で遮って、口をふさぐ。

そしてそのままどこかへ引きずっていった。

今、私は危うい状況にいるらしい。

というより、今までも危うかったのかもしれない。

頭が拒絶して、理解したがらない。

昨日、私の部屋に忍び込んだ――私が迂闊《うかつ》にも招き入れたのだけれど、それを差し引いてもバルコニーに侵入したのは事実であり、それがバレたキシュタリアは、私に対して接見禁止となっている。

ラティお母様に。

お父様《魔王様》でなく、お母様《ラティママ》に。

茫洋《ぼうよう》とした記憶から、なんとか思い出す。

今まで見たことのない形相で、般若《はんにゃ》なんて可愛いほどの怒りの形相を見せて、持っていた南国鳥と銀白鳥を重ねた扇が折れるほどの強打を繰り出した。キシュタリアを問答無用で殴りつけた。今日持っていた扇が木製でもなく金属製でもなくてよかった。

まさか、お父様もそこまでラティお母様が激怒するなんて思っていなかったのだろう。呆然と立ち尽くしていた。

普段穏やかで淑《しと》やかな淑女の鑑《かがみ》であるラティお母様が、頭から湯気が出そうなほど怒り、髪を逆立てている。

「キシュタリア！　貴方、アルベルに何をしたかわかっているの⁉　アルベルは未婚の女性よ⁉　いくら書面上は弟とはいえやっていいことと、いけないことの分別はついているはずです！　アルベルが箱入りの温室育ちで、そのうえ結界つきの宝箱の住人で——とにかく無防備でそういったことには人一倍……いえ、一千倍は疎いのは良くわかっているでしょう⁉」

そこまで鈍いかな、私。喪女歴は長いけど。

色気より食い気で、いつも思いつきでいろいろやらかしてきていた。本当に令嬢らしくないのはわかっている。ええんやで、どうせ取り繕うべき体裁もない張りぼて令嬢なのはわかっている。十分瑕疵物件だから、すでに。

だから、そこまで怒らなくても……。

「でも、お母様。招き入れてしまったのは私で……」

「アルベル……貴女は嵐の中、弟がいきなりバルコニーに現れて気が動転していたのでしょう？」

「え、はい……」

かなり度肝を抜かれたのは事実だ。ジュリアスとレイヴンは、叩かれたキシュタリアに近づこうとした私を押しとどめた体勢のまま動かない。

一人でも難しいのに、二人ともしっかり私の肩を押さえているし、目の前に立ちはだかっております。軟弱なヒキニート令嬢には不意を突くことすら難しい。

「そしてキシュタリアは廊下を通ってアルベルの部屋に行けば必ずジュリアスやレイヴンに見咎《みとが》められるとわかって、わざわざそちらから行ったのよ。アルベルが夜の寒い中、雨に濡れたこの子を放置などしないと見越したうえでね!!」

だん、と部屋に鋭く轟《とどろ》く音。ローズブランドの最新作の薔薇《ばら》のコサージュの残像が見えた。エナメル靴が床を叩く。ヒールが折れんばかりの力強さに、私が飛び上がった。

最後の言葉を言い切ると同時に、鋭い視線を実の息子へ向ける。

「……ごめんなさい、アルベルを怒っているわけではないの。ただ、一歩間違えばアルベルがどう抵抗しようとも、キシュタリアを伴侶として選ばなくてはいけないことになっていたのよ。嫌よ、私は。望まない結婚を強いられた令嬢が、一時の感情で命を絶つことなんて社交界で何度も聞いたわ。心身を病んでしまう人だっているの。可愛い娘をそんな形で失うなんて絶対に」

ラティお母様のその言葉に、キシュタリアから一気に血の気が引いた。

ぶたれて鬱血し変色した頬が、ラティお母様の怒りを物語っている。

私に触れていたジュリアスの力が、一瞬強く籠る。すぐにそれはなくなった代わりに、誤魔化すように椅子に座るよう勧められた。

ふと影が差したかと思うと、慈愛と悲哀を滲ませたラティお母様が華奢《きゃしゃ》な腕を伸ばしてきた。

「血がつながっていなくても貴女は可愛い娘よ、アルベルティーナ。継母である私と義弟のキシュタリアを拒絶する権利だって、貴女にはあったの。でも、誰よりも歓迎してくれたのは貴女だった。知らない人が怖かったのに、頑張って歩み寄ろうとしてくれた貴女は、私にとって何よりも心強い存在だったわ」

ギュウと抱きしめられると柔らかさと温かさ。女性特有の少し甘い香りが、お母様の髪の香油やほのかな香水と混ざり合い、大人の女性の香りを演出する。

その温かさに強張《こわば》った体から力が抜けていく。

それと同時に、目から熱いものがぼろぼろと流れてくる。

「お母様……わたし」

「なぁに、アルベル？」

「う……うわぁあああんっ」

ラティお母様。本当は、私は公爵家にいたいのです。

でもいられないのもわかっているのです。

変わりすぎた未来が、現在がどうなるかわからない。怖くて怖くて仕方がない。

特別な人ができたら、さらに縋りつきたくなる。ともにいられたら、と願ってしまう。

それすら、私だけでなく公爵家の立場を危ぶませ、その人の立場を追い詰める可能性があるとわかっていれば、その感情を持つことにすら二の足を踏む。

縋りついて泣き声を上げるだけで、それは言えなかった。

本当は。

好きな人ができたら、その人に好きと言って、好きと言ってもらいたい。

たくさん話して、手をつないで、抱きしめ合って、笑い合って、キスをして。

恋して、愛して、泣いて、笑って、はしゃいで、悩んで。

そんな、普通の恋をしたかった。

ありふれた普通の女の子でありたかった。

私はどうあがいてもヒロインにはなれない。

誰かとは幸せになんてなれない。

少しでも油断をすれば、不幸をまき散らす存在となる。

泣き疲れた私がお母様の腕の中で気を失うように眠り、その間にキシュタリアは今回の帰省の間、私とは接見禁止を言い渡された。

それゆえに同じ屋敷にいても会うことはなかった。時折、ガラス窓越しに姿を見かける程度。徹底されていますわ……さすがラティッチェ公爵家。

ジュリアスとも告白を断った手前どうも気まずい。相変わらず淹《い》れてくれる紅茶はとても美味《おい》しいのですが、どうしても私がぎこちなくなってしまう。

それでもさすがはエリート従僕、仕事はすべて着実にこなしてくれます。ですが、いつもの慇懃《いんぎん》無礼なジュリアス節がないのです。あのキレッキレな言葉がお休み中。アンナとのたまに起こるバチバチバトルもないのです。

そして、時間は無情にも過ぎて二人は学園に戻っていってしまった。


味方がいない。いえ、みんなは優しいのですが……計画の仲間がいない。

修道院に入り、慎ましく生活をしたいとお父様に訴えましたが、お許しは出ない。

専属の従僕だが、少し兄のような思いを抱いていたジュリアスにろくなフラグもなく告白された。しかもなんだかものすごく訳ありそうだった。修道女希望だったたし、私と男女の仲になりたいと思うのは限りなく死亡フラグだ。奇特すぎる。お父様の恐ろしさは、私よりジュリアスのほうが知っているはずなのに。

そもそもジュリアス、結構謎なのよね。私の専属でいっつも我儘ぶちかましてもさらっと応えるスマートかつ有能従僕。メイドたちの間ではその洗練された所作から、貴族出じゃないかという噂もある。まあ、上級貴族が下級貴族を雇うのはよくあることだ——だけど、私の護衛も兼ねているし、レイヴンが自分より強いって言っていたから普通じゃないわよね。本家アルベルも暗殺とかヤバい薬物や人身売買とか裏稼業の斡旋《あっせん》もしていたし。

ヒキニート令嬢と化したアルベルが斡旋するのは美味しいご飯のレシピの推奨や、可愛くて便利な服飾の推奨だ。平和すぎる。

残念ながらヒキニートは外見しかアルベルティーナを保てなかった。悪役令嬢は即行ドロップアウトし我欲を突き進んでいる。チキンなのでまっとうな商売で。

おかげで出来上がったのは世間知らずのポンコツ令嬢と超絶有能エリート従僕の愉快なコンビ状態だ。

皆さん、ポンコツでも血筋だけは立派なので傅《かしず》いてくれるが、大変申し訳ない。ほんとポンコツで申し訳ない。

だが、エリート従僕、なぜポンコツに恋をした。このポンコツは大魔王が漏れなくついてくる大変やべー女だぞ。お父様の愛は海よりも深く、空よりも高いが猫の額より狭い局地的なものだ。しかもドチャクソ重苦しい。ますますやべーでしかないぞ、アルベルティーナは。

やべーお人ではあるんだけど、私はお父様を好きなのよね。ちょっとやべーところが完全無欠すぎるお父様にある唯一ある可愛らしい欠点だと思うの――そういっても、誰一人同意してくれないのよね。お父様の慈愛の精神が私に極振りなのも原因だと思うけれど。

基本魔王なお父様に、外見だけが取り柄みたいな娘。うん、ヒキニートで大変申し訳ない。ノーブレス・オブリージュを果たしてない。

小庶民としてはみんなペコペコしてくる中で、適度に気安くしてくれるジュリアスはとてもありがたかったので余計重宝していた。

あとやっぱり有能。すっごく有能。ポンコツとしてはとてもありがたすぎて手放せない。

レイヴンもお仕事できるけど、やっぱりジュリアスほど機微に鋭くない。というより、ジュリアスが仕事でもなんでもできすぎるのだと思う。

でもレイヴンは可愛いからいいの。癒しなの。ジュリアスやキシュタリアは理解しがたそうにしているけどアンナやお母様は一定の理解を示してくれた。

でも、最近可愛いと言うとレイヴンが無表情の中に、ちょっと不満そうな顔するの。可愛い。それがまた可愛いの。

それはともかく、どうしてこうなったという現状だ。

次の問題はキシュタリア。

弟だと思っていたのに、まさかの異性扱いだった。解せぬ。

ヒロインはどうした。一年たって、そろそろヒロインが攻略対象を絞り始めているはずの時期なのに——キシュタリアは違うのかな。どこがダメなんだ。うちのキシュタリアは美形だし、頭いいし、魔力あるし、剣の腕だってなかなかのものだぞ。見たことないけど。それになんたって公爵子息だぞ。社交界でも将来有望株であらゆる面でトップクラスのはずなのに。自慢の弟なのに、何が不満だというのだ。とても優しいいい子なのに。

…………私って結構ブラコン？

あれ？　結構じゃなくてかなり？

アンナ曰《いわ》く、はた目から見て露骨なほど、溺愛しているとのことだ。

普通、弟にせっせと贈り物とかしないって。ましてや事業を立ち上げないって。ローズブランドの男性アイテムのモデルにちょうどよかったんだもの。どうせなら、キシュタリアに似合うものをあげたいじゃない。お父様にだって、あんなに素敵なのですもの。

ついでよ？　だってこの国？　この世界？　基本的に品薄なんだもの、前世と比べて。伝統と格式がゴリゴリで埃被《ほこりかぶ》って化石化してそうなのを後生大事に使い続けている感じ。ずっと停滞しているんじゃないかと思うの。飽きているのに、発想力がゼロ？

プレゼントならジブリールのほうが贈っているけど、ジブリールはジブリールでローズブランドの広告塔だ。お母様がマダム向けなら、ジブリールはデビュタントから婚活シーズンの淑女たちの注目の的だという。

自慢の母と、可愛い妹分である。だが残念ながら、ジブリールは私でなくミカエリスの妹だ。ミカエリスはあまりに私がジブリールを可愛がるから、たまに微妙な顔をしている。でもいいじゃない。そのおかげでジブリールはすっかり明るい美少女よ？　ミカエリスに苦手意識を持ってなくて、溌溂《はつらつ》としているじゃない。キシュタリアが強すぎるよ、とこぼしていたけどアルベルちゃんは知りません。可愛い子が元気なのは良いことだと思います。

それはともかくキシュタリアよ……まさか幼少期の告白ってまだ有効なの？　あの時十年後って言ったけど、このままだと本当に同じ感情十年近く持っていたってこと？

学校でヒロインだけじゃなくて、いろいろ綺麗で可愛いご令嬢をいっぱい見てきたはずだよね？私と違ってピカピカな経歴で傷なしの文句なしのご令嬢よ？

「どう思う、レイヴン？」

「…………お嬢様がとてもお可哀想な思考を持っているのは理解しました」

レイヴンにまで呆《あき》れられたのですけれど!?　あの可愛いレイヴンが！　ジュリアスたちのように、

残念な子を見る目で私を!!

「僕はジュリアス様へのご報告で学園に行ったことはありますけど」

「けど？　可憐《かれん》で美しいご令嬢はたくさんいたでしょう？」

なんたって、ルートによっては王侯貴族子息を手玉に取って取りまくる最強ヒロインがいるはずなのだ。ライバル令嬢も才色兼備が多い！　より取り見取りのはず！

ゲームでも豪華絢爛《けんらん》で、神絵師様と神声優様たちが作品全体を彩っていた。それが三次元化とか目がまぶしくて潰れそうなのは、私がヒキニートだからだと思う。顔面偏差値が天元突破すぎでござる。

だが、私以外のメンツがラブにバトルに盛り上がるなら、ちょっと気になるのもまた事実。

危ないフラグが乱立していなければ、学園に覗き見に行っていたと思うわ。

学園の彼らのアオハルとコイバナの予感に身を乗り出すが、レイヴンはいたってドライだった。

「別にあまり」

「あまり？」

「特にはなかったと思います」

「え？　ええと、あの！　ジブリールが言っていた噂のご令嬢は？」

「王子たちが熱を上げているという、平民……いえ、男爵令嬢ですか？」

「そう、その方よ！」

やっぱりいるのね！　私が続きを促すが、レイヴンは基本真顔系というか、無表情なのにすごく珍しいことに顔を少し歪ませた。良いものではなく、悪いものを思い出す顔だった。

「……あばずれ？」

「ふぇ？」

「すみません、ついお耳汚しを」

い、今なんて言ったの⁉　レイヴンが！　レイヴンが……レイヴンが汚い言葉を……えええ？

俄《にわ》かにプチパニックに陥る中、レイヴンは思い出すように首を傾げた。

「随分いろいろな男性に言い寄っていましたね。王子たちもそうですが、キシュタリア様やミカエリス様もそうです。他の貴族のご子息らにも言い寄っていましたが、それにも飽き足らずジュリアス様にも言い寄っていました。顔の良い金や権力を持っていそうな男なら誰でも股をひら」「レイヴン。お前はお嬢様付きを外されたいの？」

ずっと黙っていたアンナ。レイヴンの言葉が聞き捨てならなかったのかダイヤモンドダストが見えそうなほど冷え凍えた一言を入れた。

けして大きな声を出してはいない。むしろ平坦で落ちるような声音。だがレイヴンはすぐさま口をきゅっと噤《つぐ》んだ。

「……とりあえず、お嬢様にはお見せするべき人種ではないと断言できます」

「学園の生徒なのでしょう？　わたくし、他人の恋愛に水を差す子供じゃなくってよ？」

「しかし、あれをお見せしたら、誰かの首が物理的に飛ぶかと。キシュタリア様もジュリアス様も、あれをお嬢様の視界に入れるくらいなら平気でそれくらいします」

「わかりました。もう聞きません」

お父様じゃあるまいし！　と言いたいところだけれど、朱に交われば赤という。私が本家アルベルと違いスーパー箱入り娘のせいか、ジュリアスやキシュタリアは年々過保護が増してきている気がする。

そのうち赤ちゃん言葉で話しかけたら切れるぞ！　口利いてやらない！

私が拗《す》ねたらこっそり耳打ちで「高い高いしましょうか？」とかあのジュリアスが言ってきたことがあるので、相当おこちゃま扱いされていると見た。もうそんなことで喜ぶ年齢じゃないわ！

……嘘です、喜びます。バカなの？

私って、なんかちょっと高い場所とかちょっとスリリングなことに滅茶苦茶弱いの。テンションが上がってしまうの。お父様たちが全力で危険を遠ざけている反動かしら？

そもそもそんなこと提案するのはおかしくなくて？　本当に私のこと異性として見ているのか、あの二人……特にジュリアス。

もしかして幼児プレイ好きのロリコン!?

ううん、だとしたら童顔ヒロインのほうにときめくはずだわ。アルベルティーナも可愛いけど、本当に綺麗系の顔だもの。美醜はともかくロリペド要素なら、ヒロインのほうが強い。

残念ながら私のガワは立派にアルベルティーナですが、私の中身は限りなくへっぽこなのは自分でわかっている。メイドや従僕たちにお世話をされないと生きていけないダメ人間です。つまりダメ女好き？

修道院に行くためにも、自立を目指そうとしているのだけれど、それを嗅ぎ取ったかのように周りの人たちはせっせと私の意思を汲《く》み取り仕事を取っていく。

仕方なくイジイジといじけながら折り紙をしていた。お母様にもくす玉を作っている。これは観賞用の大きくて立派なやつだ。一番立派なサイズだけれど、あとでお父様にも作るからいいよね！　というより、作らなかったら拗ねるだろうし。

折り紙の用紙は薄くて綺麗で丈夫な高級紙だ。新しい紙を開発して、それを使用するお父様の分は調達に時間がかかるのだ。

せっせと折っていた指先に影が入る。誰も声をかけてこなかった――私の部屋にそんな不作法に入れるのはただ一人だけ。

「またオリガミかい？　アルベル」

「おかえりなさいませ、お父様！」

優しい笑みを浮かべて私を覗き込んでいたのは、グレイル・フォン・ラティッチェ。公爵家の当主にして私のお父様だ。

お父様、私という娘がいるのにいつまでたってもお美しくいらっしゃるわ。

修道院問答では喧嘩《けんか》中だが、お仕事帰りのお父様を無視とか、反発心から冷遇しようなんて親不孝な娘ではない。

すぐさま立ち上がれば、両手を広げて「おいで」と言わんばかりに笑みを深めるお父様の胸へと飛び込んだ。幼い頃から慣れ親しんだ香水とお父様の温かさが私を包む。

「アルベル」

「はい、お父様」

「ジュリアスが随分勝手をしたようだが、処分するかい？」

心臓が凍った。

ジュリアスとの出来事は、公爵邸の敷地内の裏庭——滅多に人が来ない場所だ。庭師すら、定期的な剪定《せんてい》の時しか来ないくらい。あの場所に気づいてやってくることができるのは私と長くいたジュリアスか、アンナくらい。比較的最近いることの多いレイヴンや、お父様付きのセバスですら難しい。

処分、とはつまりそのままだろう。お父様にとって、使用人の一人であるジュリアスは、いくら有能でもその程度の価値しか持っていない。将来はセバスに次ぐ立場になってておかしくないはずなのに。

あの日の出来事は、誰も知らないはず。

なぜ、どうしてと思う反面『お父様だから』という言葉で済ませられるのがお父様ゆえだ。

「……ジュリアスは必要ですわ。わたしの従僕を勝手に破棄しないでくださいましね？」

「そうかい？　思ったより役に立たなかったようだから」

「彼の代わりを探すのは大変だと思いますわ」

レイヴンは優秀だが、あくまで護衛面的な意味だと思う。

どうも人の感情の機微や、商売的なものはあまり得意でない感じがする。ジュリアスはそつがなさすぎるくらいなのだけれど。

私の我儘を叶《かな》え続けてくれたジュリアスを危険とわかって手放すなんてできない。お父様は、私が手放し次第、即刻手を下しそうだ。

私がいなくなったあと、ローズブランドは彼がいなければ大混乱だろう。むしろ私がいなくても、ジュリアスがいれば安泰のはずだ。

お父様はつまらなそうに「そうかい？」と不承不承で納得してくれた。なぜそんなに殺意が高いの、お父様。彼はお父様が用意した使用人で、ずっと私の傍にいた従僕なのに。

「ではキシュタリアは？　あれはまだいるかい？」

背筋が凍る。キシュタリアは公爵令息だ。あそこまで立派に育った青年を、お父様はこうもあっさり手にかけるというのか。

返答次第では、連鎖的にラティお母様の処遇も決まる。二人とも、何一つ落ち度はない――あ、キシュタリアは夜中に私の部屋に来て、思いっきりお母様に叱られたのだったわ。正直、キシュタリアの告白とかよりラティお母様の怒髪天が印象に強すぎる事件だった。

あれ以来、ラティお母様は以前にもまして私を気にかける――というか、溺愛に近い形だ。特に異性や人間関係には目を光らせている。出入りの商人たちが来るだけでも、私に妙な感情を抱いていないかメイドはじめとする使用人たちと気にかけてくれている。

馴染みの人たちだからいいんじゃないかと思っていたけれど、予想よりはるかに上を行く私のポンコツ具合に今更心配になったようなの。かたじけないでござる。

それはともかく……うん、今は置いておきましょう。あの時、お母様の激怒にお父様がキシュタリアに対する苦言をなくしたと思ったのに、そうでなかったらしい。

お母様曰く、一歩間違えば私は強制的にキシュタリアと結婚しなきゃいけなくなる可能性があった。

それって、一夜の過ちがあったらだよね？　なかったのだから、そこまで怒らなくていいのでは？

常に娘ガチ勢のお父様にとって、あの出来事は一生イビリネタになるレベルかもしれない。

単にあの時は黙っていただけで、お腹《なか》の中で熟成していた？　怖いですわ……。

「キシュタリアは公爵家に必要な存在ですわ」

お父様は不老不死ではない。いくら人間離れした能力を持っていても、その美貌には年齢相応のしわが刻まれ始めている。老いとともに体力や腕力も衰えるし、それに伴い魔法も十全に使えなくなる。

今はバリバリ社交も軍務もやっているけど、いつかは隠居する。

それは、確実に私より早いのだから。

「違うよ。『公爵家』ではなく『アルベルティーナ』に必要かと聞いているのだよ？」

声は優しいが、その言葉は残酷だ。

お父様にとって、公爵家という誰もが羨む地位ですら娘の一存で消せるものなのだ。

お父様の今までの努力や労力は？　ラティお母様やキシュタリアの立場は？　使用人たちは？　お父様にとって、私の言葉と意思はそんなにも重要なの？

それは一般貴族とはかけ離れた価値観。貴族どころか、ほとんどの人間は理解しないだろう。

「キシュタリアは、大切な弟です」

言葉を選ぶ。慎重に選別する。

「わたくしの『家族』を奪わないでくださいまし。わたくしの狭い世界で、数少ない大切なものの一つです――もしいなくなってしまったら、悲しゅうございます」

「では、まだ残しておこうか」

おやめくださいー　私のような瑕疵物件ではなく、キシュタリアは社交界をときめく超絶人気の公爵家の令息ですよ⁉

ちょっと残念がらないでくださいまし……本当に心臓に悪い。

お父様は十年近く一緒にいる義理の息子に少しは情がわかないのかしら？　……わかないのがお父様なのですよね。お父様の愛情は亡きクリスお母様と私ことアルベルに全振りなのですから。

そして、お母様亡き今、お父様の重圧じみた愛情は私ばかりに降り注いでいる。

酷く重苦しく、歪んでいて、狂愛じみたそれは、常にアルベルティーナの傍にあった。

困ったお父様だが、その愛情は確かに本物なのだ。困ったことに。もう少し手段を選んで欲しい。

そんなお父様は、唯一のお父様であり誰よりも私を慈しみ守ってくださる存在。

そのお父様に、何一つ報えない自身が歯がゆい。

何もしなくていい、そこにいるだけでいい。その許しは呪いのようだ。優しく、残酷な呪いだった。

私を守るための。

それは、何よりもお父様の足かせと弱点になる。

アルベルティーナの存在は、どこまでもお父様の公爵家の弱点にしかならない。

血筋ばかり立派で、それ以外は役立たず。本当に穀潰し。

私がいなくなれば、ラティッチェ家の一番大きな歪みは消える。

きっと、事態が動くのはエンディング。

ヒロインがどう動いているかわからない。もし王子たちのルートで王太子が決まるルートに食い込んでいるのならば、本来アルベルティーナやラティッチェ公爵家は引き換えのごとく没落する。

しかし、私が学園に行っていない以上、アルベルティーナがヒロインを虐《いじ》め抜き、陥れるなんてことはあり得ない。学園にいないどころか、ヒロインと認識も接点もないアルベルティーナがヒロインを虐めるほうが不自然過ぎる。現在過去にわたって、私は一切王子と婚約を結んでいないのだから。

キシュタリアルートでもアルベルの悪行は絡むが、今のキシュタリアはなぜか義姉の私に思慕を抱いている……らしい。どうしてだろう。

正直、終盤ぎりぎりに行くのは怖いし、エンディングの卒業式なんて鬼門すぎる。物語の強制力があったら怖いもの。

なぜか悪役令嬢の私にキシュタリアとジュリアスのフラグが立っているっぽい。本当に謎。

正直、ゲーム内でも告白イベントはもっと後半のはず。何か番狂わせがあったとしたら、私のヒキニート生活？　どこに恋愛フラグが立つの？　食いしん坊令嬢やりつつ、物作りに没頭していただけだと思うの。

…………もしや恋愛フラグはブラフで、実は破滅フラグ!?

天啓のごとく一つの閃《ひらめ》きが。遠ざけていたはずの悪夢があわや大接近。あっという間に私はパニックに陥ります。そして流れる前世のキミコイの走馬灯。

そういえば第一王子ルートで、アルベルを騙《だま》して油断させるためにわざとイチャついたりするルートがあったわ！　そうだわ！　きっとそれだわ！

ああ、恥ずかしい。なんて勘違いをしたのでしょうか。ポンコツの分際で、一丁前に求愛されるなんて思い上がっていましたわ！　令嬢もどきのヒキニートが何を！　私は破滅を約束された悪役令嬢でしてよ？　あの二人は、なんだかんだと私に優しい。憐憫《れんびん》や社交辞令に舞い上がっていたのかしら……学園には正真正銘本物の令嬢やヒロインがいるのですわ。愛とは時に迷い、移ろうものです……。

考えるのです、アルベルティーナ。クールになるのですわ。これは私の生存戦略であり、ラティッチェの存続にも関わるかもしれないのです。調子に乗ったら、途端に断罪フラグにチェンジするに違いない……考えれば考えるほどその通りとしか思えない。業が深い女、それがアルベルティーナです。

そうとなると、ますますヒロインのルートを知りたいわ……対策たてなきゃ。

国外追放・凌辱フラグを避けつつ、清貧で慎ましく生きるために修道院に逃げなきゃ！　私のせいでラティッチェ家が没落とか絶対ダメ！

やっぱり、一番元祖アルベル関係と関わりないミカエリス……は怖いわ。彼も攻略対象だもの。それにこの前の一件以来、ちょっと彼とも顔を合わせづらい。

お手紙がもう、なんというか……恋文？　みたいな？　全然ポエマーじゃないんだけど、いろいろお誘いがあるの。あとドストレートに口説かれている気がする？

あの真面目なミカエリスがどんな顔して書いているか謎だわ。

長期休み以外でも、定期報告で屋敷に戻ってくるジュリアス。時折持ってくるジュリアスがかなり不機嫌なあたり、かなり情熱的なお手紙なのかなぁ――なんて思う。

基本、私への手紙はおかしな点がないか、すべて改められる。使用人の中でも信用があるジュリアスやアンナやセバスに。

普通のご令嬢はそうじゃないかもしれないけれど、お父様は私の交友関係をすべて把握したい人なのよね。これでお父様のご機嫌が保たれるなら安いものだわ。ミカエリスにはちゃんと教えたのだけれど、変わらないのよね。いいのかしら？

この前、アンナなんてすごく乙女な黄色い悲鳴を上げてひっくり返ったもの。最近はセバスやジュリアスが多いけど、二人ともとんでもなく複雑な顔している時もある。

一度、セバスに「これは、わたくしもしや口説かれているのかしら？」と首を傾げたら、茶器どころかトレーごと落下させてポットもカップも粉々になったことがあった。絶句されて答えてもらえなかったけど、レイヴンにも読んでもらって確認したら、やはり口説かれているらしい。一度メイドたちにも聞いたけど、少し見せただけでキャーキャー大興奮すぎて、鼻血を出してしまった娘もいたのでやめた。

……ミカエリスともフラグが立っているかもしれない。いつどこで立ったの？

ですが、これもブラフの可能性があるのです！

油断はいけませんわ！

では学園に詳しいかつ、他に聞けるのは……たった一人！

私の可愛い可愛い世界一可愛い妹分、ジブリール・フォン・ドミトリアス伯爵令嬢。

ミカエリスとはちょっと顔を合わせづらいけど、ジブリールにはとっても会いたいの！

お父様も、女友達で妹分のジブリールには結構目こぼしがあるのよね。安心して会える。ここ、大事。でも、今のジブリールは寮生活。

どうすればいいのかしら？

「お父様、わたくしジブリールに会いに行きたいの。学園に会いに行ってはダメかしら？」

「もちろんいいよ、アルベル。お父様が連れて行ってあげよう。だけど、勝手に行くのはダメだよ？なんなら、学園ごと買い取るかい？」

「え、いらないですわ」

もし十八禁ルートだったら、あの学園はヤリ場ですわ。破廉恥ですわ。

夜の教室、星見のできる丘、旧音楽室、温室その他もろもろ——エンディングに近くなり、攻略対象と好感度が高い状態だと発生するエロイベント。ミカエリスは領地の別荘だったけど、その他の当主ではない生徒たちは学園でやらかしていた。

嫌ですわ。普通に嫌ですわ。大事なので二回います。

キシュタリアルートでないと願いたい。お姉様は、弟が学び舎《や》の一角でやらかしているなんて思いたくない。まだまだ夢見たいお年頃なの。

せめて室内でしなさい。風邪ひくわよ。大変事案でござる。一歩間違えば露出狂。

アルベル姉様はそんな破廉恥な弟に育てた覚えはありません！

幕間　陽だまりを見つめる

学園から一時的に帰宅し、ジュリアスは自室に戻った。若くともすでに上級使用人であるため、ジュリアスの部屋は下手な貴族より立派だ。それなりに気に入っている。

ローズブランド関連の差し迫った仕事を捌《さば》き、なんとか一息つける時間が取れた。ぼんやりと外を眺めていたがふと思い出してベストに手を伸ばす。

ジュリアスが胸元の内ポケットを探ると、大きく引き裂かれた紫色のくす玉だったものが出てきた。

以前、学園の様子を公爵に直《じか》に報告しに行った時に、思い切り胸を貫かれたのだ。

殺気もなく、あの男はあっさりと突いてみせた。グレイルを前にすれば、どれほど腕に覚えのある者も塵芥《ちりあくた》と同様だとは知っていた。ジュリアスも腕に覚えがあるが、それでも微塵《みじん》も反応できずにあっさりと倒れ伏したことはいまだ記憶に鮮明だ。

一瞬激痛が襲ったかと思えば、不思議とすぐに痛みが消えた。

さすがのジュリアスも、背中と胸に穴が開いている血に染まった服を見て唖然《あぜん》とするしかない。

先ほどまでグレイルの前で膝をついて頭を垂れていた。その状況で背中から胸まで刺したのだろう。愛用の魔法剣に僅かに滴る血液をつまらなそうに眺めていた。

「……なぜアルベルはお前のような身の程知らずに情をかけるのだろうか」

しみじみと言ったグレイルは顔を上げるジュリアスを冷めたように見下ろす。目を見開くジュリアスなど無視し、胸元に剣先を滑らせてくす玉を引っかけて出した。

壊れたアミュレットを傷つけないように床に落とした——魔力の残滓《ざんし》が僅かとなり、魔石やくす玉自体も壊れている。どう見ても発動していた。

使い切りのアミュレット。アルベルティーナのお手製のそれは、彼女の結界魔法の特性をよく引き継いでおり、守りに特化していた。

「……公爵様」

「ああ、少し試したかっただけだ。私のものを使ってしまったら、せっかくのアルベルからのプレゼントが壊れてしまうからね。思った通り使い切りだったようだし、お前で試して正解だった」

あれは普通に死ぬ。

ジュリアスでなくても死ぬ。

どうせこの魔王と呼ばれる冷血公爵のことだ。使用人であるジュリアスが死んだり大怪我《けが》を負ったりしても、気にも止めないのだろう。

グレイルにしてみれば、ジュリアスは愛娘《まなむすめ》に邪《よこしま》な感情を抱く小蝿《こばえ》である。アルベルティーナがジュリアスを気に入っているから、目こぼしをせざるを得ないといっていい。

ただ単純に、娘の作ったものをジュリアスが持っていることが気に食わないのと、娘の魔道具の製作技術が知りたかったのだろう。

ただなんとなく、試してみたいというグレイルの思いつきでジュリアスは一度殺されたのだ。

予想以上にアルベルティーナの魔道具作成レベルが高くてよかった。箱入りすぎて経済観念も一般常識もお粗末なあのお嬢様が高級素材を惜しみなく使ったのも良かった。使い切りとはいえ即死レベルの攻撃を肩代わりできるのは稀有《けう》な才能といえるだろう。

命を狙われやすい王族や高位貴族、後ろ暗いもののある人間などにも喉から手が出るほど欲しいものだ。彼女がグレイルの、ラティッチェ公爵家の威光の下で強烈なまでの保護を受けていれば安全ではある。

もし令嬢として生きていけなくなっても、これだけの能力があれば立派な一財産を築くに十分だった――飼い殺しにされる可能性は一層強まったが。

はっきり言って、新しい問題と言っていい。アルベルティーナはまだ気づいていないのが幸いだが、これは由々しき能力だった。

アルベルティーナは自分の能力を軽んじている。自分を過小評価しているが、間違いなく彼女の中には一流の才能が数多《あまた》とある。

実母のクリスティーナがどれほどの魔法の才能を持っていたかは不明だが、アルベルティーナは間違いなくグレイルの能力を受け継いでいる。

その後、壊れて意味をなさなくなったくす玉だが、ジュリアスは大事に持っている。適当な理由をつけて壊れてしまったといえば、アルベルティーナのことだからまた作ってはくれるだろうが――再びグレイルに刺される未来が容易に想像できる。次は消し炭になるような超攻撃型上級魔法を使ってくるかもしれない。

あの公爵の愛娘への執着は尋常ではない。亡き愛妻の面影を強く持ち、繊細で心根優しいアルベルティーナへの溺愛は常軌を逸している。

アルベルティーナの体があまり丈夫でないのも過保護の原因だろう。本人は健常だと思い込んでいる節があるのが怖いところだ。周囲の不安を一層煽《あお》るし、異変に敏《さと》い者たちは神経を尖《とが》らせ心配する。

正直、恐ろしすぎると言っていいあのグレイルを父に持つアルベルティーナに懸想するなど狂気の沙汰と言っていい。だが、ジュリアスはそれを知っていてなおアルベルティーナへの思いを諦めていなかった。

しかし、ジュリアスと同じようにアルベルティーナに魅了された人間は何人もいる。

特に身近な者は二人。彼らも身をもってあの公爵の恐ろしさと強さを知っているはずだ。そして、彼らは社交界で人気の貴公子なのだから、選び放題なはずなのに揃《そろ》いも揃って初恋を拗《こじ》らせ切っている。

ジュリアスは自分のことを棚に上げ、遠い目をした。

ふと、窓から庭を歩くアルベルティーナを見つけた。

温室から出てきたのは老いた庭師。腰を痛めているため仕事はあまりできないが、知識が豊富なためこの屋敷にいる——最も大きな要因は、アルベルティーナが彼を怖がらず気に入っているからだ。

アルベルティーナが気に入っている、という理由からラティッチェ公爵家で雇われている使用人は多い。

もともと公爵は仕事ができればある程度は容認する性格だったが、アルベルティーナへの関心が大きくなるにつれて人間性も重んじられるようになった。そして、何よりアルベルティーナが恐れないということを最も重要視されている。

ジュリアスもその一人であり、アルベルティーナの発想から展開した事業は大当たりをした。ラティッチェ公爵家の助力はあるが、一代で一介の使用人が爵位を得るなど滅多にないことだ。

アルベルティーナは気づいていないが、彼女に才能を見出《みいだ》された人間はラティッチェ公爵家内外に多くいる。出入りの商人の中には、下働きから一等地に店を構えるほど成り上がった者もいる。料理人などは、ラティッチェ公爵家出身というだけで羨望と称賛の的だった。メイドも、アルベルティーナのローズブランドの新製品が試供品として贈られ、アルベルティーナと懇意であれば祝いの品などでも贈られる。上級貴族ですら奪い合うように購入している美容品を手に入れられ、容姿は磨かれる。しかも愛娘の周囲に目を光らせている公爵のプレッシャーに耐えたメイドたちは当然教養も高くなる。かなり良い婚約を結んだメイドたちはいるのだ。

アルベルティーナはラティッチェの使用人たちや、ローズ商会の商人や職人たちに非常に繊細な気づかいを見せている。毎月の給与の他に、営業成績による一時金が出る。休暇の取得や、傷病による手当や休暇がある。結婚や出産、家の事情や傷病により離職した者への再雇用も積極的だ。他とは比較にならないほど手厚い環境になっている。

他所《よそ》で手酷《てひど》い仕打ちをされたことのある者たちなぞ、忠誠を誓う勢いである。ラティッチェ公爵家関連の就職は極めて狭き門であるし、一度就いたらそうそう離職しない。

発端はいつ休んでいるかわからないアンナやジュリアスの慮ったのがきっかけであり、それを周囲に反映させたのはジュリアスだ。アルベルティーナに余計な気を揉《も》ませたくないので先手を打った。

長らく傍《そば》付き使用人たちは、アルベルティーナにとっては家族に準ずるほど大事な存在なのだ。アンナはもちろんジュリアス、セバスといった古馴染《なじ》みには誕生日プレゼントも贈られている。

ジュリアスは誕生日にアルベルティーナが商品化を渋っているものを強請《ねだ》るように承諾させた記憶がここ最近に多い。アルベルティーナの頭は悪くないのだが、駆け引きはへたくそだ。ジュリアスの話術に翻弄され、いつの間にかいろいろ聞き出され、いろいろなことを承諾されていることに気づいていつも目をきょときょとさせている。『なぜ自分は頷《うなず》いてしまったのだろう』とありありと顔に書いてあり、呆然《ぼうぜん》としている姿を眺めるのは結構楽しい。

オイタがすぎればアンナやセバス、最悪の場合グレイルまで出てくるので加減はしている。だが、それを差し引いてもこのお嬢様は騙《だま》されやすい。これは市井《しせい》に出せない。貴族の社交界なんてもってのほかだ——あれは絢爛《けんらん》で陰惨な魔窟だ。

(もし手に入れられたとしても、公爵の真似《まね》はしたくないが屋敷に閉じ込めるしかないだろうな……)

幸い、引き籠《こも》ることを苦に感じない——というより、知らない人間を極端に怖がるアルベルティーナの性質はありがたい。

あのグレイルの激しい執着と束縛を笑顔で受け入れている軟禁上級者だ。

ジュリアスもかなり執着心が強いほうだ。特にアルベルティーナに関しては、といえるだろう。アルベルティーナの前でもその執着心を出してしまったことはあるが、あのぽやぽや令嬢は恐れる様子も怯《おび》える気配もない。思いを告げた時、言葉を荒らげ激情を叩《たた》きつけたあとでは多少ぎこちなさはあった。だが、時間を置けばすっかり落ち着いた。

わかっていないのか、気づかないのか、敢《あ》えて見て見ぬふりか。

ジュリアスにとってどれであっても構わなかった。

アルベルティーナの心を許した笑みが向けられているのであれば、些細《ささい》なことだった。

絆《ほだ》されている。呆《あき》れるくらい、愛している。かつては殺したいと憎悪を燃やしていたのに。

誘拐事件以降、すっかり変わってしまったジュリアスの幼い主人。

いっそ別人といったほうがしっくりくるほどに変わった。

だが、あの公爵が愛娘と別人を取り違えて連れて帰ってくるはずがない。

そもそも、あの稀有《けう》な王家の瞳と美貌がそうそう転がっているはずがない。結界魔法を使えることが、アルベルティーナを王家筋のクリスティーナの娘であると示していた。性質は真逆だが、強い魔力は父親のグレイル譲りだ。

間違いなく、彼女があのアルベルティーナなのだ。

（……せめてあの時の千分の一でもいいから、姑息《こそく》さと傲慢さを残しておけばまだ口説きやすかったんだが）

窓越しに見下ろすアルベルティーナはまだ蕾《つぼみ》もできていない若木の前ではしゃいでいる。

あの年頃の少女だとしても無邪気すぎる心根は、性格の悪さに自負のあるジュリアスにとっては時折耐えがたい。

もう少しねじくれた性格だったら、汚すのにもためらいはなかった。

ジュリアスに気づいたアルベルティーナが大きく手を振ってきた。それに一礼したが、慇懃《いんぎん》な態度に少し不満げな彼女に手を振り返すと満面の笑みでさらに手を振り返し――後ろに転びかけた。

アンナと庭師の若者がすごい反応速度で支えた。

おそらく、身のこなしからして庭師の若者のほうは護衛を兼ねた庭師だろう。

きょとんとしたアルベルティーナは最初、何が起こったか理解していないようだった。だが、転んだのを理解して礼を言っている。

一瞬、ジュリアスも肝が冷えた。さすがにこの距離では駆けつけられない。

「本当に、目の離せない人ですよ……貴女《あなた》は」

ぽつり、とつぶやいたジュリアスの言葉は誰にも聞かれることなく消えた。

眼鏡の奥の紫の瞳が切なく細められたのを知るのは、誰もいなかった。

五章　お父様と学園見学

お父様は私が目の届かない場所に行くのを嫌う。

どれくらい嫌がるかといえば、セバスの胃薬消費量が激増して、使用人から青い悲鳴が上がるくらい。

でも私が出かけたい場合、取れる選択肢はただ一つ。

今までそれほど出かけたい用事はなかったし、基本屋敷の中で事足りたから少し賭けなのだけれど——行けるわよね？

それとなく以前行ってみたいといった時のお父様の様子からするに、それは確信にすら変わっていた。

なので！　お父様のその娘ラブなお心を利用させていただきます！

下種《げす》な娘ですみません。だってお父様いろいろ心強すぎる。攻略対象という天敵がいっぱいの魔窟に行くには一人じゃやっぱり怖すぎる。

「お父様。お出かけしたいのですが一人じゃ怖いから、一緒にいてくださらない？」

「もちろんだよ、私の可愛《かわい》いアルベルティーナ。ついでに王都のブティックにでも行くかい？　それともアルベルの作ったローズ商会を見に行こうか？　まだ一度も見に行ったことないだろう？」

「ふふ、お父様のお出かけなんて久しぶりですわ。お父様にお任せします」

作ったのはほぼほぼジュリアスとセバスの尽力の賜物で、たまたま私が我儘《わがまま》ぶちかました言い出しっぺなだけなんだけれど……いいのかしら。

お父様が嬉《うれ》しげなのでよしとしましょう。

修道院の問題さえなければ、ラティッチェ親子はとても仲良しなのよね。私も相当ファザコンだわ。親の心子知らずというけど、子の心親知らずだわ。私はラティッチェ家が――お父様が失墜するのなんて見たくないわ。公爵家が没落するなんて嫌。

急に私がお父様をデートに誘ったことは申し訳ないけれど、セバスは優しいから怒らない。というより、ラティッチェ家のみんな、おバカ娘ことアルベルティーナに甘い気がするのよね。おかげでヒキニートは今日も平和にほえほえ笑っていられるのですが。

お父様の腕に自分の腕を絡めると、顔がふやけるんじゃないかというくらいにこやかである。ここで脂下《やにさ》がって見えないのが美形ゆえよね。

うちのお父様はお腹《なか》も全然出ていないし、纏《まと》う衣装も歴史ある貴族と流行の最先端をうまく使ってスタイリッシュでカッコいいもの。

ローズブランドの最新ドレスは、最近大流行のスレンダータイプ。ハイウェストの切り替えがあり、鮮やかな青のリボンがサッシュベルトとなっている。白いドレスには繊細なレースと刺繍《ししゅう》をふんだんに盛り込んであり、派手さはないが上品で美しい。ふんわりと膝の上で広がるシルエットが綺麗《きれい》でお気に入り。

髪はハーフアップで結い、銀とアクアマリンの細工でできているバレッタで留めた。

耳に揺れるのはドロップ型のお揃《そろ》いのイヤリングとネックレス。

お父様とのお出かけなんだから、気合入れてお洒落《しゃれ》をしないと。

私は知らない。私の『我儘』で、お父様のご機嫌がむこう一か月くらいは保証される！　と感涙していたこと。しかも可愛《かわい》すぎる我儘は一緒にお出かけ。お父様には完全にご褒美に過ぎない。娘パワーは偉大すぎなのだ。

お忙しいのにお父様はこうもあっさり娘の我儘聞いちゃっていいのかしら。

でも大変ありがたいでござる。攻略対象に会いに行くにあたり、周囲にフラグかブラフか分からないものが乱立している真っただ中には行きたくない。

チキンには無理でござる。引き籠《こも》りたいでござる。だけど破滅ルートは断固拒否でござる。

お父様は文武両道の極みにいる人だ。剣を持てばミカエリスも圧倒するし、魔法を使えばキシュタリアさえ翻弄する。正しくチートそのものの存在——だが、そのチートをもってすら本家アルベルが排斥されたのは、そのチートパパがルートによっては国境で指揮を執らなくてはいけなかったり、国内で不穏な事件がありアルベルの近くに行けず威光を示せなかったりする状態になっていた。

お父様はアルベルティーナの最強の盾にして剣。

ごめんなさい、娘は一生お父様のすねかじりかもしれません。

やめるにはやはり規律正しい修道女になるくらいしかない……。

ヒキニートに労働なんて今更無理です。

清貧生活に耐えられるかしら……住めば都にできるかしら？

学園に行くと、超絶ＶＩＰ対応だった。そりゃそうですよね、うちのお父様ってものすごい権力者だもの。

公爵にして元帥。すごいですわぁ、娘ヒキニートですけど。

ちょっとけばけばしいほどのキンキラした調度品のある応接室に通してもらえたけど、呼び出したいのが公爵子息のキシュタリアじゃなくて、ジブリールだということに驚いていた。

一応顔を隠すために、つばの広いボンネットを被《かぶ》っていた。

「ああ、そうだ。アルベル。少しいいかい？」

「はい、なんでしょうか」

お父様が私の耳、というかイヤリングに触れると俄《にわ》かにふわりと空気が動いた。

この感覚は魔力？　首を傾《かし》げると、髪色がお父様とお揃いのアッシュブラウンになっていた。キシュタリアより、ちょっとだけ明るい茶髪はお父様の色。もしやと思い、目を確認しようとしたらセバスがさっと手鏡を差し出してくれた。やはりアクアブルー。

「まあ！　お父様とお揃いですわ！」

色味が明るいから、だいぶ雰囲気が柔らかい感じになる。

この状態で並んだら、本当に親子っぽいですわ！　私、お母様の遺伝子が強すぎるせいかお父様要素が薄い……本家アルベルはあの有象無象に冷酷無比な感じ、お父様の遺伝子を感じるけど。

でも、お父様の目を盗んでお母様――クリスお母様が浮気とか無理すぎますわ。そんな可能性、お父様が私に一切興味をなくすくらいあり得ない。

でもなんでかな？　ニコニコしたまま首を傾げる。

「アルベルはあまり顔を知られていないからね。だけど、クリスティーナによく似ているから、余計な奴が感づいてはいけないからね」

「お父様がいらっしゃるのに？」

「愚か者はどこにでもいるんだよ、アルベル」

どこから取り出したのか、眼鏡までつけられる。これも魔法の道具らしい。何かは言わなかったけど、GPS系かしら。

それにしても本当におバカさんですわ。お父様を敵に回したい方がいるなんて。本当にもの好きにも程がありますわ。

愛《いと》おしそうに私の頬に触れるお父様の胸には、今は亡きお母様との記憶が去来しているのでしょう。私を見て、私ではない誰かの面影を追っている。

私にはほとんどクリスティーナお母様の記憶はない。

でも、私の姿にお母様の姿を見るお父様を見るのは嫌いではない。私はお母様によく似ている。そして、お父様にはあまり似ていない。だけど、私を通してお母様を見るお父様の眼差《まなざ》しは、私はお父様とお母様に愛されて生まれてきたのだとわかるから。

そして今、私はカラーリングだけだけどお父様である。

ちょっとワクワクしちゃうわ。この姿なら、キシュタリアともっと姉弟《きょうだい》っぽく見えるかしら。うずうずと待っていると、焦り顔の学園長が来た。

なんでも、ジブリールは課外授業で学園から離れた森林地帯にいるらしい。貴族令嬢がなぜそんなところに……と思うが、ファンタジーにツッコミを入れても詮ないことだ。そしてここは恋愛ゲームの舞台の学園。多少不条理はフラグの前に木っ端だ。小一時間ほどしたら戻るとのこと。

「使えんな」

お父様がさっくりと嫌味を飛ばすと、学園長が震え上がった。

嫌ですわ、お父様が魔王モード。可愛い娘が待たされるという事態に大層お怒りのご様子。

「では、待っている間、少し学園を見て回ってよろしくて？」

「ええ！　それはもちろん！　今は温室や西の庭の薔薇園が見頃ですよ」

学校に薔薇園なんているのかよ、そんなツッコミを頭の中でグーパンして黙らせる。

突っ込んだら負けだ。ブルジョワの多い学園だからそういう無駄設備も多いんだ、きっと。

しかし、お父様をこのまま待たせていては軽率に何するかわからない。

私は不自然でない程度にはしゃぎつつ、学園散策をするとしよう。

見頃といわれた薔薇は見事で、生け垣やアーチを様々な花が彩っていた。日の光に艶めく緑と、色鮮やかに咲き誇る姿は一枚の絵にしたいほど美しい。瑞々《みずみず》しい甘い香りを胸いっぱいに吸い込む。

「わあ、とっても素敵ですわね。お父様」

「うちにも作ろうか？」

「うちのお庭も気に入っているので、あのままが一番ですわ。こういうのは少し見られればいいのです」

「確かにね、王宮にも薔薇がたくさんあるけど三日も見れば飽きてしまったよ」

それは王宮の庭師が泣いていいレベルでは？

ラティッチェ邸のお庭も、庭師たちが丹精込めて整えている。

たまにちょこちょこと見に行き、新たな花を見つけるのは私の楽しみの一つだ。全部庭を見たら倒れる。ラティッチェ邸はかなり広い。

春先などはガゼボでティータイムも乙なものだ。

そういえば、最近は新作スイーツを作っていないわね。そろそろエクレアとクッキーシューとプリンのレシピを解禁すべきかしら？

メレンゲや生クリームを効率的に作る魔石動力のミキサーも開発が進んでいるし、調理レベルも着実に上がってきている。魔石の竈《かまど》や魔石オーブンや魔石コンロを作れるか、魔法使いや職人を集めて試作中だ。魔法使いって家庭製品に興味ないけど、研究費を出すっていったら飛びついてきた。魔石の冷蔵庫や冷凍庫も製品化に乗り出している。どこの世界も、研究というのはパトロンがいないと進まないみたい。

「あら、この生け垣は迷路になっていますのね」

「そのようだね」

「お父様、競争しませんか？　どっちが先にゴールするか」

「競争？」

「ダメですか？」

「構わないよ。――セバス、レイヴン、アンナ。お前たちはアルベルにつきなさい」

お父様が当然のように言えばずっと一歩下がって控えていた三人が、すっと私の傍《そば》に寄る。

お父様の周りには誰もいない。

ええ、ヒキニート娘より公爵にして元帥のお父様をお守りしたほうがいいのでは？

「お父様はお一人ですの？」

「自分の身くらい自分で守れるし、迷子になりそうなのはアルベルだろう？」

私は一応ここの卒業生だしね、とチャーミングなウィンクを飛ばすお父様。

しまった！　お父様がこの学園の卒業生だったなんて！

でも確かに……王侯貴族達の子供たちが通うのだから、名家のラティッチェ公爵家のお父様も通っていておかしくない。事実、次期当主のキシュタリアは通っているのだから。ちなみに第一王子をはじめとする殿下たちも。

「もし迷子になったようなら、薔薇を切り倒して外に出ておいで」

「そ、そんなの薔薇が可哀想《かわいそう》ですわ！」

せっかくこんなに綺麗に咲いているのに！

お父様が不思議そうに首を傾げるけど、もったいない精神がＮＯを叫んでいる。

「そもそも、わたくしは迷子になんてなりませんわ！」

お父様のそれはそれはお優しい笑み。ニコニコしているが、決して肯定はしてくれなかった。なにをぉおう！　すぐに脱出してゴールしてやるー！


などと、意気込んだものの……。

迷ったっぽい。

「あら？？？？」

勇んで出発したものの、右を見ても薔薇、左を見ても薔薇のこの状態。十分ほどで見事に迷いました。あれもこれも綺麗だと目移りしてふらふらしすぎたのかしら？　あら、いやだ。

頬に指を添えて「あるぇー？？？」と首を傾げてしまう。私ってもしかして方向音痴だった？　そういえば、道って大抵ジュリアスやキシュタリアが先導してくれていたような気がする？

急に足が止まり、あっちへうろうろ、こっちへうろうろし出した私に従者たちはお父様と同じ生ぬるい慈愛のアルカイックスマイルを浮かべている。レイヴンは不思議そうに眺めている。

おやめ！　その微笑《ほほえ》ましい表情が余計に苛立《いらだ》ちますわ！

もはや意地になりつつ、周囲をきょろきょろ見ながら当て所《ど》なく歩き回る。

「ううう……」

「お嬢様、そちらの道は先ほど行きました」

「そうですの？　では……」

「そちらは行き止まりです」

「あら？」

そうだっけ。だめだ完全に迷っている。

もう来た道すら不明。ピヨピヨと頭の周りでひよこがピヨっている。混乱しています。

レイヴンはじっと私を見ている。私もレイヴンを見る。

「レイヴン、お願い」

両手を合わせて『お願い』と小首を傾げるとコクンと頷《うなず》いて案内を始めるレイヴン。

うちの従僕は本当に優秀で助かりますわ～。楽ちんでござる～。そしてますます堕落するヒキニート令嬢。

だが、ずっと淀《よど》みなくすたすたと歩いて、時折私のほうを振り返りついてきているか確認していたレイヴンが唐突に止まった。

無表情に近い顔に、困惑を僅かに浮かべている。わかりにくいといわれるレイヴンだが、とても困っているように見えた。

「どうしたの、レイヴン？」

「お嬢様をこの先にお連れすることはできません」

「まあ、どうして？」

レイヴンはジュリアスと違ってとても素直。意地悪しない良い子である。

私が一歩近づくと、明らかに狼狽《ろうばい》して両手を伸ばしてきた。私の両肩に手を置き、押しとどめるようにした体勢で止まった。

レイヴンは咄嗟《とっさ》とはいえ、妙齢のご令嬢である主人に勝手に触れたことにおろおろとしていた。レイヴンは小柄だが異性なので、あまり褒められたことではない。考える前に手が出てしまったようで、目の中に葛藤や動揺がぐるぐると回っている。

「お、お下がりください。お嬢様」

実際には汗などかいていないのだけれど、明らかに動揺しきっている。

一歩たりとも私をこれ以上進めたくないようである。

一生懸命な従僕を無下にすることもできず、私は仕方なく一歩下がった。だが、さらにもっと下がって欲しいのかレイヴンはグイグイ押している。後ろ歩き、得意ではないのだけれど。

「レイヴン？」

困ったわね。覗《のぞ》き込もうとすると、行こうとしていた場所から声が聞こえた。

多分若い女性？　先客がいたのかしら。今、授業中のはずなのだけれど。おサボりかしら。

しかし、その声に先ほどまでの微笑ましいといわんばかりだったセバスとアンナの顔が能面となった。すっと表情が抜け落ちて、ぞっとするほどの真顔に変貌したのだ。

「セバス？　アンナ？　どうしたの？」

「このセバスが先に見てまいります。アンナ、レイヴンとともにお嬢様を」

「セバス様、お願いいたします。お嬢様はこちらへ。安全の確認が取れるまで、お下がりください」

え？　学園ってこんなところにも修羅場があったの？　いつどこでフラグ立てたの？

セバスが向かった先から何やら騒ぎが聞こえる。どうやら、女性だけでなく男性もいたようだ。セバスに何か罵声を浴びせている。思わず飛び出しかけたが、すぐにレイヴンとアンナに押しとどめられた。

はらはらとした心境の中、指を胸の前で組んで待っていた。セバス、大丈夫かしら。

しばらくして、セバスはいつもの優しい笑顔でひょっこりと生け垣の曲がり角から現れた。

「申し訳ございません。お待たせしました」

「ええ、と。先客がいらっしゃったのかしら？」

「立ち退《の》いていただいたので、問題ありませんよ。きちんとご納得いただいたうえで、出ていかれました」

そうなの？

首を傾げながら進むと、ベンチが置いてあり少し拓《ひら》けた場所となっていた。ガゼボみたい。

所謂《いわゆる》休憩所的なスペースなのだろう。私みたいに迷ってしまった人のための。

ちょっと休憩しようかなとベンチに近寄ったら、目をひん剥《む》いたセバスとレイヴンが素早く通せんぼをし、私を横抱きにして持ち上げた。

「あの、セバス？　レイヴン？　ちょっとベンチに座ろうとしただけよ？」

ペンキ塗りたてって感じでもない木製ベンチなのに、なんでそんなに二人とも反応するの？

壊れているようにも見えないし、比較的新しそうなベンチだ。

二人とも無言でブンブン首を横に振って、アンナも静かに首を振った。よくわからないけれど、使用人たちの間では意思疎通ができているらしい。

結局レイヴンが「歩くのが疲れたのなら、私が運びます」と頑《かたく》なまでに言い切って、一切降ろしてもらえない状態で迷路を出ることになった。道案内はセバスだった。

ゴールした先にいたのは、お父様だった。やっぱり負けちゃった。

「何かあったのかい？」

「さあ？　よくわからないのですけれど、あったみたいですわ」

レイヴンはお父様の目の前で私を降ろした。

セバスと謎のアイコンタクトを交わすお父様。何も言っていないけど、納得したご様子。なんで。

だいぶあとでミカエリスから来た手紙にあったんだけど、薔薇園で白昼堂々、とあるご子息とご令嬢がいかがわしい行為をしていたということを回りくどく、それはもう非常に遠回しに伝えてきて、ちょうどその事件があったのが、私がこっそり学園にやってきた時期と重なっていた。ミカエリス的には、いくら安全といわれる学園でもくれぐれも気をつけて欲しい程度の気持ちだったんだろうけれど——ごめん、その現場のぎりぎりに私いたかも。

たまたまアンナやレイヴン、セバスがいない時にその手紙が来たのだ。

あとで気づいたアンナが「るヴぉあーっ!?」みたいな悲鳴を上げていた。何が乗り移ったと私は怯《おび》えた。休暇を出してお祓《はら》いしてもらったほうがいいかと、真剣に考えた。

それは置いておいて。

見事なカーテシーを披露して、学園だから比較的シンプルな藍色のドレス——でもローズブランドでも今年の新作の人気のエンパイアドレスを纏っている。同じ色のリボンを燃えるような鮮やかな赤毛につけている。裾に少しあしらったレースとビーズの刺繍がポイントになっている。

令嬢然としたジブリールに妙な感動を覚える。これがかつて伯爵令嬢とキャットファイトして、顔面パンチから鼻血ブーまでさせた女の子だと誰が思うことか。

「久しいな、ジブリール嬢」

「ええ、お会いできて嬉しゅうございます。ラティッチェ公爵様、アルベルティーナ様」

「アルベルが久々に会いたがったのでな、連れてきてしまったよ。私は少々、学園側と話をしなければならない用事ができてしまったのでアルベルを頼むよ。何かあればアンナかレイヴンを使ってくれ」

「ありがとう存じます」

お父様が鷹揚《おうよう》に頷くとセバスとともに部屋から出ていく。足音も遠ざかった途端、ジブリールがへたり込んだ。

「……相変わらずですわね、公爵様は」

「どうしたの、ジブリール？　体調が悪いのかしら？」

「いえ、その……相変わらず公爵様は滅茶苦茶怖いなぁ……と」

怖いのか？　あれ怖かったかな？　普通にニコニコしていたけど……

首を傾げるが、ジブリール曰《いわ》くお父様は『王者の風格』というか『強者の威圧感』みたいなのが満ち満ちており、目の前にいるだけで圧倒されるのだという。

娘にはデレデレドロデロに甘いけれど、他所《よそ》だと基本魔王降臨だからな。

「学園には王子殿下たちもおりますけど、正直公爵様に比べると子息どころか、一通りの有名どころの貴族の当主ですらかすんで見えますわ……」

「お父様は軍人でもありますから……」

「もはや、そんなレベルの方ではないと思います。国王陛下のご尊顔は近くで拝謁したことはございませんが、公爵と陛下なら絶対公爵のほうが緊張します」

「そうかしら？」

陛下どころか、他の貴族なんかほとんど会ったことがないからわからない。

むしろ、新製品のお話を商人たちと話していることのほうが多いかもしれない。

その商人も、お父様が厳選してかつ護衛のいる状態で、勝手に私がキャッキャとうきうきしているふざけたものだけど。お膳立てが過ぎるくらい。

相手も私が男性を苦手なのをわかっているのか、連れてくるつき人や助手はレイヴンくらいか彼より年下。ゴリゴリした感じより華奢《きゃしゃ》な人が多い。もしくはお爺《じい》ちゃんってくらいの年齢や、稀《まれ》に若い女性。

「公爵様に慣れていらっしゃるアルベルお姉様にはわからないかもしれないけれど、風格といいますか風采といいますか、纏うものが一線を画していらっしゃいます」

あれに幼い頃から晒《さら》されていたから、ジブリールにとって社交界は楽勝だという。

他の貴族が気配で威圧してきても、全く動じないというかお父様と比べるとショボイと一蹴できるという。

原作のジブリールは引っ込み思案で、劣等感からミカエリスともぎすぎすしていた。

たった一人の妹と仲良くしたいが生真面目で不器用なミカエリスは、華やかな容姿と経歴の兄に嫉妬と羨望に歪《ゆが》んでしまった自分に自信のないジブリールとはなかなか打ち解けられなかった。

ミカエリスは妹を守りたいと早くに夭折した父の跡を継ぐために忙しくしていたため、兄との差に落ち込み叔父夫婦に怯えてすっかり暗くなったジブリール。すっかり溝ができてしまった兄妹《きょうだい》。悲しいすれ違いはずっと続いていた。

だが、今のジブリールは兄と同じ鮮やかな赤毛と瞳を惜しげもなく晒し、大輪の真紅の薔薇のような華やかさを持っている。社交界でも引く手あまたなのだろうということは、容易に予想がつく。

正直、ジブリールのように社交もできて、私のようなヒキ令嬢とも仲良くしてくれる子がキシュタリアについてくれれば嬉しいけど——もう清々《すがすが》しいほどそんな気配がない。

残念ですわ～。

こんなに愛らしい妹がいたら、絶対可愛がるのに。

「どうしましたの、アルベルお姉様？」

「いえ、ジブリールのような妹がいたら素敵だと思ったのです」

「で、では是非お兄様はいかがですか!?　その、爵位は低いですが家柄は古く歴史もあり、ラティッチェ領とも近いですわ！　外見も悪くないと思いますの！　いろいろとご婦人から襲い……いえ、お誘いがありますのでとても人気ですのよ！　髪も瞳も赤いから紅伯爵だの薔薇の騎士なんて呼ばれていますし！　かなり真面目で一途《いちず》ですので、絶対浮気もしませんし、第二夫人や愛人などを作りませんわ！　まだ婚約者もいませんし、とてもお薦めですわ！　是非！　もし嫁入りが難しいとあらば、私が女伯爵として立つか、適当な婿を取りますわ！」

立て板に水というべきか、凄《すさ》まじいセールストークだ。

ジブリールはミカエリスの想いを知っているのかしら。私に恋文のようなお手紙をくださっているのを知っているのかしら……。

面映《おもは》ゆいを通り越してしまう。恥ずかしいですわ……っ！

そういえば、ミカエリスにはまだ修道院へ行く予定なのを言っていない。

目下の問題は、お父様の説得ですが――うーんドミトリアス兄妹は、絶対大反対しそうな気がしますわ。

周囲から干渉されないためにも、それなりに規律が厳しい場所のほうがいい。権力の都合に、無理やり還俗《げんぞく》されても困るのだ。

「わ、わたくし、結婚は考えていませんの……ごめんなさい」

「……そうですわね。アルベルお姉さまを娶るには、まずあの公爵様の許しを得ないと誰だろうと命が危ないですもの」

ふう、と残念そうなため息をつくジブリール。

本気で残念そうなのは気のせいかしら？

「しかし、その髪と瞳はいかがいたしましたの、お姉様。魔法ですか？」

「その一種かと。お父様が用心のためと用意してくださいましたの。お父様とお揃いでしょう？」

「ええ、公爵様と同じ色ですわ。そのお色もお似合いです」

でしょう？　見てみてと言わんばかりにスカートの端をつまんでくるりと回る。

お母様のお色も好きだけれど、お父様のお色も好きなの。


「王子たちの周りをうろついてる男爵令嬢？　ああ、あのあばごほん！　レナリア・ダチェスのことかしら？」

「まあ、レナリア様とおっしゃるの？　巷《ちまた》で話題のシンデレラガールと聞きましたわ」

「しんでれら？」

この世界にシンデレラはないらしい。となると、グリム童話やイソップ物語系統も全般的にないのかな。

物心ついた頃、本は読んでいたけどファンタジーと歴史書を足したようなものばかりだった。童話が少ないのかしら。本自体も貴重というか、羊皮紙が主流で、最近折り紙のために植物繊維系の紙を作るようになった。動物性の紙はちょっと、なんか良心が痛むので積極的に推し進めていきたい――というより、ドミトリアス領のやたらにょんにょん伸びまくる雑草がある。肥沃な土地のそれは、畜産動物も若芽以外は好んで食べない。だが、よく育ったそれは繊維が多くていい素材だそうだ。

羊皮紙はとある魔物がメイン素材らしい。魔物でも怖いわ。角だけとかならともかく、剥製とかダメなのよ。

まだ紙は高級品だけど、童話とかも作ってみようかしら。

前世のパクリ？　いいのです、娯楽は大事！　トランプをはじめとするカードゲーム系も作成しようかしら。ちょっと和風に花札もいいわね。

「玉の輿《こし》という意味ですわ。その方は、王子らからの寵愛《ちょうあい》めでたい方であり、随分変わってらっしゃるとお聞きしたのですけれど」

「頭がおめでたいのは確かですわ。次々男性を侍らせ、ハーレムさながらでしてよ。第一王子のルーカス・オル・サンディス殿下、第二王子のレオルド・ミル・サンディス殿下をはじめ、宰相子息のグレアム・ダレン様……あと教師であるフィンドール・トラン、魔法科の特待生のカイン・ドルイット」

「……多くなくって？」

「まだいます。最近のお気に入りといいますか、彼女のトレンドがそのあたりなのですわ。少し前は子爵のアルフレッド・スオルツや、あと騎士のジョシュア・フォン・ダンペールもお気に入りだったのですけど、骨抜きにしたら早々に飽きてしまわれたようでしてよ」

「……まあ」

「ジョシュア様たちのような方はもっとたくさんいましてよ。小動物みたいな清純そうな顔して、男をとっかえひっかえしていますの。ある程度誑《たら》し込んだ男性は、お気に入りの王子たち以外は早々に放置していますけれど」

逆ハーレムルートだ、これ。

これにキシュタリアとミカエリスがいたらパーフェクトやん。嘘《うそ》やん。ガッツありすぎ。

レナリア嬢のことを教えてくれるジブリールは、汚らわしいものを語るような表情。

そうですわよね、未婚の令嬢が次から次へと男性に近づくなんて。節操がないと思われてしまいますわ。はしたないにも程がある。

あれ？　ダンペールってどっかで聞いたことあるような？

「しかも、王子殿下らだけでなく婚約者を持つ令息は多いのですよ。下級貴族が言い寄っていい相手ではないのに、失礼なことにあちらから近づいてきたのです。最初は物珍しがっていた殿方たちも気がつけば手玉に取られ――おかげで、各地で婚約破棄や、貴族社会の家柄での政略結婚が破綻して非常に学園内の空気は緊迫しております。この学園は貴族の縮図ともいえます。そして、次代を担う若者が多く集っておりますので、その後の影響はさらに大きくならざるを得ません……。婚約者のご令嬢たちも最初は諫《いさ》めていたのですが、虐《いじ》めただのと言いがかりをつけてダチェス男爵令嬢を庇《かば》うばかりか、婚約者たちを糾弾する始末。その先導をしているが、かの王子殿下たちなのだから始末に負えませんの」

すごいな、修羅場生産機と化しているじゃないか、ヒロインことレナリア・ダチェス令嬢。

ちなみに家名の前にフォンのつく家系はある一定の格式と、経歴を認められた譜代貴族であり、同じ爵位でも新興貴族や成り上がりとは発言力が違う。

今の宰相は、以前の王位継承のごたごたで成り上がった貴族だ。実力派ということかしら。つまりは割と新興貴族である。今のご子息がついている王子が立太子となり、二代にわたり宰相として功績を残せばフォンがつく可能性もある。

「幸い、キシュタリア様やお兄様は昔から初恋を拗《こじ》らせていますから全くもって靡《なび》きませんでしたけれど」

ちらりと悪戯《いたずら》なルビーの瞳が私を見る。どきどきしちゃう。

もしや、ジブリールも知っていたの⁉　初恋って……えええええ？

やっぱり知らないというか、気づかなかったのは私だけなのですか⁉　お馬鹿丸出しではありませんか！　恥ずかしい！

……でも本当にブラフじゃないの？

「しかし、それほどまでに殿方たちの心を射止めるなんて、さぞ素敵で美しいご令嬢なのでしょうね」

咄嗟に視線を逸《そ》らして話も逸らす。

確かヒロインのキャラデザは濃い栗《くり》色の髪に青い瞳のＴｈｅ清純派ヒロインといった感じだった。保護欲そそりそうな真ん丸な瞳がちょっと垂れていて、首や顎がほっそり、体も全体的に華奢だった。

「あんなの脳みそお花畑生まれが物珍しいだけで、大した容姿ではありませんわ。お姉様に見慣れたキシュタリア様なんて、腕を取られた瞬間にすぐさま振り払いましたし、お兄様ですら近づく気配がすると身を捌いて避けますのよ？　抱き着こうとしてあの小娘が顔面から石畳を滑る姿はとても笑えましたわ」

…………じぶりーる、ものすごくひろいんきらい？

ブラックジブリールが降臨している。おほほほ、と優雅に笑ってレースの扇子を手の平で操っているが、空気がどすの利いた感じです。私の可愛いジブリールがああ⁉

顔面から滑ったたって、大丈夫なの？　いくら魔法がある世界とはいえ。

ハーレムルートって失敗すると良くて友情エンド、悪いとヒロイン処刑ルートよね？

その差は各攻略キャラクター全員の好感度。平均値ではなく、一番低い攻略対象に準ずる。そして十八禁版であるか否か。

現時点、キシュタリアとミカエリスはダチェス男爵令嬢を嫌厭《けんえん》しているようだ。

ミカエリスは今年卒業だし、キシュタリアは中盤でこの好感度だと相当きついはずだ。もしハーレムルートであればそれなりに好意的に意識されていなければいけない。

ミカエリスの攻略のカギはジブリールの懐柔と、兄妹の仲直り。

原作と違いジブリールは歩けば人が振り返る美少女っぷりのモテ街道を驀進《ばくしん》中。時折心配する兄心をお手紙に滲《にじ》ませているほど。

剣術大会があるとミカエリスを応援しに社交シーズンでも遠征するほど仲がいい。

ヒロイン、取り入る隙間なくない？

キシュタリアは冷遇する義父の公爵と義姉のアルベルティーナに、たった一人の母親を虐め抜かれて奪われる。その孤独とやるせない怒りを癒《いや》すのがヒロインである。

ラティお母様はお元気ですし、キシュタリアは優しい良い子に育ちました。ちょっと私に過保護で、危険だと思うものは一切見せないし寄せつけようともしない。

ヒロイン、癒すところなくない？

むしろシスコン気味。愛ですわね、とアンナは言うけれど私はキシュタリアが魔法を使ったところをあまり見たことないの。お願いしたら、見せてくれるかしら？

アンナは真顔で「アルベルお嬢様たっての頼みなら、キシュタリア様は断る理由もないかと」とは言っていたけど……今もお願い聞いてくれるかしら？

アルベルの魔法って地味なのよね、結界とか守護とか……うん、地味。攻撃系はカスッカスだし。

お爺ちゃん先生は結界に関してはお上手ですよ、と褒めてくださるけど地味すぎますわ～。

「結界以外の魔法、見てみたいですわ……キシュタリアなら大丈夫かしら？」

欲望が漏れる。目をちょっと丸くしたものの、きらりと輝かせるジブリール。

「わたくしも使えましてよ、お姉様！」

そういって手の平にぽうっと炎を灯《とも》らせてみせた。

おお、ファンタジー！　はっ、ジブリールも魔力持ちなら、メギル風邪の薬も必要だわ。備えあれば憂いなし！

「上手ね、ジブリール」

「うふふ、魔法訓練場であればもっと派手にお見せできるのですが残念ですわ」

「まあ、専用の訓練場がありますの？」

「ええ、貴族には魔法を扱える人が多いですから。キシュタリア様なんて、毎回試験で実技も学科もトップクラスですのよ。稀少《きしょう》な複属性ですし、もし公爵家の人間でなければ、王宮魔術師としてスカウトがあったでしょうね」

「すごいのね、キシュタリアは」

成績優秀とは聞いていたけど、これほどとは。

普通学科授業もかなり優秀って聞いていたけど……我が弟ながらすごすぎるわ。

ここって宰相子息や殿下たちも通っていらっしゃるのよね？　将来有望株のオンパレードなのに。

「あら、お兄様も火属性の魔法はなかなかですわ。剣技においては、学園で一番です。身内の欲目を引いてもとても優秀でしてよ？」

お買い得品をお薦めするように、ジブリールは軽率に兄を勧めてくる。

こんなヒキニートをドミトリアス伯爵様のお嫁に推奨しないほうがいいよ。破滅フラグがいっぱい立っちゃうよ？　漏れなく恐怖の大魔王の舅《しゅうと》がついてまいりますわよ？

私、控えめにいってもお買い得どころか中身は不発弾だらけですのに、意外と周囲は奇特な方が多いようです。リップサービス？

「ジブリール、ミカエリスはわたくしにはもったいないわ」

あんなに真面目で優秀な誠実な人間の人生を巻き込みたくない。

お友達としての時間は十分楽しかったが、それ以上となるとちょっとね。良い人すぎるのよ。あの人、もし少しでもそぶりだけでも見せてしまえば、助けようと手を伸ばしてしまうわ。

そもそも、私自身が歪《いびつ》でないなんて保証はない。

恋愛は人を変えるというし、何かの拍子に私は本家アルベルのような傍若無人の悪逆令嬢となるかもしれない。

そもそも、私の周囲って乙女ゲームっていう設定を差し置いても美形率高くない？

特に、私の周囲のキシュタリア、ジュリアス、ミカエリスは見目がいい。目が某大佐になりそうだわ。それぞれタイプが違うけど、もう年々イケメンオーラ通り越した謎のキラキラオーラを出している。

かくいう私も、お父様もお母様も美形。ついでに義母のラティお母様まで美形。美形のサラブレッドの超絶美少女だけど、その中身はコレだもの。ありがたみもないわー。でも、外見だけが数少ない取り柄なので頑張って磨いています。

ジブリールが学園を案内してくれるというので、ご迷惑にならない——人の少ない場所をお願いした。

ヒキニート歴が十年以上ある私はいまだに立派な人見知りだ。

最終兵器お父様がいないアルベルティーナの攻撃力や防御力は紙装甲にも程がある。

ジブリールと一緒にいるせいか、まばらな生徒たちがこちらを見てくるのが非常に心臓に悪い。それに対し、ジブリールが眇《すが》めた一瞥《いちべつ》を向けると、爵位の低い令嬢令息たちは、視線を逸らすか顔を俯《うつむ》かせて一礼をする。

うーん、ジブリールすごい。お姉様はとても心強いです。

お父様への報告はアンナにお願いして、レイヴンを護衛として連れている。

レイヴンははっきりした年齢はわからないし、多分サンディス王国出身じゃない。異国か、どこかの異民族だと思う。サンディス王国の大多数は浅黒い肌も珍しければ髪も瞳も黒いのも珍しい。どちらか一つくらいならそうでもないけれど。元日本人としては、黒髪黒瞳はとても馴染《なじ》みがあるけど、稚《いとけな》さのまだ残る顔に少し独特の彫りの深さがある。

そのせいか、とても身体能力が高いようなのよね。

以前、簡単にキシュタリアを組み敷いたし。あの時、キシュタリアが油断していたとはいえ、一瞬にして、抵抗する暇もなくやってのけていた。キシュタリアが得意なのは魔法のようだけれど、剣術や体術も多少やっているはずなのに。

お父様がおつきの護衛に選ぶ時点で、レイヴンが相当実力者なのは確か。出身とか些細《ささい》なことだわ。

レイヴンはとてもいい子なのだから。

身元がはっきりしていてもドーラみたいな奇行種もいるし……いつの間にかいなくなりましたが。

周りが動いてくれたような気がするのよね。

修道院に入れば、そんなふうに私をいろいろと守ろうと手を回してくれる人とも離れてしまう。

私は孤独になるだろう。

ジブリール、ミカエリス、ジュリアス、キシュタリア、ラティお母様、アンナ、セバス、レイヴン——お父様とも会えなくなる。

作られた優しい世界が消えるのは怖い。怖くなんてないはずがない。

「どうかしましたか、お姉様？」

「ううん、少し人が多くて驚いたの。あまり外に出たことがないから」

「お疲れですか？　では、個室のあるサロンで休憩しましょうか？」

「ふふ、ありがとう。大丈夫よ」

心配させてしまった。いけない。つい物思いにふけってしまったわ。

可愛いジブリールの顔を曇らせてしまうなんて、とんだ失敗にも程がある。

「そうだ、お兄様やキシュタリア様にもせっかくだから会っていかれたらいかがです？　あの二人がいれば、おそらくジュリアスもついてきますし」

「内緒で来たの。怒られないかしら？」

「……公爵様がともにいらしてる時点で、文句を言える方っているんでしょうか？」

いないね！　うちのお父様超絶チートだものね！

例のご令嬢は私にとって害悪扱いをされているっぽいけれど、一番立場の上のお父様がＯＫしたのだから私を含め誰も怒られないはず！

以前、レイヴンが例のご令嬢に会えば首が物理的に飛ぶとか言っていたけど……あれ違う？　誰かの首？　どちら様の首？　いずれにせよ飛ばさないで欲しい。軽率に飛ぶものではないと思うの。お父様と一緒だもの！　当のお父様が了承しているのだから大丈夫……よね？

それとは別に学園で攻略対象である二人に会うのは怖いのよ！

あと、なんでヒロインのレナリア・ダチェス嬢じゃなくて悪役令嬢のアルベルティーナに言い寄っているのか極めて謎だし。

物語の強制力ってあるのかしら？

うーん、でも学園のみんなの様子見たいな。それに、レナリア嬢の攻略度合いも確認したい……会いたくないけど。なんだか、周囲の噂《うわさ》を聞くに大変炎上した、いえ、香ばしい行いが多い。

純情ヒロインの皮を被ったやべー地雷女の気配がひしひしとする。

危機管理能力がド底辺といわれる私のへなちょこアンテナですら「おかしくね？　ヤバくね？」とにょんにょんしているのだ。

「お嬢様」

「何、レイヴン」

「すでにジュリアス様にはお嬢様が来ている旨を伝えております。半刻もしないうちにやってくるかと」

思わず凍りつく。

レイヴンに悪気があってのことではないとわかっていますが、心の準備が全くできていないのです。

新たに露見したダチェス男爵令嬢の問題ありそうな性格と素行。割と信じたくないですわ……私は弄んでいるつもりはありませんわ……そんなことできたら、もっと人生ハッピーな性悪として君臨していますわ。

どんな顔をして会えばいいのでしょう。どんな言葉をかけていいのでしょう。

処刑を待つ囚人のような気持ちであった。

個室のサロンは十人くらいなら入れそうな場所だった。マホガニーに似たテーブルと、金の猫足がついた革張りソファがコの字に置いてある。壁はクリーム色に小花が描かれており、小さくも緻密な風景画が掛けられていた。広い部屋ではないのだけれど、光が差し込むように大きな窓があり、そこから温室や庭が見えるので開放的な雰囲気だ。サロンというより、ガゼボのような雰囲気すらある。

本来なら居心地よく感じてもいいはずなのだけれど、久々に揃い踏みの状態だ。

揺れる乙女心ではなく、私は死亡フラグか否かが最も重要だった。

恋愛フラグだって命あってでしょう!?

ヒロインはよっぽど下手こいてバッドエンドにならなきゃ死亡フラグなんて立たないけれど、悪役令嬢のアルベルティーナは彼女のハッピーエンドやトゥルーエンド＝破滅フラグなのよ!?

かといって、現実的に見たアルベルティーナの身の振りを考えると、まともに貴族として立ち回れない以上は隠居か出家しかないでしょう!? 仏教はここにはないようだから、尼僧に近い修道女になるしかないと思うの。

それなりに仲良かったと思ったんだけどな？

フラグでも私は誰かのお嫁さんなんて務まらないと思うのです。

お父様の権力とラティッチェ家の財力を湯水のように使いまくり、今までのうのうと生きていた私に修道女すらきついかもしれません。

そうだとしても、修道女であれば大変なのは私だけで、家族には迷惑がかからない。

ぐるぐる悩んでいる私にレイヴンが首を傾げながら、心配したのか慰めに薔薇の花をくれたので思わず笑顔になる。わざわざあの薔薇園まで行って摘んできたらしい。迷路の時とても楽しそうだったから？　はい、浮かれていました……なんていい子なのレイヴーン！　将来スケコマシにならないでね！

それを眺めていたジブリールが「まさかあのチビ従僕まで」とぶつくさ言っていた。どうしたの、ジブリール？　お顔が怖くなっていましてよ？

どうしたものかとアンナとレイヴンに視線を送ると、アンナは謎の菩薩《ぼさつ》顔で首を横に振り、レイヴンは不思議そうに見つめ返してきた。

お姉様は妹分が心配です。なんとか力になれないものでしょうか。

「お嬢様、ローズ商会のマカロンとケーキセットをお持ちしました」

「あら、学園ではお菓子やデザートは取り扱ってないのかしら？」

「お姉様。ラティッチェ家の美食に慣れたお姉様の舌には、学園の名ばかりの高級菓子はいささかお辛《つら》いかと存じます」

そっと言いにくそうにジブリールが追い打ちをかける。美味《おい》しくないの？　王侯貴族がいただくお食事とお菓子ですよね？

……ここですらダメとか修道院生活、辛そうだなぁ。

今のうちに、美味しいものをいっぱい食べておこう。

一応、ゲーム設定では王子たちも舌鼓を打つお料理だったと思うんだけど、ラティッチェ家基準では粗食扱いレベルだという。

主に私のせい？　散々ジュリアスやセバスやお父様に我儘言って、いろいろお願いして作らせたから。

そういえば、いつだったかキシュタリアが王室主催のお茶会かパーティに行ったけど、あんまりお料理美味しくないって言っていた。紅茶はジュリアスに淹《い》れさせれば許容範囲らしい。

ジュリアスって本当に紅茶を淹れるのが上手なの。同じ茶葉でも、レイヴンやアンナとは全然違うの。なんでこんなに違うんだろうとみんな首を傾げるんだけど、ジュリアスが完璧な温度管理とか、蒸らす時間とか計算してやってるのよね。

薄い白い陶器のティーカップを傾けると、濃い赤茶からのぼるほのかに白い湯気がふわりと動いた。一口飲めば、慣れた独特な苦みとじわりと広がる甘みが、芳醇《ほうじゅん》な香りが鼻に抜ける。その美味しさに思わず笑みがこぼれる。

そうそう、この味この味。

「ふう、美味しい」

「それはよろしゅうございました。新作のオレンジケーキがございますので、是非そちらもお召し上がりください」

すっと絶妙なタイミングで、小さくカットされたケーキが置かれる。オレンジが折り重なり、甘酸っぱい香りとキラキラとした果肉が五感に全力で訴え食欲を刺激する。

…………あれ？

「ジュリアス？」

「はい、お嬢様の従僕のジュリアス・フランでございます」

にこりと眼鏡の奥で慇懃《いんぎん》な笑みをかたどる切れ長の目。

思いがけず接近していたことに気づきほけっとした私に、いつも通りの余裕綽々《しゃくしゃく》のジュリアスがいつの間にかいた。

ちょっとずけずけした感じ。うん、ジュリアスだ。いつも通りのジュリアスだ。ぱちぱちと目をしばたたいても、やっぱりそこにいるのは眼鏡の良く似合う冴《さ》えた美貌に笑みを浮かべるいつものジュリアス。会うまで不安だったのに、いざ目にするとすごく安心した。

「ふふっ、いつものジュリアスだわ。安心しちゃった」


なーんだ、緊張して損した。

いつも私の意表をついて華麗に仕事をこなすエリート従僕。まさしくジュリアスですわ〜。これぞジュリアスクオリティ。


一気に肩の力が抜けて意味もなくニコニコとしてしまう。

ジュリアスは優雅に一礼して「他にお召し上がりになりたいものはありますか？」と、穏やかに声をかけてきた。

「ジュリアスのお薦めはある？　貴方《あなた》の選ぶものはハズレがないもの」

「では、そのように」

ジブリールが胡散臭《うさんくさ》いものを見る目でジュリアスを見ている。なぜ？？

ジュリアスはフランボワーズとチョコレートのマカロン、チーズケーキを置いた。

そしてジブリールは何がいいかと聞くと、ジブリールは真剣に悩み始めた。うんうん、悩むわよねー。プチサイズだけど、全種類はきついもの。

そもそも、なんでレディだけコルセットなの？　あれすごく苦しいのよ。もっと楽な体形補正下着を作れないかしら。

ちらりとジュリアスを見る。

うん、いくらジュリアスがスーパー従僕でも女性の肌着や下着について相談するのはやめておこう。ラティお母様に相談しよう。お母様だって、夜会やお茶会のたびにウェストをギッツギッツに締め上げられるのは幸せじゃないはずだ。

ちなみに私はヒキニートなので、ウェストをかなり絞るドレスの時じゃないとつけません。アルベルティーナはもともとコルセットいらずの、大変けしからん妖艶ボディなので割となんとかなる。

しかし問題はコルセットだけでなくブラやショーツもだ。だせえ。一言で言ってだっせえ。せっかく、縫製技術が上がってきたのだからここも変えるべきだと思うの！

見えないお洒落もありじゃないのかしら？　この世に勝負下着という概念はないのかしら？

「お嬢様、何を企んでいるのですか？」

怖いわ、ジュリアス！　なんで一瞬視線を向けただけで気づくの!?

ぴぇえ、とチキンハートが悲鳴を上げる。

「またおねだりするような目で私を見ていましたから」

エスパーか⁉　ジュリアスは従僕じゃなくてエスパーだったのか⁉

そして私の目というか、顔ってそんなにわかりやすいの？

「な、内緒です！　ジュリアスには頼みません！」

「ほう？」

なにその、威圧感ある「ほう？」は……？

あれ？　私、公爵令嬢だよね？　雇い主で身分上だよね？　なんでジュリアスに値踏みされるような、射抜くような目で見られなきゃならないのかな？

ジュリアスだって、女性下着ブランド立ち上げるから手伝ってって言われても困るでしょ⁉　事業とはいえレースたっぷりのフリフリな下着に視界が埋まるようになるまで包まれたいの？　そんなことないでしょ⁉

包まれたいのなら、逆に私はちょっと引く……とんでもねぇむっつりスケベ？　ここまで来るとオープンスケベ？　いずれにせよ、お父様とは違う意味でやべー人認定しますわ。そんな綺麗ですましたインテリ顔してそういうご趣味とは……って。

「どうせバレるんですから、大人しく話した方がいいと思いますよ？」

言いたくないです！　私だって花も恥じらう乙女なの！

しかも理由がコルセットきついからマジ嫌なんで、もっと楽で綺麗に見える上級ずぼら女子向けの下着がほしーい♡　なんて‼　そんなのこの美形に言えと⁉　どんな羞恥プレイなの⁉

あうあうと私が形容しがたい呻《うめ》きか鳴き声を上げている中、ジュリアスはその追及の視線を緩めない。むしろノリノリ。

あぐねている私を見かねたのか、レイヴンが私を庇うように割り込んできた。それを見て、器用に片眉だけをはね上げたジュリアス。

紫と黒い瞳の間に稲妻のようなものがビシャリと飛び交った気がする。妙なエフェクトが見えた。

「お待たせ、アルベル……って、何この状況?」

「ジュリアスが虐めるの!　意地悪するの!」

ノックもおざなりに、少し慌てて入ってきたのはキシュタリアだった。走ってきたのか、少し髪が乱れている。

私が威厳もなくぴぃぴぃと訴えかけると、キシュタリアは私とジュリアスを見比べた。そして、私の縋《すが》るような視線を受けて苦笑した。私の肩を持つように背後に回り、何か含みを感じる笑みをジュリアスへ向けた。

持つべきものは姉想いの義弟だわ!

「へえ、何があったの?」

「言いたくないこと言わせようとするの!」

「言いたくないこと?」

「新しい女性下着作りたいんだけど、それを相談しろって、ジュリアスに言えっていうの!!」

がごん!!!　と凄まじい音がした。

その方向を見れば、ややあって開いたドアから現れたのはミカエリス。額を押さえてすごく気まずそうな顔をしている。

思いっきりドアに顔というか、額か頭をぶつけたようだ。

鮮やかな赤毛に負けず劣らずに真っ赤になった顔。押さえているのは額だから、痛いのはそっちなんだろうけれど、私の発言を思いっきり聞いてしまい動揺しきっている。

「お嬢様、お気持ちはわかりました。無理に問いただそうとして申し訳ございません」

いつになく素直に、殊勝なほどに謝罪をするジュリアス。

あ、うっかり思いっきり声に出して喋《しゃべ》ってしまったわ。ジブリールは「したぎ……」と微妙な顔をして、華奢な胸元をすっすっとさするように手をやっている。

じ、じぶりーるのすれんだーぼでぃは、それはそれで魅力的だと思うの！

でかいだけが夢じゃないわ！　ほら、うん、脂肪の塊みたいなもので、肩凝りの原因にもなるし！

同じくそれを見ていたレイヴンは、ジブリールの胸元と私の胸元を見比べていたが、それに気づいたジュリアスによって後頭部をパァンと良い音でしばかれた。その後ろでシルバートレイを構えていたアンナが、つまらなそうな顔をしていた。アンナまで⁉　先輩方、後輩に厳しすぎではありませんか？

「見るな、減る」

底冷えするような重低音で、ジュリアスはレイヴンを注意した。

減らないです。服の上から見るたびに減ったら、私のお胸は今頃大平原です。可愛い従僕を虐めないでください。小姑《こじゅうと》ですか、貴方は。

ずっと大人しいなと思っていたら、キシュタリアは顔どころか耳や首元まで真っ赤にして、口のあたりを押さえてじりじりと私から距離を取っていた。

キシュタリアって学校でモテモテなんじゃないの？　ミカエリスもだけど。

こんな話題で真っ赤になるとか、思春期の青少年じゃあるまいし――あ、思春期の青少年だ。

普段、三人とも妙に落ち着いちゃっているのよね。なんで？　やっぱり箱入りどころか結界育ちのヒキニートとは踏んだ場数が違うってこと？　なんだか今は慌てふためいているけれど。

「もう、ジュリアス。レイヴンに悪気はないのだから、そんなに怒らないで！」

ジュリアスったらいつまでもレイヴンを睨《にら》んでいるので、レイヴンの頭を抱き込むようにしてジュリアスから隠した――が、それを見たジュリアスどころか、ミカエリスやキシュタリアまで唐突に柳眉をはね上げた。何そのシンクロ。

「「「アルベル（お嬢様）！！！」」」

「ひゃい⁉」

「前々から思っていたけど、アルベルはレイヴンに甘すぎない⁉」

「私も長年おつきの従僕をしていましたけど、そこまで可愛がられた記憶などございませんが？」

「いくら従僕、いくら年下とはいえ、異性を抱き込むなどは度が過ぎています」

なぜか急に私が怒られた。一斉に口を開き矢継ぎ早に叱られる。

びえええええっ、怖いですわ〜っ！　だってレイヴンは貴方たちと違って、素直で可愛いんだもの

～！　可愛いものを愛《め》でて何が悪いのですか⁉

三人ともなんでそんなに食ってかかるの？　キシュタリアなんて、弟とか年下扱い嫌がるじゃない！　そもそもジュリアスは可愛げなんてものほぼほぼ死滅しているじゃないの！　可愛いジュリアスなんてウルトラレアにも程がある！　ミカエリスは…………正論です。ハイ、ごめんなさい。以後気をつけます。

うう、やっぱり私に貴族社会なんて無理よ。

レイヴンの形のいい丸い頭をなでなでするのが好き。あの子の絶妙な髪の撫《な》で心地も好きなの。そもそも、キシュタリアは小さい頃から本当に撫でさせてくれないんだもの！　いいじゃないの、ちょっとくらい！　ケチ！　イケメン！

あまりに三人が真剣な顔で詰め寄って、レイヴンへの甘い態度をネチネチいってくる。なんなの？　何がいいたいのー？　なんなんでござるー⁉　ジブリールみたいに貢ぐ勢いでプレゼントしてないわよ⁉　さすがにミカエリスにものすごく言いにくそうに何度も苦言を呈されれば、私の良心だって痛むわ！　そのたびに別の方法を頑張って考えるのだけれど、なかなか私とミカエリスの妥協点が合わないのよねー。

すっかり私がしょげて眉を下げ、涙目になったあたりですっとジブリールが立ち上がった。アンナが冷めた目で三人を見ていた。

食べきったケーキと、飲み干した紅茶。しっかりティータイムを満喫したようだ。私もティータイムを楽しみたいですわ……。

ジブリールはしずしずと猫のように優雅でしなやかな足取りでお小言三人衆の前に立ちはだかる。

「失礼」

綺麗に三発の右ストレートが、美男子三人の頬に決まった。

一瞬の早業。カンカンカンとゴングが高らかに鳴り響き、私の脳内で劇画調のレフリーが「KO！」と叫んでいる。

まさかのジブリールからの鉄拳制裁に、私は間抜けなくらい口を開けて彼女を見上げた。レイヴンは真顔で眺めている。殴られた三人は、少し引きつった顔でジブリールを見上げている。勢い余って、三人とも倒れたりソファから落ちたりしたのだ。

ジブリールは玲瓏《れいろう》とした赤い瞳に冷たい炎を宿し、そんな美男子トリオを睥睨《へいげい》する。

慎ましい胸の下あたりで両腕を組んで、顎をツンとそらしている。

「くだらない嫉妬でお姉様を怖がらせるのはおやめ。次は一発じゃ済まさなくてよ？」

ジブリール、超カッコいい。

私はかつてないほどのときめきを、美男子トリオではなく年下の美少女に覚えたのであった。

でも、人を素手で殴って痛くないのかな？

ジブリールの手を確認したら、少し赤くなっていたので治癒魔法をかけていると、すごく気まずそうな三人が赤い頬を晒したままこちらを見ていた。

しょうがないので、三人も魔法をかけようとしたらレイヴンが救急箱を持ってきて、それをひったくるように受け取ったジブリールは無言でジュリアスにそれを突き出した。

まるで「てめーらは三人未練がましく互いに傷でも舐《な》め合ってな！　ケッ！」と声なき声が聞こえた気がした。

…………私の可愛いジブリールが、そんなスケバンや不良少女みたいなこと思っているはずないよね!!

三人がもそもそとお葬式のような空気で互いを治療している間、お父様もやってきた。

なぜかお揃いの湿布を頬に張りつけた三人と、二杯目のお茶を優雅に啜《すす》っているジブリール。その傍でちょっと冷めた紅茶をまったりこくこく飲んでいる私を見て「ふぅむ」と顎を指でなぞった。

「……ジブリールが女性でよかったね、お前たち」

からかいに似た、冷ややかなお父様の一瞥と一言。

お父様、なんでわかるの？

「お姉様の新しいアイディア、是非わたくしもお手伝いしますわ。わたくしも常々思っていましたの。近年はせっかく可愛らしいドレスや美しいドレスが増えたのに、そちらはあまり変わり映えがないですわよね」

「そうですの。個人的には寝間着や、部屋着ももっと充実させたいですわ。絹のネグリジェは着心地は良いのですが、季節に合わせた素材をもっと使ったり、もっと機能的にしたり、何より白一色というのが味気ないと思いますの」

「まあ、どんなものをお考えですの？」

「暖かい時はもっと風通しの良いものがいいですわ。あと冬はもっと分厚くもこもこした素材もいいですわよね。色を増やすことはもちろん、シンプルな柄やワンポイントを取り入れても素敵だと思いますの」

毛皮ってわけじゃないけど、マイクロファイバー素材？　パイル生地？　柔らかふわもこ素材っていいよね。ルームシューズやナイトキャップも揃えてもいい。

そもそもそういう布地って開発できるのかしら？

ベルベットとかかろうじてあるのですけれど、あれって高級素材なのよね。地味に。

しかしここはラティッチェの財力に物を言わせて開発ですわ！

………いつ修道院に行っても良いように心残りない全力投資をするつもりです。

私、今のところヒロインを陥れても貶《おとし》めてもいないの。断罪される要素がないどころか、面識すらない。王子たちすら顔があやふやですし。

ちなみに男性らにはちょっと退席をしてもらい、ジブリールとは新事業についてお話ししています。

ジュリアスが最後まで残りたそうな気配を出していたけど、容赦なくお父様が回収していった。男同士の社交という名目で、サロンから見える温室で何やら話し合っている。

お父様、尋問とかしてないわよね？　こっそり盗み見しても距離と角度が絶妙すぎて表情は見えないの。

「わたくしもそれとなく信用できる方から、どんなものがいいか情報収集いたしますわ」

「まあ、助かりますわ。ジブリール」

妹のように可愛がっているジブリールとの共同事業に、すっかり浮かれた私はこの学園に何をしに来たのか綺麗に忘れていた。

ジブリールが可愛くてすっぽりとヒロインや王子らのことなど頭から抜け落ちていた。

本当にジブリールは可愛い。思わず抱きしめると、ちょっと目を見張って驚いたもののすぐにジブリールも抱き返してくれた。同性とはいえ、先ほどの鉄拳制裁にジブリールにいろいろな脅威を覚えていた三人は微妙な顔となる。

私は後ろで男性らがそれぞれに浮かべていた表情は知らない。ジブリールを可愛がることに夢中だったのだ。フラグもブラフもないジブリールならば、安心して可愛がれる。

ジブリールのその満面の笑みが——後ろにいる三人に対しての勝ち誇りの渾身《こんしん》のドヤ顔であることを。

最初に我慢できなくなったのはキシュタリア。

前回、ラティお母様にコテンパンに怒られて接見禁止を言い渡されていた。せっかくの帰郷であったが満足な会話もままならなかったのだ。

「……アルベル姉様。そろそろ僕らともお話ししませんか?」

かなり久々の姉様呼びに、思わず私はすぐさまキシュタリアのほうを向いた。

その反応に、ジュリアスが実に可哀想なモノを見る目でこちらを見ていた。

ジブリールに拮抗《きっこう》するため、長年封印していた屈辱の姉呼びを使ったキシュタリアと、夜這《よば》いに近いものをかけられたにもかかわらず、その相手の義弟にあっさりと尻尾を振って喜ぶアルベルティーナの残念さが思わず目に出たのだ。

「まあ、姉様とお話ししたいの？　そうね、私もキシュタリアに会いたかったわ」

指先を顎の前で合わせ、可愛い義弟の珍しいおねだりに相好を崩す私。

すっかりと大人びた義弟は、ほとんど私に甘えることなんてしてくれない。

そんな私の反応に、僅かに表情を引きつらせるキシュタリアなど浮かれてスルーする。後ろでジュリアスは頭が痛いと言いたげな顔をする。ミカエリスも苦笑を禁じ得ない。ただ一人ジブリールは冷めた目でキシュタリアを一瞥する。

お父様はそんな中であっさりと私の隣に座って場所をキープした。

「アルベルは家族思いのいい子だね」

「そうですか？」

「可愛いアルベル……お前は何も我慢しなくていいんだよ。欲しいものを望むだけ手にすればいい。慎ましく生きる必要も、苦労する必要も、清らかに生きる必要もない。さあ、アルベル。何が欲しい？　望みを言ってごらん？」

お父様、その問いかけは定期的にやらないと気が済まないのかしら？

その問いかけに先ほどまで和んだ空気だった皆さんが全力で気配を殺して黙りこくってしまいましたわ。もう、お父様ったら～。

そんなに私が修道院に行きたいっていったことがいけないのかしら……。

お父様はアルベルの我儘推奨派ですものね。私、悪女にはなりたくないの。

私は、お父様たちがいれば十分幸せなのです――だから、作られた幸福でできた箱庭を壊されるのだけは嫌。どうしても、壊さなければいけないのならば、できるだけ誰も傷つかないように自分で幕引きをしたいのです。

「お父様、今年のお誕生日にはちゃんと帰ってきてくださいまし！」

「ちゃんと帰ってきただろう？」

「お父様のですわ！　今年はお父様でも美味しいといっていただける甘さを抑えたケーキをご用意しますわ！」

「ああ、私のか」

その様子ではすっかりお忘れですのね……っ！

忙しい方とは知っているのですわ！　でも、こうして言わないと本当に忘れますの、お父様は！

私の誕生日の時は、しっかり最低一週間は休暇をもぎ取っているのに！

王都からは書を持った早馬が来ようと、文官や騎士が来ようと、セバスに相手をさせて待たせる徹底ぶり。

ですがお父様、ご自身のお誕生日を基本祝う気ゼロなのですわ。

貴族はここぞとばかりに羽目を外してパーッとやる人もいると聞きますわ。蓄えはあるのに、一切やる気のないお父様は根本的に興味がないのでしょう。ご自身のことですのに……私は気合を入れてますのに。

「今年のケーキはわたくしが作りますのよ？　その、どうしてもパティシエには劣りますけれど……」

調理器具も充実したとはいえ、箱入り娘が調理権をもぎ取るのは苦労いたしました。

お父様には内緒でと言ったら誰もなかなか首を振ってくれないの！

仕方なく、あまり火や包丁を使わないチーズケーキならと了承を得ることはできました。

下のタルト生地は竈やオーブンに近づかせることを断固拒否したのでパティシエに焼いていただくことになりましたが、生地を混ぜるところまでは許可を得られました。

もし私が怪我《けが》の一つ、火傷《やけど》の一つでもすれば料理長どころか、厨房《ちゅうぼう》全員の首が物理的に飛ぶ可能性があるとセバスは言っておりましたが――ヒキニートの私がお父様にできることなんて本当に少ないのです。

普段、様々な美食をお召し上がりのお父様の舌にはいささか不十分かもしれませんが、愛情はいっぱい込めるつもりです！

そんな言い訳を心の中でして、でもやはり恥ずかしくて指先をもじもじといじっているとお父様がきょとんとこちらを見ていた。

アクアブルーの瞳を見開き、瞬きを数回。唐突に目頭を押さえて空を仰いだ。何かこらえるように少しだけ間を持ち、少し震えた声でようやく絞り出す。

「…………すまない、アルベル。お父様は少し用事ができてしまったんだ」

「え？」

「まずは東の蛮族を潰して、国境沿いの三下どもも少し払うか……あと第一王子派が自滅するのはまあいいが、王女派と第二王子派を軽く落としてバランスを取らねばならぬな。ゴユランとの交易も私がやったほうが早く済む。ダレンがしくじって面倒になったあと押しつけてきたら時間がかかる……余計な手出しをできぬよう貴族院と元老会も一度きつく絞っておこう」

お父様⁉

何をお考えですか⁉

ぶつぶつと早口で何かの算段をつけ始めたお父様。

何やらその内容がとても物騒な気がするのは気のせいですか？

おろおろと狼狽《うろた》えて周囲にどうすべきか視線を送るが誰もが首を横に振る。

なんで皆さん『ご臨終です』といわんばかりのお顔をなさるのですか⁉　私がお父様のために作るケーキはそんなに危険なものですか⁉

試作品は、その、やはりプロと比べますと舌触りの滑らかさは微妙でしたけれど味は悪くなかったのですよ⁉

ヒキニートに時間は多いので、何度も試作しましたのよ？

ちょっと飽きたのでチーズケーキからティラミスを作ったりしていましたが！　あれはまだお父様にお出しできるものではないので今回はなしです！

あ、でもコーヒーゼリーはありかしら？

「用事って……王都での親子デートはどうなさいますの？」

お父様とのお出かけ、楽しみだったのに。

そんな寂しさが滲み、少し声のトーンが沈んでしまった。それを感じ取ったのか、お父様が非常に申し訳なさそうな顔をするのが居たたまれない。

私が迂闊《うかつ》な発言をしたのが原因なのに。お父様が、私のためにはどんなことだってしてしまう人だって知っていたのに。先に我儘を言ったのは、私なの。

「……それはすまない、アルベル。誕生日は必ず時間を取るから」

「絶対ですね？　……主役のいないお誕生日会なんて寂しゅうございます」

「もちろん。お父様は絶対に駆けつけるよ」

「無理をなさらないでくださいましね？　お父様が壮健であってこそ、わたくしは幸せですわ」

お父様、本当に私を溺愛しすぎですわ。

強請《ねだ》ったのが悪いんだけど……そのためにお父様のお仕事である国防や政の予定をホイホイ変えてしまってよろしいのかしら。

無理はなさらないでくださいまし、お父様。

心配そうに見つめる私に、お父様は蕩《とろ》けるような笑みを浮かべて抱きしめてくれた。

そして、アンナとレイヴンに私を任せると、セバスを連れて仕事に戻られてしまった。

「張り切ってどこかの国を滅ぼさないといいですね」

「なんでそんなことする必要がありますの？」

「わからないであれをぶちかましたのですか、アルベル様？」

「わたくしはお父様のお誕生日をお祝いしたいだけでしてよ」

一日――いえ、半日や最悪一時間ほどでもお時間がいただければ十分。

ヒキニートの私と違って多忙なお父様。お誕生日は数か月後だけれどそこまで必死にキープさせてしまうなんて……多少は融通はしてくれるとは予想はしていたけど、まさかここまで大ごとになるなんて思っていなかったの。

ずれてもいない眼鏡を直すジュリアスは、小さくため息をついた。

隣にいるミカエリスも首を振る。

「公爵にとってはそうする理由になりえたでしょう」

「うう……確かに安易に言ってしまったとは思います。気をつけますわ」

そんな馬鹿なと言いたいけれど、できそうなのがお父様なのです。

ミカエリスは伯爵だけれど、国境沿いの領地もある。そのため、小競り合いがあった時のために伯爵でありながら、自ら指揮を執り、時には戦場に出られるよう剣も嗜《たしな》んでいる。

もしかしたら、お父様のお仕事の余波が飛んでくるかもしれない。申し訳ないわ。

お父様はにこやかにお仕事に向かわれた。ご機嫌斜めではなさそうでしたけれど、他の方に八つ当たりしないでしょうか。心配です。

「お父様が張り切りすぎて他の方にご迷惑をおかけしないかしら？　ミカエリス、もしお父様があんまりなことを頼むようならわたくしに遠慮せずおっしゃってください。微力ながら力になりますわ」

言葉でしか制止のできない娘ですが、お父様が唯一攻撃できないのも私くらい。

大事な幼馴染《おさななじみ》、しかもかなり良心的な常識人のミカエリスをお父様によって襤褸《ぼろ》雑巾になんてさせないわ！

意気込んでいるとミカエリスはするりと一房、私の髪を取って口づけた。

「そのお気持ちだけで十分すぎるほどです」

悲鳴を上げなかった自分を褒めたい。

一礼とともに伏せた顔に落ちる赤毛の隙間から、下から見た私にははっきり表情がわかった。軽く目を伏せ、頬に影が落ちる。鮮やかな紅玉のような瞳はしっかり私をとらえていた。

華やかな美貌と洗練された振る舞い。低く腰にくるような囁《ささや》き。つままれた髪先に、触れるか触れないかという僅かなキス。

時間にしてほんの数秒だろう。

恋愛経験ゼロのヒキニートには刺激が強すぎましてよ！！！

ミカエリスが顔を上げる瞬間に熱を帯びた視線に貫かれて、脳髄がくらくらする感覚に包まれた。

ミカエリスって私と一つしか違わないはずなのに、なんかもうこう、大人の色気オーラみたいなのがない？

普段そうではないけど、時折不意打ちのように出してくる気がするの！

軽くパニック状態になってしまった。なんだかすごいものを見てしまった気がするの。確か騎士の儀礼や挨拶とかに、護衛対象や目上の方とかの手を取って口づけたり、額を押し当てたりする儀式や作法はあると聞いたことはありますが……。

なぜに髪です？　肌に触れていないのに、そこはかとないエロスが……？

というより、元祖悪役令嬢のアルベルティーナは絶世の美女。清楚《せいそ》にして妖艶なはずなのに、完全敗北していませんか？　私も日々せっせと美を磨いているはずなのに……。

なぜ……中身がポンコツだから？

なんてこと……そこはフォローしようがないわ。秘めたる色気というものが私にはない………だと⁉　こんなにセクシーボディなのに！

宇宙を体感したように惚《ほう》けていると、キシュタリアが肩をゆすってきた。気づけば真っ青な顔をして顔を覗き込んでいた。

「はっ！」

「アルベル、大丈夫？」

「戻っているわ！　キシュタリア、また姉様と呼んではくれないの？」

「そっち⁉」

大事なんです！　もう！　わかってないのかしら？

そこで気づく。そういえば、私ってキシュタリアに告白されていたような？

ラティお母様怒髪天事件で吹っ飛んだけど——私を心配そうに見ている義弟は、どうしても大切で、今更死亡フラグ候補だからと疎めなかった。好意の種類は違うけど、怨恨はない——よね？　フラグのふりしたブラフじゃないですよね⁉　信じていいの、キシュタリア⁉

一人でぐるぐる思考迷路に陥っていると、ぎゅうと抱きしめられて宇宙へと精神トリップ再び。

…………………こやつまた身長が伸びたな⁉

間違いない、絶対伸びた。前は肩に目元が来たけど今はおでこに肩が来ている。

うおおお、すっぽり収まる我が身が憎い！　しばらくハグしてなかったから気づかなかったけれど、また差が広がったわ！　ガッデム！

ああ、あまり密着しすぎると変装用の眼鏡が取れちゃうわー！

「キシュタリア……」

「何、アルベル」

「また身長が伸びましたわね……？」

「抱きしめられて、感想がそこ？」

なんで呆《あき》れた顔をされなくてはならないの!?　私結構気にしていましてよ？

抗議すべくもぞもぞと動き出したら、苦笑したキシュタリアがようやく離してくれた。

少し乱れた髪を手櫛《てぐし》で直してくれたので、大人しくしていた。しかし、一通り終わったキシュタリアが纏う雰囲気は悟りを開いた菩薩の気配だった。

最近よく周りで見ますわね。

「僕はアルベルが学園に来なくて本当によかったと思うよ」

「今更ですけれど、それは同意します」

「アルベル様は警戒心がなさすぎです」

「お姉様らしいといえば、らしいのですが心配が尽きませんわ」

キシュタリア、ジュリアス、ミカエリスが深々と頷きながら私を眺めている。というより、ジブ

貴女《あなた》まで！　リールまで頷いている？　なぜですかジブリール⁉

私は、そんな危ない問題を起こしたのだろうか。

学園に来て貴方たちとしか会っていないし、トラブルなど起こしていないはずだわ。

そんなにまずいことをしてしまったのだろうか。思わず眉を下げて見つめ返すと、ますます周りはため息をついてしまった。

「その美貌でそのような顔をして男を見つめなどすれば、あっという間に勘違いされます。貴女に気がなくとも、十分すぎるほどあり得ます。中には貴女を力ずくで、何かしようとする愚か者も出る可能性があります。貴女のすべては、あらゆる面で人を魅了し、豹変《ひょうへん》させるに十分な資質があることをご自分で理解してください」

小さな子に言い聞かせるように、ジュリアスが私に語りかける。

それは怒りでもなく、叱るでもなく、純然たる心配だった。

確かに、本家アルベルはその魔性と美貌で様々な人間を篭絡《ろうらく》して使い潰し、または使い捨てしていた。美貌で惑わなければ、権力を用いて屈服させていた。

あらゆる人間を塵芥《ちりあくた》のように扱い、そして最後には排斥されたアルベルティーナ。

だが、逆に利用しなくても勝手に寄ってきてどうこうされるってこと？

何それ怖い。

ああ、でも十分あり得る。だって私はポンコツだもの。うっかりあっさり騙《だま》されそう。

知っている範囲の人は、お父様の躾《しつけ》が行き届いた人間ばかり。でも、世の中全員なわけではない。

ドーラみたいなのが外にいっぱいいるのかしら……。

引き籠りたいでござる……。

おんもが怖いでござる……。

すっかりしょげた私が半泣きになりながらめそめそと義弟にこぼしていたら、なぜか私とは正反対に嬉しそうに始終ニコニコしている。

「ずっと家にいれば安全だよ、アルベル」

やっぱりそこに落ち着くの？

世知辛さにめそめそしていると、キシュタリアはしょうがないという顔をしながらもせっせと私の前に一口サイズのチョコレートを並べていく。白い皿に並ぶのは、どれも艶やかなチョコレート。形は違ってもどれもローズブランドである。形そのものがローズブランドのロゴだったり、ロゴが絵や文字で刻まれていたり、真ん中にロゴが金箔《きんぱく》で描かれていたりと様々だ。

どれも私の好きなものばかり。ミルクチョコレートや、オレンジピール入り、生チョコトリュフ、クルミ入りのもある。

お子様扱いか。こんなもので懐柔されてたまるかと思いながらも、一つつまんで口の中で転がすと芳醇なカカオの香りが広がり、ジワリと甘さとほろ苦さが絶妙なハーモニーを奏でる。思わずくしゃりと顔に笑みを浮かべて「美味しい」と言ってしまった。

うう……負けましたわ。大変結構なお味です。美味しゅうございます。

ローズブランドのチョコレートは私が全力で監修したものの一つ。

この世界にチョコレートがなかったの。カカオは見つけたけどカカオマスにしてからのチョコレートという形になったあとが大変。私の求める滑らかな舌触りとあの独特の香り、そして甘さと苦みのバランスがなかなかに難しい。カカオ濃度を濃くするととても香りがよくなるのだけれど、苦くてぼそぼそしやすいのよね。

さすがラティッチェ家お抱えシェフたちを何度も悩ませた魅惑のチョコレート。

甘いのもいいですけれど、しょっぱいのもいいですよね。クラッカーとか。ジャムを乗せるのもいいですけれど、クリームチーズやハムを乗せて軽食クラッカーもいいと思いますの。ブルジョワの代名詞のキャビアとかは、この世界にあるのかしら？　確かチョウザメの卵ですよね。そもそもこの世界にチョウザメっているの？

お父様なんてキャビアクラッカーに赤ワインとか似合いそう。大人の魅力ですわ。

というより、この世界って本当にお菓子の種類が少なすぎませんか？　所詮は恋愛メインの乙女ゲームということですか！　それ以外は添え物ですか！　この世界を生きている人間としては全力で抗議させていただきます。

さっきケーキとマカロンも食べてしまったし、今日は食べすぎじゃないかしら？

でもなんだか疲れて、甘いものが美味しくて恋しくて仕方ないのです。

やはり学園に来たことはとても緊張して疲れてしまったのでしょうか。

いつもの面々に囲まれていると、気分も落ち着いてきます。

あれもどうぞこれもどうぞ、と周りから勧められて私の前のお菓子の山が築かれる。

あれ？　私ってやっぱり幼女枠？　このけしからんほどの妖艶なボディラインをもってしても幼女枠？

大変解せない。でもとても美味しいので食べる。もぐもぐ……口の中から幸せが溢《あふ》れます。

「それで、お嬢様がコソコソとジブリール様に会いに来た理由は？」

「え？　新商品開発？」

「あれは半分くらい思いつきでしたでしょう。本当の理由は？」

ヒロインのルートを調べに来ました、なんていって通じるわけがない。

しかし、ジュリアスの追及から逃れられる気がしない。

下手に嘘なんてついてもすぐにバレるし、どうしたらいいのかしら？

「ちょっとみんなの通う学園というものに興味があったの。いろいろな人がいると聞いていたし、どんなものなのかしらと……」

嘘じゃないわ。なんか最近はとてもヒロインがいろいろと浮名を流していると聞きましたし。

乙女ゲーム上の学園は知っているけどリアルな学園は知らないから。

とりあえず、ヒロインことレナリア・ダチェス男爵令嬢のお顔はちょっと見てみたいわ。キャラデザでは素朴な清楚さと可憐さ持ち合わせた美少女的な感じでした。

少なくともキシュタリアやミカエリスを見るあたり、メインキャラクターの外見はさほど乖離《かいり》していないはず。ですけど、ジブリールは劇的ビフォーアフターです。主に私のせいですが、一切後悔していませんとも。

「数多《あまた》の貴族のご令息どころか王子たちの心を攫《さら》ったという、噂のご令嬢をちょっと見てみたいと思いましたの！」

「ダメです」

「却下」

「おやめください」

「お姉様、あのようなお目汚しをわざわざ視界に入れるなんて……」

誰も彼も辛辣がすぎるというものではないでしょうか？

あの、レナリア嬢はヒロインさんなんですよね？　あの愛され小動物系ヒロインというやつですよね？　皆さんの顔が一気に険しくなったのですが……。

あれー？　おかしいですわー？？

「ほんのちょっとだけですわ！」

「嫌です。あんな売春婦！　アルベル様が汚れます！」

そ、そこまで断言しますか⁉　あの完璧使用人ジュリアスが、はっきり顔を歪めて汚い言葉を使って全力で拒否してきましたわ……。

しかも、嫌だなんて。あのスーパー従僕が感情を押し出しての拒絶なんて。よほどのことがあるのかしら？

そもそも私はそんなお綺麗な存在じゃなくてよ？　煩悩と俗世と願望にまみれてましてよ？

「ねえ、キシュタリア」

「却下」

「別にお話はしなくていいの。遠くからでも構わないわ。ねえ、どうしてもだめですか?」

「普通の令嬢ならともかく、奴はダメだよ」

被せ気味で断られました。なぜ! さっきまで私を甘やかすモードで、チョコレート並みにデロ甘だったキシュタリアがすっかりお小言モードに。

お父様すら陥落する両手を組んでおねだりポーズもダメでした。ほんの少しだけ、キシュタリアの視線は泳ぎましたがそれだけでした。

ちっ、所詮ガワが良くても悪役令嬢が可愛い子ぶってもその程度ということですか。拗《す》ねてませんわ。ええ、拗ねてませんとも。

「先に言いますが、私も反対です。彼女の言動は目に余ります」

「ミカエリス……貴方まで」

「恐れ多くも貴女に危害を加えようとする愚か者など、言語道断です」

「そんな……」

なぜヘイトがそんなに集中しているのですか? この中では比較的温和で紳士のはずのミカエリスすら、取りつく島がないなんて!

ジブリールはちらりと表情を見たけど、全力で「イヤ!!」という顔をしていた。

「そんなに見たいとおっしゃるのでしたら当て身でも食らわせ、猿轡《さるぐつわ》を噛《か》ませてロープで全身巻いて持ってきますわ」

「それは誘拐ではなくて？」

「用が済んだら保健室のベッドにでも転がしますわ。問題にはさせません」

ジブリールが過激な発言を……そんなことをして、王子たちに気づかれたらジブリールが顰蹙《ひんしゅく》を買ってしまう。そんな危険なことさせられませんわ。

レイヴンも随分と嫌がっていたし、そんなにレナリア嬢は素行が悪いのですか？

でもそんなルートあったかしら？　アルベルティーナが学園にいたなら、悪い噂なんて流したい放題ですけれど、私は現在進行形で全く面識ないですし。

今のヒロインはジブリール越しのお話だとハーレムルート狙いの感じもあります。

ですが攻略対象のキシュタリアやミカエリスの好感度はやっぱりお世辞にも高くなさそう。

そうなると、一番好感度の高い攻略対象のルートに進むと思われます。

王子たちがお気に入りと聞きましたけれど、本命はどちらなのでしょうか。

それによっていろいろ準備に必要なものが変わってきますもの。

その一つであるメギル風邪のお薬は魔力を一時的とはいえ減退させるもの、あまりにかき集めては不審がられますわよね。何企んでいるって。

そもそも、あれって作れないのかしら？　攻略対象のカインやフィンドールあたりなら、本人もしくは伝手《つて》でなんとかなりそうだけれど彼らはレナリア嬢に現状オトされている可能性が高い。

下手に近づくより、やはり遠くからでもルートの確定ができれば……。

ルートごとにある確定イベントの発生を確認できれば一番なのですけれど、大体の時期はわかってもジャストタイムまでは不明ですもの。

残念です……無念ですわ……。

「皆さんが、そこまでおっしゃるなら諦めますわ……」

この監視の目をすり抜けて、彼女を見に行ける気はしない。

むしろ、神懸かりの偶然が重なって一人で出歩けたとしても、私はこの学園の広大な敷地内で迷子になって息も絶え絶えになるのが容易に想像できます。

しょんぼりとした私に皆が複雑な表情を浮かべながらも、安堵《あんど》のため息をつきます。

私が本家アルベルでしたら、きっと逆だったんでしょうね。むしろレナリア嬢が傷つけられないかやきもきしていたことでしょう。

「そ、そうですわ！　お姉様！　魔法！　お兄様とキシュタリア様の魔法をご覧になってはいかが？先ほど気になるとおっしゃっていましたよね？　訓練場を借りて、少し見ていってはどうでしょうか？」

あまりに消沈している私に、周囲が慌て始める。

ジブリールが出した魔法、という言葉につい興味が疼《うず》いてしまう。

「アルベル、僕の魔法が気になるの？　怖くない？　大丈夫？」

「私の使うものは火炎系だけですし、かなり攻撃型ですが」

「見たいです！」

即答しました、ええしますとも！　だって私の使う魔法は基本すごく地味！

結界という薄い魔力の膜のようなもので対象を囲うというもの！　ちょっと応用すると、その結界を踏み台にして脚立いらずに！　図書室で本を選ぶ時や探す時にとても便利ですのよ！　空間把握能力や、魔力の物質化という高度な魔法の一つらしいですが……。

本は貴重品ですけれど、お父様はたくさんの書物を持っています。最初は書斎だったそうですが目ぼしいものを見つけるたびに買いつけて増え続けて入りきらなくなったのです。クリスお母様があまり体も強くない方であったため刺繍以外に読書も嗜んでいらしたということもあり、ラティッチェ公爵家の蔵書量は多い。ヒキニートの私もそこそこ本を読みますしね。

「じゃあ、さっそく向かおうか」

「はい！」

せっかくファンタジーな世界に来たのだから、一度はど派手なものを見てみたい。

自分に向かって放たれるのは断じてお断りさせていただきますわ。ですが、安全な場所からであれば見てみたいのです！

「そういえば、キシュタリアはなんの魔法が得意ですの？」

「僕は割となんでも得意だよ。火、水、風、土。この四つは、一般的に持つ人が多い属性なのは知っているよね？」

「ええ、でも大抵一属性特化型が多いと聞きますね」

私の場合、結界という特殊魔法に特化したタイプ。

本家アルベルはそれ以外にも火とか闇とかバリバリ攻撃型も得手としていたが、私はその辺が極めてミソッカスである。

基本エレメンツである火、水、風、土は一般的で使用者も多い。光と闇はそれ比べると少ない。エレメンツの四大元素といえば前者だが、六大元素は後者二つも入れた属性。

それ以外にも基本属性を応用した属性に氷・雷・樹・音などの魔法もあるけれど、それらはさらに使い手は減る——この属性だけを単一に持った人は、血族継承が多い。特殊魔法型に分類される。私の結界魔法の強さも王族に出る魔力傾向の一つです。

基本魔力の属性・性質が噛み合ったものでないと魔法発動しにくいし、威力も劣化しやすい。

基本はミカエリスのように一属性特化が多い。キシュタリアは多くの属性をまんべんなく使える。そうなるとやはりキシュタリアはすごい。公爵家に引き取られる稀有《けう》な才能。

ゲーム版でもアルベルと拮抗して殺し合いという名の魔法の打ち合いしていた。しかし、もしポンコツお姉様に同じことをしろと言われたらすぐに白旗を上げる。

「そういえば、ジュリアスはどんな魔法が得意なの？」

「秘密です」

にっこりと断言された。気になりますわ！

「ヒントとか」

「秘密です」

喋る気はないらしい。ケチ！

とりあえず訓練場とやらに行ってみようという話の流れとなり、ソファから立ち上がった。

お茶とお菓子をいただきすぎてちょっとお腹がたぷたぷしますわー。


視線が滅茶苦茶痛い。

右にキシュタリア、左にミカエリスでなぜか超絶美麗な美男子二人を侍らせている謎の女。学園の皆様からすればそうでしょう。

いつもなら他の女性陣を牽制《けんせい》するジブリールは、にこやかにミカエリスの隣にいる。ジュリアスとレイヴンとアンナはそれぞれに少し距離を取りながら私たちの周囲にいる。

なんだかキシュタリアとミカエリスの距離近くない？

そう思いつつも背の高い二人が防波堤のように立ちはだかるので、かなり周囲の視線を遮ってくれるのはありがたい。

しかし、人が少ない道を選んだといっても全くいないわけもない。

ひそひそと声を落として何か囁かれる気配がするのは、気持ちいいものではない。

早く人目の少ない場所に行きたいと思っているのが伝わったのか、いつもより歩くペースが速い。

そして、私がそのペースに遅れないように両サイドの貴公子たちがしっかりエスコートしている。さりげなく背中や腰に手が添えられて、支えるようにして歩かされている。自動歩行補助（人力）である。ちょっと転びかけた時など、さらっと私を持ち上げてなんでもないように歩きましたからね！

超らくちんでござるー！

「キシュタリア様！」

あと少しで訓練場、というところに高い声が飛んできた。

その声が響いた瞬間、先ほどまでにこやかだった面々の顔から笑みが抜け落ちた。

あまりの変化に、思わず肩が震えた。それに気づいたのか、キシュタリアはさっと私を背に庇うように踵《きびす》を返し、ミカエリスは任された私を守り抱き寄せる。ジブリールは素早く私に目配せし、安心させるようにさらに私を隠すためにキシュタリアの背に続いた。ジュリアスとレイヴンはキシュタリアの両脇にすぐさま向かい、アンナは私だけでも逃げられるようになのか、手を握り険しい表情で声のした方向を見ている。

厳戒態勢にして、臨戦態勢。そんな言葉が頭をよぎる。

「こんなところにいたんですね！」

甘さを過分に纏った好意たっぷりな明るい声が響き渡るが、それに対して友好的な視線は周囲にない。

その差がますます怖くて、身が縮むような思いをする。私が悪いのではないのだけれど、異様なことに巻き込まれたのは理解できた。

「何か用？　急いでるんだけど」

聞いたことのない、キシュタリアの冷たい声。

義弟とは随分長いつき合いのはずなのだけれど、こんな硬い声なんて一度も聞いたことがない。そ

れは憎悪する義姉に向けた断罪シーンをほうふつとさせる刺々《とげとげ》しさだった。

「えっと……ですね、実はルーカス様がお茶会を開くので、是非ご一緒しませんか？」

「断る」

「え？　な、なんでですか？　ほら、本物ですよ？　ちゃんと招待状もありますし、行きましょうよ！」

「それに行って、なんの意味があるの？　あと前も言ったけど、学園行事や授業関連以外では話しかけるなって言ったよね？」

「どうしてそんな冷たいことというんですか？　学校は平等でしょう？」

「言わなければわからないのか」

「だっておかしいですよ」

「まず一つ目、君は僕より身分が非常に低い。学校内だけでなく、社交場でもしつこく話しかけてきただろう。マナーのない奴を相手したくない。二つ目、僕の義姉を中傷する噂を流した。それは僕だけでなく、ラティッチェ公爵家への侮辱だ。なんの根拠もなく、妄言を周囲に吹き込んだそうじゃないか。三つ目、僕は先二つの理由から、君が嫌いだ。何度も忠告しても人の話を聞かない人間を、僕が良く思うはずもないだろう。だから個人的な催し事はすべて断る。君が関わっていると知っているなら、王族が関わっていようともね。あと……もっと聞きたい？　それともまた王子たちにでも言いつけるつもり？」

でもだって、とぐすぐす泣き出す少女。

はたから見れば、キシュタリアが一方的に虐めているように見えるけれど——内容を聞けばこの少女は結構やらかしているようだ。

周りの視線も冷ややかなものが多い。冷笑、失笑、嘲笑がさざめくように広がっている。

身分が非常に低いということから、爵位・財力ともに大きく下回っているのだろう。

あくまでキシュタリアよりということなら、子爵か男爵くらいはあるかもしれない。

しかしラティッチェ家への侮辱ってなんなの？　そもそもアルベルティーナは学園どころか社交界にすら出てこないヒキニートのはず。誘拐事件以降、背中の怪我もあり妄想からくる容姿の悪評は勝手に流れているけれど、それ以外に何かあるっけ？

「で、でもキシュタリア様はアルベルティーナ様に酷《ひど》い虐めを受けていたんでしょう!?」

「僕は義姉に虐められた記憶はない。あの人は僕どころか、使用人にすら手を上げないような人なのに、どうしたらそんな妄言が出てくる？　義姉と会ったこともなければ、言葉も交わしたことがない。面識もないのになぜそうも知らない相手を貶《けな》せるのかがわからない」

本家アルベルは手を上げるどころか、しょっちゅう物理的に首を吹っ飛ばすような女でしたし、気に入らなきゃ奴隷として売り払ったりしちゃうダークネス令嬢でした。本当にやべー女である。

全年齢版はまだソフトですが、年齢指定版だと義弟の童貞を奪ったり、次々と美貌と肉体を使って男性を手玉に取って篭絡したり、攻略対象に媚薬《びやく》を盛ったりその他もろもろ切りがない。

人気ゲームだったから、初版・移植・リメイクといろいろあったのでそれによって若干お話が変わる時があるの。アルベルティーナはヒロインのハッピーエンドに伴って高確率で断罪・失脚・惨殺・

処刑ルートが満載でもありましたが。ある意味そこは鉄板……。

あら？　もしかしてこの方は転生者？

どんな方かしらと気になるけれど、全く見えない。ガードが鉄壁すぎます。

修羅場ですわ……修羅場ですわ！

思わず手を握ってくれているアンナの手を、強く掴《つか》んでしまう。私の緊張が伝わったのかアンナは「お嬢様、大丈夫です。必ずお守りします」と小声で返して握り返してくれた。

ア、アンナー！　ジュリアスが従僕の鑑《かがみ》ならアンナはメイドの鑑ですわ！

しかし、キシュタリアがあれほど人に冷たく当たるなんて初めて見ました。基本穏やかであると思っていたのに。それに私の思いつきに振り回されても、笑って許してくれる寛大な義弟でしてよ？

「で、でもキシュタリア様にお茶会に来ていただかないと」

「行くわけがないよ。それとも、君ごときが王族の威を借りた脅しをするつもり？　お生憎《あいにく》様だけど、それはラティッチェ公爵家には通用しないよ」

って、えええ？　それは言っていいの、キシュタリア？　サンディス王家は、お父様の心証がどうあれ王家である以上一定の敬意を払ったほうがいいのではないでしょうか？

確かに過去に王族主催の場で私は誘拐された挙句にその時傷が残り、幼くして傷物令嬢に。王家は大失態と大きな借りをラティッチェ家に作ることとなりました。

お父様は確かにこの国の重鎮でいらっしゃいますわ。ですが、そこまで蔑《ないがし》ろにしていいのですか!?　キシュタリアはあくまで子息です……。

私も王族嫌いだけど。だって、アルベルティーナって王族に関わると破滅ルート一直線だし。

一人でアワアワしていると「大丈夫、この件に関しては陛下と公爵で話は済んでいる」とミカエリスがそっと耳打ちした。にぎゃあああ！　やめて、その低音ボイスは背筋がぞくぞくするから！　あの人気声優さんの生ボイスと同じ……ぴゃー！　流れ弾に当たったアンナがぶるぶるしてる！

お父様……陛下を脅したりしていませんよね？　ちゃんとお話し合いですよね？　娘はお父様が心配でなりません……。

「話はそれだけ？　じゃあどこかに消えてよ」

背中からすら感じる気迫。キシュタリアから青白い怒りの炎が見えている気がする。

あんな怖い義弟を初めて見たお姉様は足が生まれたての子鹿のようになってしまいそうです。

あの威圧を正面から受けた令嬢はよくもああ食い下がれるものである。私だったら一睨みで委縮して泣き出してしまいそう。

最近の令嬢は精神的にガッツが必要なの？　社交界って怖いですわ。いえ、学園生活？

こちらを振り返ったキシュタリアは、先ほどの永久凍土を思わせる冷気を綺麗に霧散させていた。少し眉を下げ、その整った顔に甘い笑みを浮かべる。ふわりと周囲に白薔薇でも咲き誇りそうな華やか慈しみの溢れる笑み。

いつものキシュタリアだわ、と肩の力が抜けた。

だが、後ろで絶叫が上がった。嬌声《きょうせい》なんて生易しいものではない。咆哮《ほうこう》のような大声だった。そしてどさどさと重量のある物が落ちるような音。

見慣れない人間にはメンタルへの殺傷力抜群。その微笑爆弾といえる流れ弾に当たったらしい後ろの令嬢どころか令息までバッタバッタと倒れる気配がした。

その声や音に驚いて、びっくりした猫のように目を見開いて緊張した。

前には相変わらずキラキラ笑みのキシュタリアがいた。

とても素敵な笑顔だけど、何か魔法でも使ったの？

「あ、あのうキシュタリア。先ほどの方は？　随分、その、風変わりな方のようでしたけれど」

「知る必要もないし、見る必要もないよ。さあ行こうか」

にこっと完璧すぎる笑みは、はっきりと彼女を拒絶して、私から遠ざけたいという意図を感じた。

あああ、先ほどの素敵な笑みが変わってしまったわー！

あれ？　これ何度かこのパターンあったような？

「あ、もしやダチェス男爵令嬢ですか？」

「なんで普段はぽやぽやなのにそれに気づくかな？」

そんな嫌そうな、苦々しい顔をしないでくださいましー！　眉間にしわが寄っていましてよ？　指先を眉間に置くと、キシュタリアがきょとんとした。ぐりぐりとなくなれなくなれーとしわを指で解《ほぐ》すと、苦笑に変わった。

もう、なぜそんなに拒絶することとなったのでしょうか。貴方のルートでしたらレナリア令嬢は心の孤独と傷を癒してくれる存在となっていたはず。

義父、義姉に実母を虐め抜かれ、自殺に追いやられ――ていないですわね。私、お母様と仲良しですけど。ローズブランドのお揃いの小物とか持っていますわ。

当然当主やその娘が冷遇するので、使用人たちも冷たく——ないですね。他所のお宅はどうなのかはわかりませんが、蔑ろにしてないと思いますの。むしろお父様を除けば、ラティお母様が一番厳しいような？　ラティお母様は私を大変可愛がってくださるのに、最近はキシュタリアに手厳しい気がするの。

あれ？

キシュタリア攻略するための重要部分が台なし？？

一番バチバチに虐めをしていた義姉は見ての通りポンコツヒキニートで、キシュタリアが心配するレベルのスーパー箱入り結界育ち。たまに幼女扱い。

これじゃあ攻略するにも前提条件が違いすぎて、ゲーム知識使って攻略とか無理ですね。

昔から健気《けなげ》にも「僕が守るからね」といって私の手を引いてくれた義弟である。

母猫が子猫を守るがごとく、過保護だ。もう一人の過保護、ジュリアスが自分はいられない時に私の預け先候補筆頭にするくらいのフォロー力を持っている。

ん？　恋愛じゃなくてブラフじゃなくて幼女や要介護認定されている？

「お嬢様、教育に悪いものはさっさとお忘れください」

「ほら、ジュリアスもこう言っているし忘れようね？」

やっぱりお子様扱いですわー！

私がむくれているとわかっていて、サクサクと移動を再開しようとするみんな。

ふと、立ち去った場所にまだ人がいたのに気づく。俯いて表情はわからないけれど濃い栗色の髪や服装はやはりあのキャラデザインに似ていた。

「見てはダメだ」

ミカエリスにまでそういわれ、なんだかもやもやとした気持ちを残したままその場を後にした。

結局ルートわからないでござるうう！

「じゃあまず、基本ね」

基本、といって周囲に水の球を作り出してふわふわと浮かせるキシュタリア。

それをゆっくり私のほうへと近づけた。

ツンツンと思わず触ると、ふるんと揺れた。感触はやっぱり普通の水。それが無数に浮いて囲ってくる姿は不思議だ。日の光を受けてキラキラ輝いている。

思わずそれを見上げて笑みが浮かんできた。

「すごいわ！」

手を叩《たた》いてはしゃいでいると、水を魚の形や鳥の形にして周囲に遊泳させる。

まさにファンタジーだわ！　と内心喝采を上げて喜んでいると、唐突に水がはじけて消えた。思わず首を傾げてキシュタリアを見ると、笑みを返された。

それと同時に地面が揺れる――否、私のいた場所だけが揺れていた。

思わずアンナと手を取り合ってしまったが、二人まとめて盛り上がった土に乗せ上げられた。それは大きな手となり、やがて手の平、腕、肩、頭、胴体と巨体が出てきた。

私とアンナを手の平に納めてしまうサイズである。唐突に視界が高くなり、呆然《ぼうぜん》とする。

土人形の手は、私たちが落ちないように緩やかに丸籠のようになっているためよほどのことがないと落ちない。

「え？　ええ？」

気がつけば校舎を見下ろせるサイズだ。周囲を軽く一望して、その景色に息をのんだ。頬や髪を風が撫でる。遠くまで広がる景色は確かにゲームのオープニングで見た学び舎《や》である。

そしてその景色を堪能しきる前にあっさりと地面に降ろされる。あっという間であった。

降ろされた先でキシュタリアが手を伸ばしてくれていたので、それに掴まった。

ふわりと風が巻き起こってスカートが膨らむ。思わず押さえるとふんわりと地面に降ろされた。

「す、すごいわー！　何⁉　ゴーレム？　土がいっぱい集まって人型になったわ⁉」

「怖くなかった？」

「ええ、びっくりしたけど！　今のは風⁉　すごいわ、キシュタリア！」

はしゃぎ出す私に、安心したような表情のキシュタリア。何をそんなに気にしているのかしら？

あ、でもアンナは高いのが怖かったのか足がぷるぷるの生まれたての子鹿のようになっているわ。

這うようにして、地面に戻りかけている土人形の残骸から逃げている。

私は暗いところと狭いところは嫌いだけど、高くて広い見晴らしのいいところなら好きな様子。そういえば、ラティッチェ邸ではあまり見晴らしのいい場所がなかったかも。私の行動範囲になかっただけ？

「こんなにすごいなら、一度くらい家でも見せて欲しかったわ」

「ごめんね、アルベル」

「理由があるのね？」

「君は誘拐されたことがあるよね？　その記憶はほとんどないけど、恐怖心はしっかり残っている」

いまだに暗い場所と、狭い場所が苦手なのはその弊害だ。

箱に縛られてしまわれていた私を救い出してくれたのはお父様。

その事件はいまだに尾を引いてトラウマを残している。でも、最近はジュリアスやお父様に縋りついて半狂乱で泣いてはいないわ。

傍づきのメイドや従僕が、私の環境に気を配ってくれているからこそだけれど。

「他にも何が引き金になるかはわからない。でも、わかっている範囲でもそれと対峙《たいじ》したアルベルの怯えようは尋常じゃない」

「魔法もそうかもしれないということ？」

「お義父様曰く、君の誘拐には魔法の痕跡があったそうだから」

そりゃあ、いろいろな護衛や監視を出し抜くのに魔法なんて便利すぎる能力を使わない人はあまりいないだろう。出し抜くためとか敢《あ》えて使わない、とかはあるかもしれない。

確かに、私の暗闇恐怖症や閉所恐怖症は日々の使用人たちがとても気を使ってくれているので、それほど頻繁に出るものではない。

以前、ドーラがいた時はしょっちゅう泣き喚《わめ》いて迷惑をかけたわ。

「アルベルの魔法特性は稀少性の高いものだし、暴発しても危険性が低いものだ。講師も一流を雇っていたし――ただ、僕の魔力は一般よりも群を抜いて強いし暴発すれば周囲に被害が及ぶ可能性は高かった。僕の扱える四属性は、いずれかの属性を大半が有しているしね……」

「お父様がお許しにならないわね」

「僕だって、完璧にコントロールできるまでアルベルの傍で使うのは怖かったよ。結果的に避けて目を盗むように習うしかなかったけどね」

アルベルに褒められたら、調子に乗ってしまいそうだし――と苦笑を浮かべる。

それにもし私に傷の一つでもついたら、お父様はキシュタリアを不良品とみなして排除しかねない。

そんなことで私も義弟をなくすなんて嫌だ。

そういうところでも、守られていたんだ。私は。

傷つかないように、怖がらせないように、悲しませないように。

今回の魔法の件は杞憂《きゆう》に終わったけれど、おそらくジブリールが私に見せてくれた小さな火はかなり勇気のいる行為だったのかもしれない。

ジブリールだって優秀なはずだし、やろうと思えばもっと派手なことだってできたはずだ。あの火は、最大限の気づかいだったのだろう。

「ごめんね、黙っていて。でも、そろそろいい頃合いだし、可能性も低そうだからって結論になった。最近になって許しが出たんだ」

「そうなのね……ありがとう」

ぎゅうっと優しい義弟を抱きしめてしまいたい衝動に駆られるが、キシュタリアは私と同じ好意ではないかもしれないのだ。

精一杯笑みを浮かべ、感謝を込めて手を握ってお礼を言った。

本当に私は恵まれている。下を向くと涙が流れてしまいそうで、顔を上げていた。

「さあ！　次はお兄様の番ですわ！！！」

ちょっとしんみりした中、鼻息荒くジブリールがやってきた。

そういえばキシュタリアが火の魔法だけ使わなかったのは、ミカエリスのため？

私の腰にするりと華奢な腕が回る。後ろから抱きしめられるけど、大して体格の変わらないジブリールだとなんだか寄りかかるのは不安ね。だけどぎゅうぎゅうされると足がふらつく。踏ん張れ！　アルベル！　ヒキニートの底力を見せるのよ！

「お兄様は魔法剣が得意ですのよ！　この前、剣術大会の褒賞にミスリル銀でできた剣を賜りましたの！　ミスリルは抗魔も高く、魔力伝導率が高くて、非常に丈夫な素材！　剣士垂涎《すいぜん》の品ですのよ!!」

「……ジブリール、僕はアルベルと話していたんだけどな？」

ふらふらしていたのがバレていたのか、キシュタリア側に引っ張られあっさりそちらに体が傾いた。

ぽすんと優しく抱き留められる。ふぃー、ジブリールごと倒れなくてよかったでござるー。

「あら、嫌だ。うふふ、いくら義理とはいえ弟ですのよ？　いつまでも叶《かな》わない想いに身を焦がすのはおやめになったら？　最近わたくしまでに嫉妬するようになって！」

「ジブリール！　前から思っていたけど、君はアルベルに触りすぎじゃないか⁉」

「同性特権ですわー！　おーっほっほっほほ！！！　やれるものならやってみるのね！　今まで築き上げたものが一瞬にして瓦礫《がれき》と化しましてよ！！！！」

細い腰に手をやり、慎ましい胸を張り、頬に手を添えて高らかに笑うジブリール。

とても生き生きとしている。なんだかとても絶好調ね。それに喧嘩《けんか》するほど仲がいいというのかしら、ジブリールとキシュタリアは随分あけすけにものを言い合うのね。

でもなんだかちょっと険悪な気も？　気のせいよね？

「また始まりましたか……」

呆れたようにジュリアスがいう。いつものことなの？

ミカエリスもなんとも言えない顔で言い合う二人を見ている。

「あれは長くなりそうだな……アルベル、よかったらこちらで私の魔法を見ますか？」

「お願いしますわ。先ほどジブリールの言っていた、魔法剣というものを見てみたいです」

「なら、ドールを使った模擬戦をしてみますか？」

「ドール？」

「標的を模した簡素な人形です。主に演練や模擬戦や実技試験で使われますね。単調ですが動きますので、かなり見応えがあるかと」

「見たいですわ！」

実際に人と模擬戦を行うのを見るのは少し怖いけど人形なら大丈夫そう。はしゃぐ私に赤い瞳が柔らかに細められる。

ジュリアスも「では準備をしてきますね」とまだしりもちをついていたアンナを立たせると、すたすたとどこかへ歩いていった。

目を輝かせてワクワクする私にちょっとだけ困ったような感じだったけど、気のせいですわ！　ええ気のせいですわ!!

ミカエリスの演舞？　剣舞ですか？　あのイベント（に近いもの）が見れますわー！

浮かれている私の後ろで、アンナが心配そうに見ていた——私が喜んでいるのは良いことだけれど、興奮しすぎて疲れて倒れてしまわないかずっと気にしていたのだ。

…………私、やはり要介護認定？


広い円状の白い石畳が広がる訓練場。

その中心にミカエリスがいた。上着を一枚脱いだ状態。腰に長剣を下げ、燃えるような赤毛を首筋で結っている。ただ立っているだけで体の均等の良さがわかるし、非常に足が長いと改めて思った。

これはモテるだろうな、と他人事《ひとごと》のように思った。

私は一応モテているのか？　死亡フラグか恋愛フラグかわからない。

ミカエリスの周囲には人を模したような簡素な人形がいる。モデルデッサンに使う木人形を大きくして、白くしたようなものだった。やや首に当たる部分を下げ、手足をだらんと降ろしている姿は妙に不気味である。

俄かにその不気味な人形が、一瞬帯電のような輝きを纏ったと思うと、ぎこちなく動き始めた。そして、ぎちぎちと音を立ててミカエリスに近づきだした。

いやあああ！　普通に怖いし不気味！　今、頭っぽい部分がグリンって動いた！

ハラハラして見ていると、さっそく斜め背後から迫るドール。スラリと白刃を抜いたミカエリスは一瞥することもなくそれを薙《な》いだ。

ずっぱりと胴体に切れ込みが入る。そして、その傷口から炎が燃え上がっている。あっけなく切り伏せられ、石畳に転がるドールはあっという間に火が燃え広がって消えてしまった。

いつの間に炎なんてと思ったら、まっすぐな白刃に燃え盛る炎が纏われていた。

熱くないのかな、怖くないのかななんて思っていたけど、全く気にするそぶりも見せずミカエリスはゆらゆらしているドールを見据えている。

キシュタリアの時もそうだったけど魔法って呪文や技名を叫ばないモノなの？

……うん、私も結界作る時に特に叫んでないわ。

先生も、言葉にすることによって発動しやすくする人と、心の中で唱えている人がいるって言っていたもの。

魔力操作とイメージが重要で、それを放出する引き金はそれぞれ。

私の場合、頭の中でどんな結界がいいかイメージして発動する。形、性質、強度、様々だ。雨除けなら柔らかい傘のような半円のドーム状のものもいいけど、足場にしたければ四角い大きな積み木のようなものをイメージする。

そもそも実戦で叫んでいたら、相手に奇襲とか無理だし、随分ハンデになるわよね。噛んだり噎《む》せたりしたら失敗しそうだし。

「ジュリアス——ぬるい、もっと速く鋭いのを寄越せ」

ちらり、と石畳に煤《すす》けた跡しか残っていない場所を見たミカエリスがいう。その顔にははっきりと好戦的な笑みが浮かんでいた。

あのドール、結構速かったけどもっと強いのとかいるの？

困惑する私を尻目に、ミカエリスは同時に襲いかかってきた四体のドールをあっけなく一閃《いっせん》した。

僅かに残る炎の軌道が、この一瞬で数度の斬りつけを行ったと教えてくれる。

ミカエリス強い……知っていたけど生で見ると滅茶苦茶強い……。

そりゃあ何度も大会で優勝しているのだから、当然といえば当然なのですけれど——次元が違いませんか？

あっさりとドールたちを蹴散らしたミカエリスは、周囲に再び現れ始めたドールに特に驚くわけもなく一瞥をする。

今度のドールは木刀のようなものを携えていた。色も紫色で、先ほどのよりもグレードアップしている感が強い。びえええ、もっと不気味ですわ！

さっきよりぎゅんぎゅん高速で回っているし、なんか手足も鋭くそぎ落とされて異形感が満載ではないでしょうか？　あれで蹴られたら、うっかりスパッといきませんか？

バレエの『白鳥の湖』で黒鳥オディールがグランフェッテ・アン・トゥールナンという連続三十二回転をする見せ場があります。それも真っ青な超回転です。

しかも回転してぶつかると衝撃が上がりますよね？　大丈夫なんでしょうか。

心配している間にも、ドールはミカエリスに肉薄していきます。

無機質なドールが容赦なくミカエリスに一閃を繰り出しますが、あっさりそれを受けて腕をはね飛ばした。そして返し刃でそのまま足を切り離します。片足と片手を喪《うしな》ったドールはバランスが取れず、じたばたと床でうねります。怖いです。しかしそんなドールの上に、新たなドールが邪魔だといわんばかりに飛来してきました。着地点にいたドールはばっきりと腰の部分から粉砕されてぴくりともしなくなった。ドールに仲間同士の意識なんてないのですね。

ミカエリスに急接近したドールは、両手に当たる部分が鋭く槍《やり》のようになっている。その両手を下から顎――というか顔をめがけて突き出してきた。だが、ミカエリスはそれすらも読んでいたのか、一歩引いて顔を上にすることによってあっさり回避する。

ドールからすれば渾身の一撃のつもりだったのか、思った通りの手ごたえなく空振りしたそれは間抜けにもガードのない胴体をミカエリスの目の前に晒すという大失態につながった。当然、その隙を逃すはずもなく白刃が心臓部を貫く。炎を帯びる高熱の剣は、貫いた部分から周囲を蕩けさせ焦がした。

そしてそのまま力尽きたドールを踏みつけて進み、槍を持ったドールの後ろから狙っていた他のドールにミカエリスから肉薄する。あっという間に距離を詰め、流れるように一撃、二撃と次々ドールたちの体に叩き込まれた。

先ほどの槍のドールは炎上しなかったのに、その二体はあっさりと焼き払われた。炎は燃やす対象を調整できるようだ。

ミカエリスが動くたびに、鮮やかな髪が揺れて、銀と炎の輝きが舞う。力強く無駄のない動きは美しい。炎舞だわ、とほうとため息をついた。

その動きは危なげなく、次々とドールを屠《ほふ》っていく。

気がつけば、最後の一体のドールが焦げた残骸となって床に落ちている。

やべえな、ミカエリス・フォン・ドミトリアス。本来のルートでは全然関わってないけど、もしも対立する羽目になったらとんでもない強敵だ。

私の護衛には凄腕（多分）のレイヴンや、ジュリアスもいるけど純粋にタイマン勝負だったらミカエリスのほうが強いのでは……？

うん、ヒキニートだけどいい子にしていてよかった。

ちょっと怖かったけど、ドールが結構怖かったけど、とてもすごいものを見たわ。

あとあのドールとやらは既視感があるのよね。なんだったかしら？

「あのドール、昔ジュリアスに読んでもらった怖い話の呪いの殺人マネキンに似ているのよね……」

「ああ、幼かったお姉様が滅茶苦茶怖がって、キシュタリア様やジュリアスに同衾《どうきん》を求めたというあれですね」

「ジブリールがどうして知ってるの？」

「以前、キシュタリア様に口を割らせましたの！」

「アルベル、どんなに可愛く見えてもジブリールはこういう娘なんだよ。覚えておいて」

半眼のキシュタリアが、苦々しくジブリールを見る。ジブリールはにっこりと咲き誇るように笑みを浮かべている。実に対照的だ。

「お転婆なジブリールも可愛いと思うわ」

可愛い妹分が多少おいたをしても、私からの親愛がなくなりはしないわ。

がっくりと肩を落とすキシュタリアと、勝ち誇った笑みで抱き着いてくるジブリール。やっぱり対照的だわ。

ぎゅうぎゅうと抱きしめてくるジブリールにちょっとふらふらしていると、後ろから支えられた。

今日ってこんなのばっかりでは？

「ミカエリス！　すごかったわ！　噂に聞いてはいたのですが、あそこまで見事なものとは存じ上げませんでした！」

「アルベルにお見せしたのは初めてですからね」

「本当に素晴らしかった。炎と剣で舞っているようで、一度にあれほどの数を相手にして、あっさりと倒してしまわれるんですもの！」

月並みの言葉しか出せない自分が恨めしいが、この感動を伝えたい。必死に言い募るのだが、逆に落ち着くように諭されてしまった。

ミカエリスは私よりもずっと上等な美辞麗句をもって称賛されてきたのだろうけれど、拙い私の称賛を笑顔で受けてくれた。

ふと、彼が佩《は》いているミスリル製の剣に目が留まった。先ほどまでメラメラと炎が燃え盛っていたのに、その鞘《さや》も柄《つか》も焦げた形跡は一切ない。

「あれだけ燃えていたのに、本当に煤一つないわね」

「純度の高いミスリル銀を織り込んだ鞘ですし、柄も火龍の皮を加工した品です。あの程度の火力ではびくともしませんよ」

私がしげしげと眺めていると、その剣を見やすいように目の前に差し出してくれた。

鞘には繊細な文様が描かれている。角度によって色味を変える銀色は不思議で見ていて飽きない。あまりに見ているので「剣身を見ますか？」とミカエリスが提案してくれた。もちろん見たいので首を縦に振る。

古代の装身具や芸術作品のようでドキドキしちゃう。

白銀の剣身はウットリするほど美しい。神聖さすら感じる剣身の輝きは、一切反りがなくまっすぐだ。

まじまじと見ていると剣身に映った自分の髪と瞳が、いつもと違って少し驚いた。そうだ、変装中だったわ。

だがあくまで見せるだけで触るのはアウトらしい。ミカエリスって結構ジュリアスと比べれば隙があるのでは？　いけないいかな？　と伺うものの手を近づけると素早く下げた。昔は結構顔色が変わっていたのに。さらっと流された。悔しくて唸《うな》るが、苦笑されるだけであった。

その手に何か隙はないものかと食い下がっていると、柄の付近に添えている手が何かを持っていることに気づいた。隠しているのかしら。

「何持っているの？」

気になってその手の下をこじ開けようとしたら、ミスリルの剣が落下した。

ガッシャーンという音は、幸い石畳の上でなかったのでしなかったがその剣は吸い込まれるように土に刺さって埋まった。これ足に落ちたら切断事件？

で？　何を持ってたのかしら？

手をこじ開けようとする必要もなく、それは剣にくくりつけられていたのか一緒に落ちていた。見覚えのある、鮮やかな紅のくす玉と小さな魔石と組み紐《ひも》で作られたアミュレット。

「あら、剣につけていたの？」

「ええ、……そのアルベル。知りたかったのならいきなり手の中に指を入れるのはやめたほうがいいかと思います」

「隠していたようなので、教えてくれないのかと思ったわ」

なぜ隠していたのかしら、と首を傾げるとミカエリスは口を噤《つぐ》んでしまった。

じっとその赤い目を見つめると、さっと逸らされた。

何か後ろめたいことでもあるのかしら？　この清廉潔白・騎士道精神満載のミカエリスが？

……このくす玉ごときに？　お嬢様の工作よ？　魔力を込めていい素材は使っているからアミュレットとしては効果あるけれど。

「……いつか、お話しします」

「ならいいわ」

落ちた剣を拾おうとすると、素早く押しとどめられてしまい結局ミカエリスが拾った。

ちぇっ、いけると思ったんだけどな。

恨めしそうに見る私の視線から逃れるように、ミカエリスは素早く腰に下げてしまった。もうちょっと見たかったわ。

「二人ともすごいのねぇ」

さすが、学園の成績優秀者である。

ラティッチェ公爵邸で毎日悠々と過ごしていた私とは全然違うわ。

家庭教師はついていたけど、お父様の選んだ人だから優秀ではあるけれどスパルタとかとは程遠い。いつものほほんと授業受けていた。以前は結構ぴしっとしていたマナーの先生とも、最近では授業はそこそこでローズブランドの新商品で盛り上がっている。

私って社交より商品開発とか商人の裏方のほうが向いているのでは？

そういえば、二人ともすごかったけどうちのお父様も超すごいらしい。戦場で様々な偉業を成し、名を轟《とどろ》かせている。でも、最近おっきい争いはないらしいし前線は退いているのかしら？

「お父様とお二人、どちらがお強いのかしら？」

私の何気ない問いかけに、二人の笑顔が完全に固まった。

ついでにジュリアスとアンナまで固まっている。ジブリールはさっと目を逸らした。

皆が一様に黙りこくるので、思わず首を傾げてしまう。いけないことを聞いてしまったのだろうか。

「お嬢様」

私の困惑に気づいたのか、いつもの感情の読みにくい真顔のレイヴンが声をかけてきた。

「レイヴン……わたくし、いけないことを言ってしまったのかしら？」

「公爵様は、国内はおろか諸外国にすら怪物扱いされる人外魔境です。それにキシュタリア様とミカエリス様を並べるのは失礼かと存じます」

ツッコミどころが多すぎて目を丸くすることしかできない。

お父様が滅茶苦茶強いとは聞いてはいたのだけれど、この二人が組んでも無理なの？

そんな私の疑問が顔に出ていたのか「悪魔も暗殺者も逃げる方ですから」と追い打ちをかけられた。

お父様チートすぎでは？

改めてお父様がチートな存在だと思い知ったのだけれど、なぜその娘はこんなにへっぽこな攻撃魔法しかできないのか。

それは自身の資質の問題だとは言われているけれど、一度くらいは格好良く魔法を決めてみたいです。

しかし今日は良いものを見たわ。

残念ながらレナリア・ダチェス男爵令嬢のルートは不明のままですが、それ以上に収穫というか良いものを見ることができました。

とりあえず、ルーカス殿下ルートとハーレムルートの狙いの線は結構濃厚かな。

でも、現状だとキシュタリアやミカエリスの攻略はほとんど進んでなさそう。

それにしてもキシュタリアの多種多様な魔法も素晴らしかったけど、ミカエリスの魔法剣による模擬戦も素晴らしかった。

隣の芝生は青いというけれど、あそこまで歴然とした差を見せつけられるともう感動しか起きないものである。とても素敵なものを見せていただき、満足ですわ。

お父様が何か手を回したのか、帰りの馬車には十人近い騎士がしっかり護衛についている。それを見ても不安そうなキシュタリアたちに見送られ、馬車に乗り込んだ。

甲冑《かっちゅう》が随分立派なのですが、騎士の中でも階級が高い方たちでしょうか？　申し訳ないですわ。

帰りがてら今日の出来事を話しながらすっかりと緩んだほくほく顔をしていると、学園の馬車用の門をくぐったところで止まった。アンナが怪訝《けげん》そうな顔をする。

「何かしら？」

「お嬢様、私が対応します。顔を出さないでくださいね？」

「任せるわ、アンナ」

緊急事態には弱いのです、ヒキニートは。

外に出たアンナが、誰かと話している。その言葉のやり取りが続くにつれて、相手が一方的にアンナを追い詰めているような雰囲気を感じた。

何やら恐ろしい予感がします。

両手を思わず胸元で組んでいると、背を向けていたほうの入り口が急に開いた。開けたらしいのは騎士だが、真っ先に乗り込んできたのは別の人物だ。

「おい、貴様か。レナリアを泣かせた女というのは！」

豪奢に輝く金糸の髪に海を思わせる明るい緑の瞳――端正であるはずの顔立ちだが、鋭く目を細めているので、非常に寒々しい威圧感を感じる。

真っ白な絹のフリルシャツに深緑のジャケットを羽織った貴公子は、冷たい目でこちらを見ている。

私はこの人と面識がない。でも知っている。知らないけれど、知っている。

「私の名は、ルーカス・オル・サンディス！　この名を知らぬとは言わせない。私の愛するレナリアを傷つけた罪、その身をもって贖《あがな》ってもらおう！」

六章　魔王

貴族の——しかも上級貴族のご令嬢の馬車を呼び止め、その本人どころか御者や使用人すら許可を取らず乗り込むのってかなりマナー違反ではないのかしら。

これ一歩間違えば誘拐・強盗の類《たぐい》と一緒じゃないのでしょうか。

こじ開けられた馬車の扉は、鍵がちゃんとかかっていたがプラプラと揺れているあたり強引に開け放ったのだろう。

恐怖を伴い唖然《あぜん》と見上げる私に対して、不遜な態度で鼻を鳴らすのがこの国の第一王子だという青年。

ヒキニート令嬢である私は、たまにメイドが持っている姿絵をチラ見したくらいでしか王子たちの姿を知らない。前世のゲームの記憶では二次元デフォルメな姿だ。

確かに金髪緑目は、私の持つ数少ない知識と照合できるが——こんなに乱暴極まりない青年が本当にこの国の王子様なのだろうか。ほとんど面識のない、しかも重鎮の溺愛する娘の馬車にいきなり土足で乗り込んで指をさして睨《にら》みつけてくるこの青年が？

王族というものは、あらゆる状況に応じた礼節を弁えていなくてはいけないのではなくて？

ゲーム知識では割と紳士で優雅な正統派王子様だったような気がするのですけれど……？　あくまでヒロイン目線なの？

困惑する私は、なんとか声を絞り出そうにも喉が恐怖に引きつってはくはくと意味のない呼吸を繰り返すばかり。

なぜか？

一つのことに思考が支配されていた。

怖い。

怖い、怖い、怖い！！！

たった一つの思考が頭を埋め尽くす。

いくら美形でも、身分が尊くても、粗暴で敵意溢《あふ》れる姿で迫ってくれば恐怖以外覚えない。

「おやめくださいませ、ルーカス殿下！　お嬢様はお体も弱く、非常に繊細な方なのです！」

「下女ごときが私に指図をするつもりか？」

「ですが、このお方は……」

「ドミトリアス伯爵とラティッチェ公爵子息に庇《かば》われて随分と粋がっていたそうではないか」

粋がっていませんわ……。なんでそんな噂《うわさ》になっていますの？

私、今日は学園でキシュタリアとミカエリスとジュリアスとジブリールや連れてきた使用人たち、お父様くらいしかお話ししていませんわ。

恐怖で身を縮めていると、胸の前で組んでいた手を無理やり掴《つか》まれて、馬車から引きずり出された。

アンナの悲鳴が上がる。

乱暴に引かれた腕が痛い。間違いなくエスコートなんてものではなくて、ますます恐怖に委縮した。

「……お父様ぁ……」

「はっ、父親に縋《すが》ろうというのか？　どこの田舎貴族かは知らないが、このまま貴族を名乗っていられると思わないことだな」

私の助けを求める小さな声に、嘲笑が返される。

私がこれ以上粗相をすれば、お父様にもご迷惑がかかる？

完全に恐慌状態に近いと自覚しながらも、震える体を制することすらままならない。

「殿下！　それ以上はおやめくださいませ！」

アンナが私に駆け寄ろうとしていたが、殿下の護衛らしき騎士にあっさりとはじき飛ばされた。

鍛え上げられた屈強な騎士が腕を一振りしただけで、華奢《きゃしゃ》で小柄なアンナは石畳の道路に打ちつけられてそのままぐったりと動かなくなった。横たわる姿に血の気が引く。

「アンナ！」

「おっと、逃げようというのか？　それとも本当に使用人などに心を砕く殊勝さを持ち合わせていると思わせたいのか？」

打ち捨てられたようなアンナ。すぐに近づきたいが、別の騎士にあっさり阻まれた。その時の衝撃で眼鏡が落ちたが、それは拾われるどころか踏みつけられて破壊される。

私の護衛に集まっていた騎士はまるで罪人のように捕縛され猿轡《さるぐつわ》まで噛《か》まされて、驚愕《きょうがく》、そして困惑したように殿下と私を見比べている。

何人かは抵抗を試みたのか、まばらに倒れている。

ヒロイン視点でゲームを進めていた時は優しい王子様であったが、今いる彼はなんなのだろう？

権力を振りかざし、一方的に攻め立ててくる。まるで、男版アルベルティーナではないか。元祖アルベルティーナのほうが陰惨で悪辣であったが。

頬に恐怖か悔しさかわからない涙がこぼれる。

無力だ。私は恐怖で震えることしかできないのか。やっぱり役立たずだ。

お父様とのお出かけで、珍しくお洒落《しゃれ》に気合を入れて選んだ白いドレスはすっかり土で汚れていた。

繊細なレースはお気に入りで、派手ではないが上品なものを選んだ。だが、やはり外面だけ繕っても私は中身を伴わない張りぼて令嬢なのだ。

打ちつけられた膝が痛い。手の平も痛い。涙で頬が冷たい。惨めで無様で仕方がない。

「しかし、殿下……いくらなんでもこれはやりすぎでは？」

「やりすぎなものか！　この女の差し金でレナリアは泣いたのだぞ⁉　レナリアのせっかくの誘いを邪険にするキシュタリアやミカエリスも許せぬが、身分も弁《わきま》えずに彼らにすり寄るこの女こそ諸悪の根源だ」

断じて私を悪と決めつけにかかっているルーカス殿下。

王太子がまだ決まっていないこの国において、彼は現在第二王子とその座を競っている。

そして、この言葉の端々に滲《にじ》むレナリアへの異様なほどの寵愛《ちょうあい》は、間違いなく彼が完全に入れ込む

ほどレナリアに惚《ほ》れているという事実を如実に表していた。

愛は盲目というが、もはや精神の均衡を崩しているレベルではなかろうか。

「適当な場所へ入れておけ。しかるべき場所で処罰を言い渡す」

ルーカス殿下は崩れ落ち俯《うつむ》く私に侮蔑交じりの視線を寄越し、背を向けてさっさと侍従らしい青年を連れていった。その侍従もほんの一瞬哀《あわ》れの視線を私に寄越す。

座り込んでいる私に、日に焼けたくすんだ緑の髪のおじ様というには若い、でも成人してだいぶ経《た》つだろう二十代だが貫禄《かんろく》のある騎士が膝をつき話しかけてきた。

「レディ、大変申し訳ないが運が悪かったと思って諦めて欲しいのです……今しばらく我慢して欲しいのです。私たちは貴女《あなた》を無体に扱いたくはありません。騎士をつけたうえ立派な四頭立ての馬車を用意するくらいだ。お父上は立派な方なのでしょう——王子はそれすらわからないほど、とあるご令嬢に入れ込んでしまっているのです。お父上はどちらか教えてもらえないでしょうか？　なるべくすぐに釈放されるようにこちらから手を回しましょう」

「お、お父様は立派な方です……上級貴族で、王都へ……今は登城しに行っていると思います」

お父様は立派なお人。私とは全然違うお人なの。でも、私はご迷惑をおかけすることしかできない。今も、お父様のご威光に縋ることしかできないのだ。

「そうですか……早馬を飛ばせば今日中には……レディ、お名前をお伺いしても？」

耳慣れない低い声だが、この声は先ほど王子を制止しようとしてくれていた声と同じ。物腰も穏やかで丁寧だ。

この人は、少なくともルーカス殿下のこの行いを良しとはしていないのだろう。だが、騎士である以上は逆らえない立場だ。

のろのろ私が顔を上げると、びっくりしたのか騎士は体ごと顔を背けて一気に後退した。まるですごいものを見た――私の泣き顔はそれほど酷《ひど》いのだろうか。ぺたり、と頬に触れるとまだ濡《ぬ》れている。

「……システィーナ様!?」

誰ですか、それは。

驚愕を顔に張りつかせたまま、彼は居住まいを正して片膝をついて首を垂れた。胸に手をやり騎士の礼を取る。

その表情がかなり緊張しているのは、気のせいだろうか。私を見る目が、哀れみではなく憧憬と羨望を帯びた――崇拝的な何かを感じる。

彼の声が思いのほか響いたのか、他の騎士たちもわらわらとやってきた。思わずびくびくと身を抱くように縮めたが、その騎士たちの様子もおかしい。

絶句、驚愕、哀切、恐怖――先ほどの顰《しか》め面が次々と塗り替わり、こちらに注がれる視線が痛い。

だが、私はシスティーナ様とやらではない。人違いだ。首を横に振る。

「も、申し遅れました。わたくしはアルベルティーナ……アルベルティーナ・フォン・ラティッチェです」

やっとのことで絞り出す。その声は情けないほど震えていたが――騎士の半分が腰を抜かし、膝から崩れ落ち、中には失神する者が続出した。

状況が悪化した。

「……もしや、あのラティッチェ公爵の……」

「……はい、不肖ながら娘にございます……常日頃、お父様がお世話になっております」

もはや周囲は呻《うめ》き声しか上がらない。

だが、私に話しかけてきた緑髪の騎士は私をなんとも言えない顔で見ている。その表情はとても複雑そうで、哀《かな》しいような嬉《うれ》しいような遣《や》る瀬ないような。

その時、再び何かを言おうとした、目の前にいた騎士の動きがぴたりと停止した。そこにあるのは驚愕と、ほんの少しの恐怖。だが、それを押し込めてぐっと嚥下《えんげ》してやり過ごす。

彼の後ろに、いつの間にかレイヴンがいた。そういえば、今までどこにいたのだろう。

「お嬢様、遅れて申し訳ありません――何があったのですか？」

「レイヴン？　今までどこに……」

「薔薇《ばら》を……お嬢様が綺麗と喜んでいらしたので、いくつか株を分けていただきました」

「まあ、可愛い苗。ありがとう」

手首にぶら下がった袋には苗が入っていた。私が薔薇園ではしゃいでいたのを見て、貰《もら》いに行っていたの？　その心遣いが嬉しくて、少し心が温かくなった。

レイヴンもまさかこんなに事態になっているとは思わなかったのだろう。あれ？　危うく置いていくところだったの？　危なかった。

レイヴンは黒い瞳から完全にハイライトを消して、緊迫する騎士たちを値踏みしているかのよう。

「始末しますか？」

「やめてください。この方々は命令に従っただけ。やむを得ず命令があった手前従っただけで、わたくしを気にかけてくださったの」

まさか、騎士にナイフを突きつけているの？　私からは見えないが、レイヴンの立ち位置からしてどこかに突きつけても十分おかしくない近さだ。

「ではお嬢様のお召し物をそのようにした者はどこに？」

「……その方は学園に戻られました。またこちらへ来ると思います。それよりアンナをお医者様に診てもらって」

「……お嬢様がそうおっしゃるなら」

やや不満そうに手を引いたレイヴン。しかし、その白い手袋をした手にはしっかりと細身のナイフが握られていた。手品のように軽く手首を揺らしたかと思うと、それはどこかへ消えてしまった。ほんの一瞬の早業で、よくよく見ていないと気づかないくらい。

だが、レイヴンは動かず近くでまごついていた騎士たちを睨みつけた。その目が一瞬、ぎらぎらと肉食獣めいた輝きを帯びた気がした。

「医者を呼べ」

もはや獰猛な獣のようなレイヴンのびりびりした殺気を浴びた騎士は、転がるように走っていった。

緑髪さんは険しい顔でレイヴンを見ているが、私がいる手前、何か言おうとして何度も口を噤《つぐ》んでいるようだった。視線がね、ちらっちらと私を窺《うかが》っているの。困った感じに。

レイヴンはいい子なのに、あまり好かれないのよね。なぜかしら？

「アルベルお嬢様。お手を。お運びいたしますがよろしいでしょうか？」

「ええ、頼みます」

膝をついて視線を合わせるレイヴン。私の手も汚れているのを見て、一瞬レイヴンが痛ましそうに表情を歪《ゆが》めた。そして許可を得た後、横抱きにして私を持ち上げた。

うーん、やっぱりあっさり持ち上がるのね。私ってちゃんと中身入っているわよね？　ご飯ちゃんと食べているもの。

「お、おい待て！　使用人ごときがその方に触れるなど……っ」

「アルベルティーナ様は人見知りが激しく、男性が苦手です。特に上背のある成人男性を恐れます。ただでさえ畏縮しているこのお方をこれ以上怯《おび》えさせたいのですか？」

騎士の一人が呼び止めようとしたがぴしゃりとレイヴンにはねのけられた。

私も無理だわ。この中で私に触れられるのはアンナとレイヴンだけだわ。

自分より圧倒的に体格の良い騎士たち相手に、レイヴンは一歩も引かない。何か言ってきてもビシバシはねのけていく。ジュリアスの教育の賜物ね。

「それとも……弟君であらせられるキシュタリア様を呼びつけますか？　幼馴染《おさななじみ》で面識のあるミカエリス様？　長年よりお仕えしていたジュリアス様にしますか？　まさか王都に向かっているお父上でありラティッチェ公爵のグレイル様を？　わざわざ自分たちの無能さと失態をより広げたいならどうぞお好きになさってください」

レイヴンがこんなにすらすらといっぱい喋《しゃべ》るの初めてみたわー。

しかし、なんでこんなに苛々《いらいら》しているのかしら？　ずっと眉間にしわが寄っていてよ？　可愛《かわい》いお顔が台なしだわ。

あら？　なんだか頭がふらふらするわ？　安心して気が抜けてきたのかしら？

なんだか頭の奥がずきずきするし、今更になって膝や手の平がもっと痛くなってきた。

目を開くのも辛《つら》くなってきて、視界が揺れて瞼《まぶた》が落ちていく。レイヴンの肩口に額が落ちると、ぐらぐらしていた頭が安定した。

「アルベル様!?」

ああ、もう無理だわ。


次に意識が浮上して見えたものは天井。羅紗《ラシャ》のような天蓋が幾重にも張り巡らされ、天蓋の外の光が間接照明のようにぼんやりと柔らかな暗さを醸し出していた。ふかふかなベッドに横たわって、あまりはっきりしない頭でゆっくりと周囲を確認する。

知らない場所だ。

でも、ちょうどいい暗さと明るさがあり落ち着く場所だ。

ゆっくりと自分を見下ろすと、デコルテを広く取りフリルをあしらったネグリジェを着ていた。普段、私は風邪をひいたり、寒くなったりしないようにと暖かい季節でもそれなりに首元まで詰まったものを着ることが多い。

誰が着替えさせてくれたのだろうか。

こうなると無駄に豊かなお胸が邪魔だな。何か手がかりはないか、ロゴや名入りの刺繍《ししゅう》はないかとネグリジェを引っ張ってみる。ローズブランド製品だった。どうりで着心地がいいはずだ。ということは、これは良家の子女や貴族令嬢などの借り物かしら？

もぞもぞしていた気配に気づいたのか、隣の部屋からごとんばたんと大きな音が響く。

扉が爆《は》ぜるようにして開いた——が、その割には静かな音だった。

「お、お嬢様お目覚めですか……!?」

「アンナ……！」

左のこめかみに大きなガーゼをつけたアンナが、目を真っ赤にして転がり込んできた。

いつもはきっちりとまとめている髪が少しほつれている。

ベッドの傍《そば》に素早く侍ると、アンナは投げ出されていた手を握りしめた。その温かい手にホッとする。

「申し訳ございません、お傍にいながら守り切れず……！」

「いいえ、貴女は十分なほど私のために尽くしてくれました。あの方が本当に殿下かは存じ上げませんが、使用人の貴女が制止するには難しかったでしょう」

「いいえ、いいえ！　もっと早く動くことができれば！　この身がどうなろうともお守りすると誓っていたのに……っ」

事実、アンナはその身を顧みず守ろうとした結果、屈強な騎士に荒く振り払われて昏倒《こんとう》してしまったのだ。頭にある手当ての跡からして、下手をすれば本当に死んでいたのかもしれない。
ア、アンナが無事でよかったよおおお！
私の数少ない心を許せる相手の一人だ。いつも影のようにそっとつき従っているメイドだが、私の入浴や着替えまで任せられるのはドーラが消えた今は彼女一人だ。

背中の傷を見られるのはできる限り少なく、というお父様の意向もある。基本、私の体を本当の意味で見たことがあるのは彼女くらいだ。

昔はジュリアスもそうだったけど、さすがに今は無理だわ。いや、たるんではいませんけど。メリハリボディですわ！

アンナは「お召し物は私が変えさせていただきました」と、私の懸念をすぐにはらしてくれた。

「貴女が無事でよかった……あら、レイヴンは？」

物静かだけど、基本必ず私の護衛として控えているはずなのだけれど。

私の問いかけに、アンナの顔が強張《こわば》った。

感動で真っ赤にしていた顔色から一気に赤みが消えて、青白いほど真っ青になってカタカタと震え始めた。

「その……」

「どうしたの？」

「こ、公爵様があのあとすぐに学園に戻ってこられて……」

やべー予感しかしねーでござる。

汚れてしまったドレスの代わりに用意されたのは、ピンクのドレスだった。しかもかなり胸元が開いているデザイン。背中はしっかり覆われているのですが、背中やウェストを締める分、胸元をしっかりと強調してしまうような形なのだ。背中や腰、胸の周辺のお肉を全力で胸に寄せ上げて集結させるぜという飽くなき執着心すら感じるデザインだ。胸の部分はリボンで調節してだいぶ変えられるけれど……。

もう少し大人しい色はなかったのかと思ったけれど、アンナが「その、お嬢様のお胸が入るサイズが……」とのこと。幸い、私はもともと背中やお腹《なか》はポニーの乗馬で鍛えていたためそこまで大きなバストアップにはならなかった。

まさにプリンセス！　といわんばかりのフリル満点Aラインドレス。胸元とドレスの裾に薔薇のコサージュがアクセントとなってる。胸元以外の露出がないのが救いです。

それとなく避けていた系のＴｈｅ乙女系デザインをまさかこんな時に着る羽目になるとは。ガチロマンティック系のドレスだが、最先端のコサージュとレースを取り入れているので、時代遅れのデザインではないけれど……。

怪我《けが》をしたアンナには申し訳なかったのですが、強請《ねだ》って強請って強請り倒してお父様のところまでの案内を頼んだ。

このまま放置したら、きっと何人かの首が物理的に飛ぶかもしれない。

他所《よそ》から見れば傷物の私を、至高の宝のように大事にしているお父様。

そんなお父様が、大嫌いな王族の小倅《こせがれ》に私を傷つけられたなんて耳に入ったら、怒らないはずがない。

今はマナーもかなぐり捨てて、ドレスの裾をつまみ上げて大股で走った。途中、何度も裾が大きく翻ったけれど、気にしてなんていられない。

「お父様!!!」

「ああ、アルベルティーナ。気分はどうだい? 酷い目に遭ったね」

人が集まっても余裕のあるダンスホールには、毛足の短い絨毯《じゅうたん》が敷かれていた。真っ白な大理石とのコントラストが美しく、真上に魔石のライトが点々と輝いている。

そのホールの真ん中に、お父様が立っていた。

重厚な扉を開け放った先は夥《おびただ》しい赤。その中心に、一人スポットライトを浴びているように、絢爛《けんらん》に一輪咲き誇るような存在感だった。

絨毯がもとより赤いけれど、なお一層真紅に染まっている部分があった。そこには決まって何かが蹲《うずくま》って、周囲は呻いてすすり泣いている。

「すまないね、アルベル。お前が起きてしまう前にすべて片づけようとしたんだけれど、思ったより笑えない妄言をほざくものだから、作業が遅れてしまったよ」

にこやかなお父様の朗らかな声が響く。豊かなバリトンはしっとりとした大人の色気と余裕を帯びている。

どこまでも気づかい、優しい微笑《ほほえ》みが私だけに注がれている。

お父様の隣には、ベルベットの張られたものがよさそうな椅子に座った金髪の青年。恐らく私に怒りを当たり散らしていただろう王子がいた。だが、様子がおかしい。なんというか、恐怖で完全に目がイッちゃったような顔をしてがくがく震えている。もとより色白なのに完全に血の気が引いた顔。

彼の隣にはテーブルがあった。銀の皿にはボールのようなものが並んでいる。

ジュリアスは傍に立ち、私の視線が向いていることに気づいて目を少し見開いたがそれも一瞬。素早く一礼して――さりげなくテーブルを視界から遮るように立つ。

「ああ、こちらに来てはいけないよ。せっかくジブリール嬢から借りたドレスが汚れてしまうからね」

お父様はそう言って、手に持っていた何かを捨てた。

一枚の紙片のようなそれはひらりと舞って絨毯の上に落ちたが、それが間もなく赤く染みて滲んでいく。

「本当はすべて始末すべきだとは思うんだが」

お父様は、絨毯の上を歩く。その絨毯が多くの水分を含んでいるためか、ぬかるんだ音が響く。絨毯の上に転がる何かの近くを歩くと、その音は一層響く。

じっとりと絨毯を濡らす正体がなんなのか、ぼんやりと理解する。

「それはあんまりだとルーカス殿下が駄々をこねるんだ。おかしいだろう？　騎士侯や下級貴族風情が、濡れ衣《ぎぬ》を着せられた公爵令嬢に怪我をさせたんだよ？　その女性の名誉はもちろん、その家自体にも大変な損害を与えるし、名誉が失墜する。身体的な怪我など令嬢であればそれが場合によっては一生ものになることは常識だろう。命令したのは殿下とはいえ、本当にしてはいけないことというのは少し考えればわかることだろうに」

ぴちゃ、ぴちゃ、と色のついた液体が躍る。お父様が歩くたびに跳ね上がる。それは僅かにお父様の足元を汚す。

嘆かわしげに頭を振るお父様に合わせて、艶のあるアッシュブラウンの髪が煌《きら》めいた。

「仕方がないからね、ルーカス王子殿下に選んでもらったんだ」

朗々とホールに響くお父様の声。

その場所には、たくさんの人がいる。だが、完全に背景のように誰一人動かず喋らない。いつの間にか、すすり泣きすら消えている。

ホールに点々と不自然に転がる人――おそらく、彼らの首はもうついていないのだろう。

「紙を引いてもらってね、順番は決めさせてあげたよ」

すっとお父様が差し出したのは数枚の紙。

白っぽい色も、大きさも先ほど捨てたものとよく似ていた。

「なのに、半分も選んでないのに途中から嫌だとごね始めた。仕方ないから、先に選んだのから処罰して並べたんだが――どうやらまだ自分のやらかしたことをご理解してなかったようでね、あのように腑抜《ふぬ》けてしまったよ」

肩をすくめるお父様。きらきらと私の大好きなお父様の色が、アッシュブラウンの髪が魔石の光源

を受けてまばゆく輝く。宝石のような蒼《あお》の目が困ったように細められているが、私を見つめる時の甘く蕩《とろ》けそうな温度はない。私を視界に入れると温度が灯《とも》り、外された瞬間消える。

私の目の前に差し出されたのは、何人かの家名らしきものが書いてあるカード。

その中に、宰相子息のグレアムやダチェス男爵令嬢の名前まで入っている。騎士たちだけでなく、加担した者すべてを廃するおつもりなのだ。

近づいてくるお父様。私は胸の前でぎゅっと手を握り、顎を引いてお父様をしっかり見つめ返した。

「どれがいい？　アルベルティーナ――すべてはお前が望むがままに」

穏やかに生死を委ねるお父様。

お父様は私を愛してくださっている。とても深く。そして、それに伴うようにそれ以外のものが命も存在も空虚で軽薄なものでしかないのだ。己の手が、存在が、血で汚れようとも構わないのだ。

「お父様、もう十分です。わたくしは無事ですわ。アンナとレイヴンが守ってくれたのです」

「身を呈して昏倒させられたアンナはともかく、レイヴンはどこかを勝手にほっつき歩いていたようだが」

「わたくしのために、思い出にと薔薇をいただいてきてくれたのです。すぐに戻ってきました」

「まだあれもいるというのかい？」

「ええ、お願いです。あの子はわたくしに必要です」

戸惑うな。淀《よど》むな。迷うな。

はっきりとお父様に言えばいい。私の願いを。お父様は、私の願いだけは踏みにじったりはしない

――どうしようのないものだけ、譲らないけれど。

お父様は、本当に私に優しいのだから。私だけには。

「……仕方ないな。ジュリアス、それはもう一度再教育に放り込んでおけ」

その声に静かに、だがはっきりと「御意に」と返す声。ジュリアスの声と同時に、何かが引きずられる――やっぱりここにレイヴンもいたのか。

「あれが這《は》い上がれるかは奴次第だが、これが最大限の譲歩だ。わかってくれるね？」

「……お父様のご温情とお気づかい痛み入りますわ。わたくしの思いを汲《く》んでくださり、感謝いたします」

お父様の譲歩。せめて近くに置くなら、私を守れる護衛のできる従僕でなくてはならない。

それはレイヴンの仕事でもある。きっと生易しいものではないのだろう『再教育』は。

だけど今すぐ処分されていないだけ望みはある。レイヴン、勝手に貴方の処遇を決めてごめんなさい。どうか生き残ってください。

ふと、お父様が困った顔をしているのに気づいた。アクアブルーの瞳が心配そうにこちらを見ている。

「……お父様？」

「その色のドレスも似合うとは思うけれど、少し悪い虫を寄せつけやすそうだから着替えてきなさい」

「これしか入るサイズがなかったそうですわ」

「だが、そのデザインは少々な。可愛いアルベルに何か起きないか、心配で気が気じゃなくなってしまうよ」

確かにお胸を強調するデザインだ。

もとより大きい私が着ると完全に悩殺ドレスだ。初心《うぶ》な青少年や巨乳好きなんて瞬殺だろう。

といっても、私は傷物令嬢なのだから本気で口説いてくる人なんていないでしょう。この惨状を見たご令息は全力でお父様から逃げたいでしょうし、その娘なんて地雷にも程がありますわ。

「お父様がいればわたくしにおかしな方など近づいてきませんわ。ね？　お父様。本当に大丈夫です。心配だとおっしゃるならお父様が私と一緒にいてくださいな」

「……仕方ないね。でもやはりまだ顔色が良くない。セバスに体の温まるハーブティーでも淹《い》れさせよう」

私には至極優しい声と、労《いた》わる視線。ついさっきまで貴族の令息令嬢の前で首ちょんぱカーニバル（だと思う）をやっていたとは思えない。

そう言ってお父様は手に持っていたカードを投げ捨てる。はらりとあっさりと散らばるそれは地面に落ちた。

先ほどまで生死与奪権としてあったものは、ようやくただの紙切れとなった。

私の肩を抱いたお父様は、パチンと軽く指を鳴らすと汚れていた靴をはじめとした足元を一瞬で綺麗にした。

「キシュタリア、ジュリアス、ミカエリス――この始末はお前たちに任せる。あとで報告するように」

あらー、まだ完全に娘溺愛モードじゃなかった。魔王モード残っていた。

これは相当お怒りですわ、お父様。

サンディス王家、頑張ってくださいまし。私は助力しませんわー。

私もあんな怖い思いはもう懲り懲り!!

お父様にあとでもっと滅茶苦茶絞られればよろしいと思いますのー！　死人が出ない程度にお願いしますわ、お父様。

頼りになりますわ、お父様。メッチャやベーカーニバルを即時開催しちまうのがちょっと困ってしまうのだけれど。でも王子自体は肉体的に無事だったからセーフ？　第一王子派っぽい人も、途中からはちょんぱされる前に止められたし。

なんというか、人の死体というものを初めて見たのかもしれませんが、意外と平気なものです。

私は意外と冷たい人間なのかもしれません。レイヴンやアンナが怪我するのも死ぬのも嫌だった。キシュタリアやジュリアスやミカエリスがいなくなってしまうのは嫌だった。

怖くていてもたってもいられなかった。

でも、あのお父様が持っていた紙片を見た時、どこかで「死んでしまっても仕方ない」と思っていました。

私は自分の周囲の、ほんの一握りの大切な人以外はどうでも良いのかもしれません。前世の推しであったメンツにときめきもしませんでした。二度と会いたいとも思わない。

先ほどのチラ見えした魔王モードのお父様には、ちょっとまだドキドキしますが。

……………本当に、無茶はしないでくださいまし、お父様。

あのあと、王族による無礼で怒りんぼカーニバル状態だったお父様は、親子のお茶会でなんとか気分を持ち直しご機嫌だ。セバスが私に土下座して「お嬢様は地上に舞い降りた天使です……っ」とむせび泣いていた。

騒々しい親子で申し訳ないわ。

私のしたことといえば、普段よりぴったりとお父様に寄り添っていただけだ。

恐怖体験にはお父様という最強の守護者が処方箋としてよく効く。誘拐事件でそれは実証されているの。お父様セラピー万歳。

お父様のお声と温かさと香りが落ち着くでござる〜。

のほほんとすり寄る娘をニコニコと眺めているお父様も相当娘馬鹿だと思います。

だがそれとは別でアルベルティーナとして、初めてお父様がいない外出は強烈に恐ろしい記憶として残った。何あのやベー王族。あんなのが第一王子なの？　恋に盲目なんてレベルじゃないわ。周りが止めてもガン無視して馬車で帰宅しようとする令嬢を引きずり出して罵倒するなんて、正気の沙汰じゃなくてよ。ろくに下調べもせずに、派手に立ち回って。

まあ、お父様にかなり怖いメッを食らったのでよしとしましょう。再起不能になってないかしら、ルーカス殿下だっけ？

ゲーム版だともっとまともな王子様だったはずなのに、なんであんなお馬鹿王子になっていたの？

帰りの馬車はお父様が一緒なので安心してうとうとしてしまった。

この馬車、ローズブランドのクッション材とスプリングを使っているわね。お尻痛くならないわ。最初に乗っていた馬車もそうだったけど、外装も内装も違った。

おうちに戻ったら、真っ青になったラティお母様とメイドたちが「怖い思いをしたわね！」ととても慰められて、ヒキニートはとても愛されていると改めて思います。

それにしてもヒロイン……じゃなくてレナリア嬢も相当おかしな方だったけど、あれが場合によっては次期王妃で、あれにまんまと乗せられてお父様に喧嘩《けんか》売るような方が次期国王候補なんて嫌だわ。

いえ、ルートによっては第二王子のレオルド様でもありうるのですが……。

生ルーカス殿下との出会いは最悪でしたが、せめて王族の証《あかし》の王印を見ておけばよかったですわ。確か右手にあるのよね。

きちんと映るのがゲームでも限られたスチルのみ。あれって王の資質を表すって話よね。ほんとにあるのかしら……あの王子に？

国王陛下は額にあるから、絵姿ですぐにばっちり確認できるのよね。逆に王子たちは衣装の都合で手袋していたりすることが多いのよ……正装の絵姿が多いから。

あのゲーム、あんな残念ヒロインと残念ヒーローでしたっけ？　もっと身分差と禁断の恋に揺れ動き、悪役令嬢がその仲を鬼畜の所業で引き裂こうと暗躍し、その危機を二人で一生懸命乗り越える感じよね？

ろくに面識のないヒキニートを無理やり悪役令嬢扱いは無理があるのでは？　せめて学園に通っていたら少しは真実味が出たかもしれませんが……。

レナリア嬢は本当に何がしたかったのでしょうか。変な方でしたわ。なぜ私を陥れようとしたのでしょうか？

レナリア嬢とはもう二度と関わりたくないでござる。ハーレム狙いっぽいうえに会話もしたことないのに殺されかけた。お外怖いでござる。

なんで？　何かそこまで嫌われることとした？

この話題に触れると皆さんお顔が怖くなるので聞けませんが……。


一方、王都のタウンハウスでお父様についていたセバスは胃痛がクライマックスだった。

私を理不尽にいたぶった第一王子を止められないどころか加担した節のある第二王子。それぞれを擁護する二つの派閥をまとめて締め上げ、教育がなっていないと王宮の教育係をすべてクビにし、選出した元老会や貴族院をすり潰す勢いで問い詰め、王に謝罪を受けても怒りの収まらなかったお父様。八つ当たりのように他部族や国境沿いの争いを潰し回り、魔物を血祭にあげ、貿易相手をドチャクソに容赦なくぎっちぎちに言質を取りながら有利な条件を毟《むし》り取ってもなお怒り心頭だった。その様子にセバスが胃薬か最終兵器愛娘《まなむすめ》のお父様チケット行使かを常に迫られていたほどだった。

それに、さらに追い打ちをかける出来事があった。

ただでさえご機嫌が最高潮に麗しくないお父様を最も怒らせたもの。

それは大量に送りつけられた縁談だった。

無言で暖炉に見合いの釣書を投げつけて次々燃やして、私が取ったご機嫌を底辺まで下げているお父様が王都で仕事をしつつ殺気をみなぎらせていた。

そんな殺気のはち切れんばかりのお父様の背に、冷や汗を禁じ得ないセバスがいた。

亡きクリスティーナの生き写し。

アルベルティーナは絶世の美少女なのだ。

背中の傷にさえ目をつぶれば、莫大な資産と広大な領地を持つ名家の中の大名家であるラティッチェ公爵家の実子にして王族の血を引く姫君だ。

たとえ変装中で瞳と髪の色を変えていても、抜群のプロポーションや整った顔立ちまでは隠せない。変装程度で隠し通せる美貌ではなかった。

あの容姿とスタイルであれば、多少の傷など——むしろ、瑕疵《かし》があれば多少身分差があったとしても狙えるなどと考えた馬鹿が一気に増えたのだ。

ジュリアスは過去に、アルベルティーナの美貌だけでも人の判断力を狂わせる魅力があると釘《くぎ》を刺していた。ここでその懸念が、ついに現実となったのだ。

時を同じくして学園ではあの美貌の義姉を紹介しろとキシュタリアは令息らにつき纏《まと》われていた。

ただでさえ連日婚約者になりたいとすり寄る令嬢らにも辟易《へきえき》していたのだが、想《おも》いを寄せる相手を紹介しろと言われることのほうがはるかに上回るストレスだった。

ずっとラティッチェの箱庭で慈しんできた最愛を、そう易々と見せる気にもならない。

あの人一倍繊細な人見知りを、欲望まみれの獣の前に差し出すなんて言語道断だった。キシュタリアは絶対に頷《うなず》かなかったし、そんなことするくらいなら義父に扱《しご》かれたほうがマシだった。むしろそのような話題を振った連中の顔を頭に叩《たた》き込んで脳内に潰すべきブラックリストを作成した。

ジュリアスも、キシュタリアがダメなら従僕を懐柔しようと上から目線の令息らに絡まれ、その令息らの従僕に纏わりつかれていた。あの魔王主催の恐怖の粛清会に巻き込まれてなお、下半身と逆玉の輿《こし》に乗りたいという欲求を優先させる連中に呆《あき》れていた——二十年近く前に流行《はや》ったメギル風邪により淘汰された貴族は多い。そして、国に返還されたものもあれば、残った貴族に管理させるため領地や爵位が委譲されているものもある。上級貴族は大なり小なりそういったものを預かっている。ラティッチェ公爵家として名を連ねて入れずとも、その愛娘を娶れば縁者となりより多くの領地を得られ、陞爵《しょうしゃく》を狙えると目をぎらつかせているのだ。

ずっと本心と本性を隠し続ける笑みを張りつかせながらも、大体はキシュタリアと似たようなことを考えていた。ジュリアスは使用人の伝手《つて》もあり、貴族の後ろ暗い趣味や噂をかなりリアルに把握している。そこにほんの少しウィットと悪意を乗せて匂わせて広げるくらいはお手の物だった。

ジュリアスが私情込みで可愛がっているお嬢様に余計な真似をしようとしたのだ。ささやかな部類だろう——というのは、あくまで本人の言葉。

ちなみに、アンナはそんな同僚を心底愛するお嬢様に近づけたくなかった。いつもより三割増しに

『お嬢様の教育に悪い男』扱いされたのは余談である。

ミカエリスは実にあっさりと「俺を倒せたら口利きを考えてもいい」といって、すべて叩き潰して返り討ちにしている。ジブリールはそれを記録に残し、二度と来るなと兄妹で連携して追い返していた。

馬鹿どもを追い払う時の兄の視線や剣。それがいつもよりも鋭く重いことに気づいているのは、今のところジブリールだけである。

冷静であり、そのせいで温厚と思われがちだが、ミカエリスは一途《いちず》であり執念深い一面もある。長年恋煩いをしているだけあり、ぽっと出の連中など腹立たしいだけだろう。

情熱的な割には、奥手なのですが――そこが悩みどころだ。

想い人であるジブリールの敬愛するお姉様ことアルベルティーナは、非常にそういったことに疎い。周囲がストレート剛速球で狙おうと、なぜかどこかへカーブしてしまう。アルベルティーナはふざけていない。真面目だ。本気でわかっていない。一生懸命考えてこれであるのだ。

ミカエリスがその無知と無辜《むこ》と経験不足の天然要塞にしばし呆然《ぼうぜん》としているのを見たことがある。

まだ道は長いようだが、アルベルティーナがミカエリスもジブリールも好意的に見ているため、かなり優位な立ち位置にいる。勝負はこれからである。

七章　それぞれの末路と未来

貴賓牢《ろう》――その名の通り、王侯貴族でも特に尊い身分である人間が収容される牢獄だ。

ルーカス・ミル・サンディスはそこで呆然《ぼうぜん》としていた。

たとえ、いくら見栄えが整えられていても牢獄であることは変わりない。

部屋の前には兵士が立っており、それは護衛でもあり監視でもあった。

普段居る部屋とは比べ物にならないくらい狭いし、豪奢《ごうしゃ》な調度品に囲まれ慣れていた彼にとっては虚《むな》しいだけ。平民からすれば十分華美といっても、貴賓牢にいるということは酷《ひど》くプライドを傷つけられた。

栄えあるサンディス王国の第一王子にして、正妃の息子。次の玉座に最も近い存在だった――すでに過去のこと。

なぜこんな場所に自分がいるのか、なぜこうなったのか彼にはわからない。わかっているが、頭がそれを理解するのを拒否しているのだ。

どこで狂ったのか、どこで狂い始めたのか――自問自答をする。脳裏によぎるのは愛らしい笑みの少女。明るく無邪気で、どこか小悪魔的な女性だった。

次代の王として、国の歯車として育てられたルーカス。王の期待と、母王妃の狂信的な切望を受けてきた。数多《あまた》の称賛と羨望、嫉妬、姦計《かんけい》に囲まれてきたルーカスにとって、下級貴族の少女は初めて自分の意思で選んだものだった。

着るものも、学ぶものも、食べるものも、婚約者も学友もすべて決められたもの。

ルーカスにとって少女——レナリアは、初めて王子ではなくルーカスを見てくれた女性だった。最初は馴《な》れ馴れしさに鼻白んだものだが、交流を重ねていくうちに惹《ひ》かれていった。どこか隙間の空いた心に、欲しい言葉をくれるレナリアは代えがたいものになっていった。婚約者はいたものの、隙がなくいかにも令嬢然としていた。王子妃を目指す姿勢に尊敬はしていたがそれ以上の愛着が持てなかった。レナリアに好意を持つようになってから、なおさらだった。

自分の知らない世界を教えてくれるレナリア。

くるくる変わる表情が愛らしく、たまに意表や核心をついてくる愛《いと》しい少女。

身分差があるのはわかっていた。離れるべきだとやんわりと突き放しても、彼女はその壁をあっさり乗り越えてくる。

小さすぎて宝石とわかりづらいネックレスを喜んだ。大した値打ちもないものだ。婚約者のビビアンに渡せば「こんな貧相なものを」と思いそうな品。

お礼にとお菓子を焼いてきてくれた。手作りで質素なものだけれど、と恥ずかしそうに言う彼女が愛しかった。ルーカスの食べるものは、いつも毒見が済んで冷え切ったものばかりだ。素朴なそれは花のような香りがして、少し寝ぼけたような甘さがあった。王宮で食べるものと比べれば当然味が落ちるが、彼女手ずから作られたと思うと喜びがこみ上げる。

おいしいと笑えば、レナリアも花咲くような笑みを浮かべて嬉《うれ》しがる。それがさらにルーカスを喜ばせた。それから、レナリアは特に何もなくてもお菓子を焼いてきた、お薦めのお茶を持ってきたりして、時々内緒のお茶会をするようになった。

彼女はあまり頭が良くないし、礼儀作法も不器用だった。でも何事も一生懸命やっている姿が印象的であった。

ルーカスの周囲にたびたび現れるレナリアをビビアンは田舎娘、礼儀作法もなっていないと扱《こ》き下ろしてきた。ルーカスは不謹慎だと思いながらもレナリアが青い瞳に涙をこらえながら耐える姿に、いじらしくて守ってやりたくなった。

いつもすました顔をして美しいカーテシーを披露するビビアンは、確かに淑女としては立派だが、一人の女性としては愛せないと思い始めたのはその頃からだった。隙がなさすぎて息が詰まる。

しかし、ルーカスの心がレナリアを求める反面、周囲の目は厳しかった。

レナリアは所詮男爵令嬢。それも庶民に毛の生えたような存在だった。いくら可憐《かれん》で心根が素晴らしい女性だろうと、彼女の身分で妃《きさき》にはなり得ないと誰もが言う。

――ルーカスは、ここで一つ失敗をしていた。

そう、レナリアの『今の』身分では妃にはなれない。だが、しかるべき場所に根回しをして養子となり、最低でも伯爵以上、望むならばさらに上の格式高い家柄の令嬢となれば可能性は飛躍的に上がるということを示唆していたのだ。

ルーカスは、否定的な額面通りの言葉しか受け取らなかった。

レナリアの魅力はルーカスのみならず、その異腹弟のレオルド、友人たちである宰相子息のグレアムや、騎士のジョシュアすら翻弄した。それはルーカスにとって悩みの種だが、レナリアはルーカスを愛していると言ってくれた。はにかんで告げられたその言葉を疑おうとは思わなかった。

レナリアを怖がらせ、貶《おとし》める者たちは次から次に現れる。それを威嚇し、時に処罰するのは骨が折れた。次から次へと出てくるのだ。中には父王ラウゼスから、有識者や次期高官、有力貴族の子息といった人物も含まれていた。だが、彼らは不愉快なことばかりを言ってくる。それを無視し、あまりに口が過ぎる者は処罰した。そうしていくうちに、だんだんと彼らはいなくなり静かになっていった。

それをお茶会でレナリアに伝える。「嬉しい」「ありがとう」とレナリアが笑みを浮かべるたびに、ルーカスは満たされた。彼女のいる人生はなんと幸福なことか。今まで王太子となるべくがむしゃらに過ごしてきた日々が、なんと空虚なことか。

恋という初めて知る感覚に酔いしれた。

ある日、レナリアが浮かない顔をしていた。

「キシュタリア様とミカエリス様がお茶会に来てくれないの」

レナリアはルーカスをはじめとする、仲のいい学友をお茶会によく呼ぶ。

その中にはグレアムやジョシュア、レオルド以外にも、教師のフィンドールや特待生のカインもいる。ルーカスと浅からぬ仲であるため女子生徒には妬まれているせいか、同性はレナリアのお茶会にあまり姿を見ない。

キシュタリアとは四大公爵家でも第一の有力貴族ラティッチェ家の子息だ。元は分家からの養子であると聞くが、非常に優秀な人物と聞く。その甘い美貌と絶大な魔力でも有名であった。アッシュブラウンの少し癖のある髪と、白い整ったかんばせ、輝く宝石のような淡い蒼の瞳が印象的だった。あの男に会うとレナリアの視線が彼に固定されがちなので、ルーカスはあまり好きではない。だが、王太子を目指す身としてラティッチェ公爵家を無下にするわけにもいかないのが実情だ。父からも、あの家だけには手出しするなときつく言われている。

ミカエリスは若き伯爵である。真紅の髪と瞳が印象的な美男子で、人望も厚い。そして、その若さでドミトリアス領を大きく発展させた手腕と、騎士としての剣豪ぶりは知れ渡っている。その発展の陰にはラティッチェ公爵家との様々な事業提携があるという。また、気難しいと有名なラティッチェ公爵とも交流があるというのも理由の一つだろう。

人柄は冷静沈着であるが、決して引っ込み思案というわけではない。多くを語らないだけで、キシュタリアや彼の妹のジブリールの前では笑みを浮かべることも少なくない。

その華麗な雰囲気が噂《うわさ》になり薔薇《ばら》の騎士や紅伯爵とも言われている。

学園でも有名な貴公子二人である。レナリアは彼らを気にしているが、彼らはレナリアに興味がないらしい。ルーカスとしては恋敵が少ない方がいいのだが、レナリアが来て欲しいのなら動いてやるのが持つ者としての行動だろう。

ルーカスから招待状を出せば、彼らはようやく来た。

丁寧な挨拶に朗らかで優美な笑み。レナリアにもそつなく挨拶をする姿から、単に予定が会わなかっただけなのではと思いそうになる。レナリアはなかなか近づけない二人の美男子にうっとりしていたのが気がかりだった。

そのお茶会ではルーカスはほったらかしにされ、レナリアはずっとキシュタリアとミカエリスの間を行ったり来たりしていた。

「ルーカス殿下……レナリア様のことをもう少し窘《たしな》めたらいかがでしょうか？　殿下というものがありながら、あれではまるで……」

「うるさい！　ろくに来なかった奴らが来たからレナリアも浮かれたのだろう」

「申し訳ございません。差し出がましい真似《まね》を失礼いたしました」

進言してきた騎士の一人に怒鳴ると、彼はすぐさま頭《こうべ》を垂れて後ろに下がった。

譜代王家に仕える騎士だが堅苦しくて、何度もレナリアのことについてうるさく言ってくるウォルリーグ・カレラス。鬱陶しいが国王夫妻からの信頼も厚い彼をさすがにクビにすることはできなかった。もし、彼がいなくなったらもっと強引で口うるさい世話役や騎士がつく可能性が十分にあった。

今回のお茶会では物珍しさから彼らに近づいただけだ。そう自分に言い聞かせ、ルーカスはなんとか怒りをやり過ごした。

ある日、レナリアの顔色が悪い時があった。

いつも朗らかなレナリアだが、苦手な人間がいる。

ミカエリスの妹のジブリール・フォン・ドミトリアスだ。

愛するレナリアが消沈するのは見過ごせない。

ジブリールがレナリアの心を翳《かげ》らすなら、処罰対象に入れるべきだろう。ついでに、あのミカエリスを払い落とせるならさらにいいことだ。

「ま、待って、ルーカス様。ジブリールはミカエリス様のために必要なの」

ジブリールはミカエリスを落とすためには必要不可欠――などとは言えないので、半端に端折ったレナリアの言葉を、ルーカスは理解することはなかった。ただ、なんとレナリアは慈悲深いのだろうと兄妹の愛を尊重する表面的な言葉しか読み取らなかった。

注意深くしていれば、白々しいレナリアの様子に気づくものがあったはずだ。

しかし、恋に盲目と化したルーカスにはかなわぬことだった。

ぎしり、ぎしりとゆっくり確実にルーカスが積み上げてきたものが軋《きし》んで崩落していくことにすら気づかない。

そんなある日、レナリアが大きな青い瞳に涙を浮かべて縋《すが》りついてきた。

驚きながらもぽろぽろ涙を流し泣くレナリアに理由を聞いた。

知らない女がキシュタリアとミカエリスを侍らせて見下してきた。酷く恐ろしい顔で睨《にら》んできたと泣きついてきたのだ。でも、その女は二人に気に入られているようで、何もできなかったと。

ルーカスは激高した。きっとレナリアはまたお茶会へ誘いに、わざわざ出向いたのだろう。使用人にやらせればいいものの、レナリアはわざわざ自分から行くのだ。そのいじらしさを愛おしく思う反面、彼らに心を傾けているようで苛立《いらだ》った。

ウォルリーグをはじめルーカス付き騎士たちはその豪華で見事な四頭立ての馬車と、それに随行する騎士たちを見て何度も止めてきた。

だが、怒りに飲まれているルーカスは全く耳を貸さなかった。

「命令を聞けないのか!? レナリアを泣かせた悪女がいるのだぞ！ ここで処罰せず、いつするというのだ！ 私に逆らうということはもうお前たちは不要だ！ 二度と騎士として名乗れぬと思え！ 一族郎党、無事では済まぬと心得よ！ それでもできぬと言うなら、今この場であの馬車ごと女を焼き殺してやる！」

ルーカスは火属性の魔法が得意だ。王家の十八番の結界魔法は障壁程度のものだが、瞬間火力は魔法特待生のカインに匹敵する。

さざめくように嘆くレナリアを見て、義憤にかられたのはルーカスだけでない。グレアムやレオルド、カインも一緒に来ていた。ジョシュアは最近、レナリアのお茶会にあまり呼ばれないので今はいない。前はよくいたのだが、最近のレナリアの興味はキシュタリアとミカエリスに集中している。忌まわしいことだ。

カインは一瞬自分が馬車に火をつけることになるのかと、顔を強張《こわば》らせたが黙らせた。

グレアムは懸念があるようで口を出してきた。

「確認はしたほうがよろしいのでは？ ここは貴族の令嬢令息のいる学園。その縁者の貴族や、力ある豪商の伝手《つて》が来ていてもおかしくないでしょうし、燃えたあと後に死体を検分するにもわかりにくいでしょう」

「……仕方がない。まあ、他にも止める方法はあるだろう」

さすがに焼死体を確認するのは嫌なようだが、やはりとどまる気のないルーカス。顔色を青くした騎士はようやく動き出した。最初からそうすればいいものを。

出口門へと向かっていた馬車を止めると、かなり護衛騎士たちに怪訝《けげん》そうな顔をされた。だが、甲冑《かっちゅう》を見て王家直属の騎士たちだとわかったのだろう。表立って反抗はしてこなかった。中にいる女を出せと命ずると明らかに態度が強張り、拒否の姿勢を見せた。

馬車の護衛騎士たちと、ルーカスの騎士たちが何やら話し込んでいる。そして、足取りも重く護衛騎士の一人がようやく馬車へと取り次ぐことにしたようだ。

ややあって出てきたのは、詰襟のメイド服を着た若い女だった。茶髪に茶色の眼《め》のよくいる地味な色合いである。騎士たちの話を聞くと、すっと表情を厳しくさせ言い返す。それにどんどん周囲の騎士たちの顔色が悪くなる。

「遅いぞ、お前たち。もういい、私がやる!」

そう言って馬車の足場に上ろうとすると、メイドの女が真っ青な顔ですっ飛んできた。しつこく止めてくるのが鬱陶しく、肩を押せば女は転げ落ちたが下にいた騎士が受け止めて無事だった。騎士たちの驚愕《きょうがく》と失望を纏《まと》った視線がルーカスに突き刺さるが、それを気づかぬふりをした。メイドはなおもめげずにルーカスのほうへと来ようとする——そんなにも中にいる女が大事なのか。

入り口を力ずくでこじ開けると、馬車の中には白いドレスの女がいた。

奥にいるので、影になってわかりにくいが若い女である。

繊細で上品な刺繍《ししゅう》とレース使いのドレスは、派手さはないが一目でオートクチュールでもかなり上等な品とわかる。身に付けたブローチやイヤリングの宝石も大人しいが一級品だとわかる。露出はほとんどといっていいほどないが、そのまろみのある女性的な体つきははっきりとわかった。

艶のある明るい茶系の髪に眼鏡をかけていた。青ざめているが白く小さな顔だ。眼鏡が光を反射してよく見えないが、目元以外のその顔に何か見覚えを感じた気がした。だがそれよりも怒りが勝る。奥で震えていた女の腕を強引に掴《つか》んで引きずり出した。驚くほど細い手首で、ろくな抵抗もなく女は引きずり出された。

泣きそうな声で小さく「お父様ぁ……」と不安げな声に、周りの騎士が一瞬狼狽《ろうばい》したのを睨みつけて黙らせる。無力なくせにレナリアを傷つけたという女の浅はかさに失笑が漏れた。

「しかし殿下……これはやりすぎでは？」

「やりすぎなものか！　この女の差し金でレナリアは泣いたのだぞ⁉　レナリアのせっかくの誘いを邪険にするキシュタリアやミカエリスも許せぬが、身分も弁《わきま》えずに彼らにすり寄るこの女こそ諸悪の根源だ！」

騎士たちからの懸念をはねつけるように激しい一喝をさらに入れる。そして身の程知らずの女を学園の一室に捕らえておくように命じた。

あとその場に数分、否、数十秒いれば最悪な事態は免れたというのに。

ダンスホールに人を集め、咎人《とがにん》たる女を公衆の面前で断罪することに決まった。

あの女は二度と社交界に出られないだろう。ルーカスに不敬を行った女は、レナリアに慈悲を請うしかない。だが、その姿は次代の社交界を担う令嬢令息の面前で晒《さら》されるのだ。この学園は未来の社交界の縮図なのだから。

くつりと喉奥から笑いが漏れる。

あの無力そうな女のことだ、あっさり心は折れるだろう。それを大事にしているらしいキシュタリアやミカエリスはどんな顔をするだろうか。

だが、何やら騒がしい足音が近づいてきた。それはまっすぐルーカスの部屋にやってきて、真っ青な顔をしたウォルリーグたちが顔を見せた。普段礼節にうるさい彼らが、挨拶もなく肉薄してくる。

「な、なんだ？」

「ルーカス殿下、火急の事態です。これはもはや取り返しようもない失態といえるかもしれません——早急に、あのご令嬢に謝罪を。できれば今すぐ、と言いたいところですが今は気を失っております。ですから、まずはキシュタリア様に謝罪を。そして、あのお方の意識が戻り次第、面会を取り次いでいただいて機会を得なければなりません。事態は一刻を争います。もはや我々では庇《かば》い立てすることすらかないません。ラウゼス陛下のご意向を仰ぎましょう」

「……何を言っている？　あの愚か者に私が謝罪？　馬鹿も休み休み言え」

「あのお方はラティッチェ家のご令嬢です！　あのグレイル・フォン・ラティッチェ公爵のご息女です！　貴方も王族の一人であれば、公爵の愛娘《まなむすめ》への溺愛ぶりは聞いたことがあるでしょう？」

ひゅ、とルーカスの息がおかしな音を立てた。血液が逆流したように、どくどくと痛みが伴うほど心臓が暴れている。

グレイル・フォン・ラティッチェ。魔王公爵と怪物公爵、国内外から恐れられる、サンディス王国の重鎮。彼が戦に出向けば空から氷の槍《やり》や雷《いかずち》が土砂降りのように降り注ぎ、敵対勢力の軍勢が一瞬で消え失せるという。政界でもその辣腕は轟《とどろ》いており、様々な場所で多大な影響力を及ぼす存在だ。王家すら無視できないといっていい。そして、今代の王はラティッチェ公爵に気に入られているから玉座にいられるとすら言われていた。

人でなしそのものだが、その彼にも唯一無二に愛する存在がいる。

それは最愛の妻との娘。十年以上も前に亡くなったクリスティーナは早世だった。そのたった一人の忘れ形見が、アルベルティーナだ。

レナリアからも聞いたことがある。会ったことはないが酷く傲慢で残忍な女だと——悪辣で陰惨で悪魔の化身のような女だと。

あれが？

外の騒乱の気配で馬車の隅で怯《おび》え、メイドを心配し、一方的な糾弾に始終萎縮《いしゅく》していた女とレナリアの言葉が重ならなかった。

いかにも弱く儚《はかな》げで——まるで深窓の令嬢のように哀《あわ》れなほどに、俯《うつむ》いて震えていた。先にレナリアの涙がなければ、怒り狂ったルーカスも怯《ひる》んだかもしれないほど頼りなかった。

「あれが……噂のアルベルティーナというのか!?　顔に怪我《けが》や火傷《やけど》の痕もなかった！　件《くだん》の公爵令嬢は領地どころか屋敷からすら出ないと有名だぞ!?　なぜ学園などにいる!?」

「……殿下、恐れながら申します。こちらに通うキシュタリア様は弟君です。そして、幼馴染《おさななじみ》としてドミトリアス伯爵家のご兄妹と交流があるそうです……」

「だがしかし！　あり得ぬ！　そのような令嬢が一人で⁉」

「一人ではありません！　行きは公爵自ら護衛の随行役を買って出ていたそうです！　公爵様は急な仕事で登城しに向かったと聞きますが、帰る時もあの馬車も手練れの騎士たちが護衛として伴っていました！　あれは王子殿下らのお忍びといって差し支えないほど厳重です！　あの騎士たちは一般ではなく上級騎士ですよ⁉　それを十人もつけていたのです！　剣術だけでなく、魔法も使える騎士たちです！」

普段はしっかり撫《な》でつけられているくすんだ緑の髪がほつれている。それすら構わず、ルーカスに言い放つウォルリーグ。彼も相当狼狽しているのだが、この国を揺るがしかねない主君の不祥事に、なんとか事態を少しでも良くしようと必死に動いている。

馬車の護衛についていた彼らもルーカスという王族を知っていたから、表立っては抵抗しなかった。下手をすればサンディス王家とラティッチェ公爵家の全面衝突だ。

そして、ラティッチェの姫君はお忍びで、公爵も目立たせることを避けていた。その意図を汲《く》んで、表立って名を振りかざせなかったのだ。

騎士たちは自分たちが咎を負うし罰されても構わない。その代わり、中にいる令嬢にはくれぐれも丁重な扱いをと懇願してきたのだ。そう交渉してきたからこそ、ルーカスの機嫌を損ねないように、だが穏便にと行おうとしたが——まさかルーカスが馬車へ乗り込んでいき、ついてきたその学友が問答無用で馬車の護衛騎士たちを拘束して昏倒《こんとう》させにかかるとは思わなかったのだ。

すべてルーカスたちの先走りが原因だ。

だから、あの時騎士たちは妙に話し込んで遅かったのだ。

カチカチと嵌《はま》るピース。断片化された情報が、最悪な答えをはじき出す。なかなかあの女の正体が割れないはずだ――彼女はラティッチェ公爵にとって至高の宝なのだから。誘拐されて以来、ずっとずっと手元で大事に慈しんできた、愛妻の形見。血を分けた唯一の愛娘。

必死で庇おうとしたメイド、上級騎士たちもその重みをわかっていた。

当主の溺愛を一身に注がれたラティッチェの姫君。生まれも育ちも一流が約束されたはずの令嬢は過去に王家の失態により命の危機に晒され、すでに軋轢《あつれき》が生まれている。現王の顔を立て、あの化け物じみた公爵は表立って反旗は振りかざさない。だが、その温度はけして温かいとはいいがたい。

ラティッチェ公爵に疎まれれば王位継承は難しいとすら言われる重鎮。

令嬢誘拐の失態を取り戻すために、立太子させたほうの王子を婚約者につけるという王家の打診すらはねつけたほどの怒り。傷物となった令嬢に対して破格の申し出のはずが、聞く耳すら持たれなかったという。

それほどの深く苛烈な愛情を注ぐ娘に対する無体。

彼《か》の令嬢が真綿にくるまれ、大事に大事に育てられ、慈しまれていたなんて馬鹿でもわかる。

「嘘《うそ》だ、嘘だ……」

「嘘ではないよ――私の娘が随分世話になったようだけれど、ルーカス殿下はこちらにいるね？」

絶望を告げるように、麗しい魔王がそこにいた。

ああすればよかった。こうすればよかった。なんて、もうすでに遅いのだ。

ルーカスは貴賓牢に入れられ謹慎――これで終わりではない。今までの、そして今回の事件の大きさゆえに沙汰が伝えられるのを待っているだけだ。これからといっていい。

同じくレナリアは捕らえられ投獄された。彼女も罪状の洗い出しが済めばすぐさま処罰されるだろう――死刑か、それに準ずるほど過酷な終身労働。どちらにせよ重罪人であることには変わりがない。


ルーカスの断罪に伴い、レナリアは投獄された。逃げる暇なく真っ黒な男たちに捕まった。

物々しいほど堅牢そうな冷たい石床と壁、饐《す》えた臭いが混じる冷たい空気、嵌《は》め殺しの窓さえない。ただ、通路のほうに頑強そうな鉄格子があり、錠がしっかりとかけられている。

どこを見ても罪人扱い。真っ当な令嬢や貴婦人を入れる場所ではない。

「触らないで！　私は王太子妃になる存在なのよ⁉　あんたたちなんて、すぐに処刑してやるんだから！」

そう言っても乱暴にこの牢屋に入れられた。

不気味な黒い男たちからこの牢番に引き渡され時、小馬鹿にすらされた。見るからに小物な無精ひげの男に見下されたのが屈辱だった。

ベッドすらなく剥《む》き出しのトイレと僅かばかりのボロボロの藁《わら》を編んだような敷物。石床の冷たさが下半身を容赦なく冷やす。

(なんで、なんで、なんで⁉　うまくいってたのに！　どうして⁉)

すぐに出してもらえると思ったのに、全然助けは来なかった。

半日、一日、三日と過ぎる。出されるのは半分腐りかけたようなクズ野菜のスープ。味も薄くて肉はひとかけらもない。青臭いえぐみと苦み。出されるパンもカチカチに硬くて黴《かび》臭かった。お風呂は当然ない。何度も訴えて、三日に一度湿ったハンカチ程度の布切れが投げ入れられるだけ。

時間が過ぎるにつれてレナリアは混乱した。

せっかく貧乏な弱小貴族の男爵令嬢から、一気に栄華を極めたのに。

顔のいい男たちにちやほやされたかった。そのために、可憐で純情なヒロインを演じた。なんのために手間をかけて、男たちを攻略したと思っているのだ。

最初は馬鹿にされたり、嘲られたり大変だったし悔しかった。それでも諦めなかった。時には囲まれて罵声を吐かれたのも我慢した。

たくさんの令嬢から僻《ひが》まれていたけれど、ルーカスたちが庇ってくれたし、あとでやり返してくれた。ルーカスたちがレナリアを庇うようになってから、だんだんレナリアを持て囃《はや》す貴族たちも増えた。気分が良かったし、努力が報われた気がした。

なぜか学園にアルベルティーナがいなくて、代わりにビビアンとかいうモブがルーカスの婚約者にいた。小言のうるさい存在だったが、巧く利用してルーカスが疎むように仕向けた。アルベルティーナがいれば行うべき虐《いじ》めイベントを、彼女に肩代わりさせた。ルーカスに罵倒されて俯くビビアンを見るのは気分が良かった。

ゲーム画面のようにパラメーターは見られないし、勉強は苦手、魔法なんてさっぱり意味がわからない。ファンタジーのくせに理論的だったり、感覚的だったりするしわけがわからない。

足りない分を埋めるように課金アイテムを買い集めた。せっかく貢がせたアクセサリーやドレスを、何度も売る羽目になったのだ。

アルベルティーナ以外にも妙な点があった。ゲームとは違ってジブリールが美少女なのも気に食わない。

まさか彼女も転生者かと疑ったが、はっきりとした言質は得られなかった。それどころか露骨に胡《う》乱《ろん》なものを見る目で見られて馬鹿にされた。本当は根暗なくせに。

かといって、ジブリールにまで手を出せばミカエリスの好感度は下がる。キシュタリアやジュリアスとも仲がよさそうだった。まだその時ではないと抑えた。

レナリアはルーカスたちを手に入れてもなお、あの美男子たちを手に入れたかった。ここまでうまくいったのだから、引き下がることなんて考えていなかった。

ようやくここまでこぎつけたのに、すべてはあの一日で壊れてしまった。

あの日、なかなか攻略できないキシュタリアとミカエリスをお茶会に誘おうとした。ルーカスに招待状を書かせて、王族からの誘いという形にすれば来ると思ったのだ。だが、けんもほろろに突っ返された。

その時、あの二人は若い女を連れていた。メイドや従僕がいたところからして、貴族の可能性が高い。そして、その女に向かってキシュタリアは聞いたことのないほど甘い声と柔らかい微笑を浮かべて語りかけていた。ミカエリスもぴったりとその女を守るように張りつき、こちらを睨んでいた。

レナリアは、あの二人からあのように扱われたことなどない。まるで宝物のように、姫君のように、愛おしむように。暴力こそはなかったが、いつも壁を感じていた。そして、最近では露骨に疎まれる節すらあった。

なかなか自分のものにならない二人の美貌の貴公子たちに大切にされる存在。

レナリアにどろりとした嫉妬が溢《あふ》れた。どす黒い感情のままにあの女に、ルーカスたちをけしかけた。今まで、レナリアを邪魔した他の人間たちのように、叩《たた》き潰されてしまえばいい。

そして二度と社交界に、人前にすら出られないようになってしまえばいい。

レナリアに泣きつかれたルーカスが怒り狂い、その女を捜すのを見て笑いをこらえるのが大変だった。どうなるだろう？　王侯貴族の集まる中、晒し者にされる女の醜態が楽しみだった。

女を見つけ出すのは少し手間取ったが捕まった。あとは吊《つる》し上げるだけ。人を集めて、見世物になる女はどんな表情だろうか？　泣き叫ぶだろうか。絶望に染まるだろうか。楽しみだった。

だが、美しい魔王がすべてを破壊していった。

圧倒的だった、その存在感も美貌もすべてが何もかもを凌《しの》いでいた。

ルーカスたちが、レナリアが手玉に取ったキャラクターたちが色褪《あ》せて見えた。レナリアの積み上げてきたものも、矜持《きょうじ》も、栄華もすべて破壊された。あっという間だった。

レナリアは理解できないし、しようとしない。認めたくなかったのだ。ルーカスたちが助けに来ない意味を、自分のしでかしたことも、失態も。

彼女がいるのは冷たい石畳であり、磨かれた大理石ではない。明かり一つない独房であり、煌々《こうこう》と輝くシャンデリアの下でもない。出されるのはぎりぎり生きられる程度の粗末な食事であり、ご馳走《ちそう》ではない。着ている垢《あか》じみた薄汚れた服は、宝石もなければ最高級のドレスではない。

ヒロインであるはずのレナリアは、牢獄にいる——それが答えだった。

エピローグ

学園の出来事から日を置かずして、キシュタリアやジュリアス、ミカエリスやジブリールから心配する便りが届いた。

ちょっと馬車から引きずり出された時、膝や手をぶつけたり擦ったりしたのは痛かったけどね。目覚めた時には治療済みだったし、痣《あざ》も残らなかったから平気ですと返事はしたけどそのあと怒涛《どとう》の事件の真相を問いただす手紙が来た。お願い、誰か代表者絞って。四人に同じ内容書くの結構辛《つら》いわ。

この世界のペンは白い大きな羽根ペンが主な筆記道具。チョークみたいなのはあるけれど、ボールペンやシャーペンみたいなのはない。

作るか、万年筆。

この世界に替え芯やシャー芯を作る技術はまだないと思われる。インクももっと伸びのいいものにしたいし、それ以上にこのカスカスしたペンが気に食わない！　あと持ちにくいし、耐久性がイマイチ。まあ素材が鳥の羽根をペン先だけ削って加工したものだもの。軽いのは良いのだけれど……。

最初はアンティークっぽいとか貴族っぽいと好きだったけど、何度も手紙を書いているうちに、このペンってインクをあまり吸わないし、めっちゃやりづらい。

幸い、アクセサリーを作る程度には精緻な金属加工技術はある。持ち手は木製もいいけれど、異世界ならではのサーベルタイガーやサーペントの骨や角、牙を加工したものもいいだろう。印鑑を象牙とか水晶や金とかいろいろな素材で作るみたいに。

そんな感じでどう⁉　とローズ商会のお抱えさんにデザイン画を作ってお願いしたら食いついてくれた。是非ともお願いします。ジュリアスやセバスに頼みたいのだけれど、お父様の王族ぷんぷんカーニバル事件で忙しそうなのよね。

私は私で、いろいろと精力的に動いておりましたわ。

お母様やジブリールと考えているランジェリーブランドの件も着々と進んで、とっても可愛《かわい》らしいものができそうですわ。そして、その試作品は存外早くできた。

可愛らしいブラとショーツ。現代ではスタンダートデザインだけど、カップに繊細なレースとフリルをあしらって、フロント部分にリボンのついたデザイン。現代ではスタンダートデザインだけど、色合いが柔らかいクリームイエローでリボンがオレンジでとても可愛い。今までの下着が味気なかったから。余計にそう見える。

といっても、私が見せられる人なんてアンナだけですが。

いただいた試作品をさっそく試着。恥ずかしいけれど似合うかどうか聞いてみたら、真剣な顔をしたアンナに「お嬢様、わかっているとは思いますが同じことを男性にはしないでくださいね⁉　男は狼《おおかみ》ですからね⁉」とかなりガチめの説得をされた。

見せるような殿方なんていませんわ……。

つーか見たい奴いるの？

どうせ背中の傷見たら萎えるんでしょ？

私は進んで傷つきたくないのです。隠れたお洒落《しゃれ》なのですから、下着というのは。

さっそくラティお母様にも報告ですわ！

ちょうど新しい軽食メニューもできたとシェフたちから報告がありましたし、さっそくお茶会です！　今のお庭のお花はどれが綺麗《きれい》だったかしら？


サンディス王国の中枢派閥に大爆撃をした原因たる可愛らしい義娘に、ラティーヌは笑みを漏らす。学園では酷《ひど》い目に遭《あ》ったものの、大分気を持ち直した。そして、また無邪気な笑顔に今度は何をしでかすのかしらと、愛おしさと楽しみを噛《か》み締める。

「見てください、お母様！　じゃじゃーん、新しいケーキ！　その名もミルクレープです！　クレープ生地を何層も重ねて、クリームと挟んだものですよ！　こちらはそば粉のクレープ！　ガレットです！　レモン砂糖でシンプルおやつもいいですが、ハムチーズの軽食も美味《おい》しいのです！」

「あら、どれも美味しそうね」

「はい！　今度のお茶会に是非と思い開発しましたの！　生クリームが苦手なお友達がいらっしゃる場合にもいいでしょう？」

「ふふ、そうね！　ではさっそくいただきましょうか？」

「はい！」

世の中の義母義娘の軋轢《あつれき》問題などどこ吹く風。不仲など一切ない美女と美少女の義理の親子はメイドたちと楽しくお茶会をしていた。

「アルベルティーナ」

「はい、ラティお母様」

「貴女《あなた》、好きな男性はいる？　いるなら、できる限り協力するわ」

「好きな方？　いませんわ！」

アルベルティーナがこてんと首を傾《かし》げる姿は大層愛らしい。

ミルクレープを口に運び、顔を子供のようにくしゃくしゃにして笑う無邪気さが、同性であるにもかかわらずキュンキュンと胸にくる。

ラティッチェ家の天使と呼ばれる少女のこの笑みが見たくて、料理人やパティシエたちは研鑽《けんさん》に躍起になっているともいえる。

この表情は、人見知りのあるアルベルティーナが心を許している相手にだけ見せるものだ。

「……では、好みの方は？　理想の方でもいいの。例えばの話よ？　深く考えないでいいの」

「好み……理想？　うーん」

うんうん悩んでいたが、もともと恋愛方面にはてんで疎いことはラティーヌも、メイドたちも重々承知だ。

義弟キシュタリアの長年の片想《おも》いにも気づかず、幼馴染《おさななじみ》のドミトリアス伯爵ことミカエリスの熱烈な恋文に首を傾げている有様だ。一部、ジュリアスも気があるのではないかと噂《うわさ》があるが、それはまだ真偽不明だ。あの従僕は隙がなさすぎる――だが、ラティーヌの女の勘が黒だと囁《ささや》いている。時折だが、ほんの一瞬だけあの紫の瞳に宿る熱、それは実の息子がアルベルティーナに燃やすものと同じ狂おしさがある。

実に難儀なものである。揃《そろ》いも揃って甲乙つけがたいものを有している。

家柄、能力、容姿、立場――それぞれ差はあるが、総合するとなかなかにいい勝負である。当のアルベルティーナは恋愛に奥手というか、どうも自分は蚊帳《かや》の外と決めつけている感が強くてなかなかに進展はないに等しい。

だが、誰もが原因を重苦しく苛烈な愛情を注ぎまくっている父親のせいだろうと確信していた。あの狂気を感じるほどの溺愛ぶりは周知の事実だ。

あの歩く恐怖の代名詞といえる魔王の血が、半分近く入っているはずのこの天使は恋愛ポンコツだが邪悪さは一切ない。

長年見ていても、なぜあのグレイルに育てられてアルベルティーナがこの年齢でここまで純粋で健やかに育っているか謎だ。公爵家最大の謎である。

この義理の娘を、ラティーヌは可愛くて仕方がない。無邪気にラティお母様と慕われて、陥落しないわけがない。ドス暗い貴族社会の汚れや疲れが何度癒《いや》されたことか。

うんうん唸《うな》りながら、アルベルティーナは考えあぐねている。そして、ぱっと表情を明るくして口を開いた。

「お父様より格好良くて、お父様より私を愛してくれて、お父様よりも強い方がいいですわ！！！」

アルベルティーナ、笑顔で好きな人はできません宣言に近いことを言った。

ラティーヌは固まる。

可愛い義理の娘は少し、いや、かなーり天然ボケというか、ずれている感じはある気がしていた。

実父からの見ているだけで苦しくなるような溺愛を受け続けているアルベルティーナ。

大変危険な男でもあるラティッチェ公爵は、スペックは文句なしの家柄・血筋・美貌・魔力・知性・剣技の持ち主だ。神は彼に一物も二物も与えたが、人間性だけは与えなかったといえる傑物にして怪物だ。

無邪気に笑うアルベルティーナに、ラティーヌの心は複雑だ。

「そ、そう……いつか出会えるといいわね」

「えへへ、お父様には内緒ですけど、もしできたのならクリスお母様とお父様みたいな恋愛結婚がいいです。身分や出自は問いませんわ。わたくし、お世辞にもラティお母様のようになれませんもの。その、お相手の方がもし貴族だったらですが、社交も頑張ってみたいとは思いますが……」

その出会いが来る可能性は限りなくゼロに等しい。

だが、アルベルティーナの言う通り、それくらいのスペックがないとあの魔王公爵からこの可愛らしく罪な美貌を持つ天使を奪うことなど不可能だろう。

うっかりすると、視界に入っただけでプチっと潰すのがグレイル・フォン・ラティッチェだ。愛する者への愛情は過剰で苛烈。それ以外は塵芥《ちりあくた》。そして、手段も選ばない。

事実、父の公爵は彼女が生き写しだといわれるクリスティーナを手に入れる際、当時の婚約者と決闘をして、奪い取るようにして娶《めと》ったと聞く。

クリスティーナ亡きあと、キシュタリアを引き取るついでに虫除けとして再婚相手に選ばれたラティーヌ。公爵夫人として社交界で、書面上の夫の耳を疑う逸話を幾度となく聞いている。

「……そもそも、わたくしだけを欲しがる方なんていませんわ」

色づいた唇が、小さくこぼした言葉。

公爵令嬢としてなら欲しがられるけど、個人として望む人なんていない。

寂しさの混じる言葉に、諦めの気配。そこに恵まれているゆえに不憫《ふびん》な娘が修道院に入りたがる理由の一つを見た気がして、ラティーヌは眉を下げた。


私は知らなかったのです。

社交界で見るに堪えない醜女《しこめ》、怪物の娘、傷物姫と揶揄《やゆ》されていた『アルベルティーナ・フォン・ラティッチェ』の本当の姿が暴露されその場があの事件とは別の意味で騒然となっていたことに。

あの騎士が言っていた『システィーナ』という女性の名が、今後私にどう降りかかってくるかを。

国王陛下すら止めることのできない怒り狂ったお父様。

あの時は私に免じて一度引き下がったものの、ルーカス殿下に加担した側近や騎士たち、防げな

かった騎士だけでなく、令息・令嬢もお父様の手にかかるだろうというあの時、言葉だけで制止した
という事実が、令息令嬢の口から各親に伝わったことを。
お父様をコントロールできる可能性があるという事実が、どれだけ衝撃を与えることとなるかを知
らなかったのです。
悪役令嬢がいない物語が——どんな方向へ進み始めているのかを。

特別書き下ろしSTORY　お父様からの贈り物

主《あるじ》の健やかさと幸福が生き甲斐《がい》といってもいいほどに敬愛するアンナ。その尽力もありアルベルティーナはすくすく成長し十五歳になった。

日を追うごとに女性としての艶《あで》やかさが増してゆく自慢の主は、香《かぐわ》しい芳香とともに瑞々《みずみず》しい蕾《つぼみ》がふくふくと綻《ほころ》び始める大輪の花のようだった。無粋に手折ろうとする輩《やから》がいたら、その前にそいつの首を手折ってやるくらいには忠臣であり、侍女の鑑《かがみ》である。

アンナが廊下を歩いていると、家令であるセバスから声をかけられた。

「アンナ、旦那様がお呼びだ。お嬢様がお休みになられたら、部屋に来るように」

「はい、畏《かしこ》まりました」

ラティッチェ公爵家の美貌の当主グレイル。別名は魔王公爵。

わざわざ夜も更けるだろう時間に私室に呼ばれたというのに、アンナは慄《おのの》くこともなければ一切ときめく気配はない。

浮ついたメイドであれば、お手つきになってあわよくば愛人が第二夫人にと画策するところである。

だが、アンナはむしろ「ついにこの日が来た」と満を持した覚悟すら持っていた。

夜の空気が満ち寒さが下りてきた。屋敷の中からも使用人たちの気配もだいぶ減り、まだ起きているのは夜警をしている騎士たちをはじめとする一部だけだろう。

重厚な扉の向こうにいるだろう人物に、アンナは改めて姿勢を正す。

「夜分に失礼いたします。公爵様、アンナでございます。遅くなりまして申し訳ございません」

「入れ」

短い了承が返ってきたことを確認し、アンナは何度も確認したお仕着せに汚れや歪《ゆが》みがないか確認してからドアノブに手を伸ばす。

部屋に入るとふわりと良い香りが鼻孔をくすぐる。落ち着いた上品な調度品が目に入る。足音を抑えようとせずと吸い込む上等な絨毯《じゅうたん》は緻密なメダリオン柄が見事だった。少し視線を上げれば落ち着いた色合いの精緻な柄の壁紙。続いてやや小ぶりだが曇り一つない豪奢《ごうしゃ》なシャンデリアが目に入る。僅かな光で美しく部屋を照らす光珊瑚《さんご》と水晶でできていると、以前聞いたことがある。

椅子にゆったりと腰を掛けたグレイルは、アンナを一瞥《いちべつ》すらしない。書類から視線を上げない。その傍《そば》には、老執事が気配なく立っている。

「アルベルティーナは寝たか？」

「はい。良くお眠りになられています」

ほどほどに疲れるように午後に乗馬や散歩にそれとなく連れ出し、お風呂とベッドでしっかりマッサージを行ったたし、寝る前にリラックスするハーブティーを飲ませた。

寝る前にスキンケアもヘアケアもばっちり行ったし、寝室にはお気に入りのアロマを焚《た》いたし、愛用の魔石のシェーブランプも灯《とも》してある。

非常に癪《しゃく》だが、何かあった際にジュリアスに対応も頼んでいる。

(それに、今日はセバス様が本を朗読してくださっている。間違いなく悪夢もなく熟睡なさっているはず)

万全である。アンナは万事を尽くしてここに来ている。

「さて……アンナ。お前をここに呼び出した理由だが」

穏やかな語り口のグレイルがアンナを見つめる。叱責ではないと理解しているが、アンナは無意識に緊張から喉をこくりと動かす。

アルベルティーナが宝石のようだと称《たた》えるアクアブルーの瞳は玲瓏《れいろう》たる輝きを放っている。

愛娘《まなむすめ》以外には柔らかに細められることはないその眼差《まなざ》しは静かである。

「わかっているだろうが……半年後にアルベルティーナの誕生日がある。現時点で、あの子が欲しがりそうな物はどの程度に出揃《そろ》っている？」

「最近のお嬢様のトレンドは『お揃い』でございます。ラティーヌ様とはお揃いのドレスやストール、ジブリール様とは髪飾りとリボン、キシュタリア様とはハンカチーフと帽子などですね。僭越《せんえつ》ながら、私もスカーフをいただきました」

「お揃いね。私とあの子が持てるようなものはあったかな」

「一通りは制覇しております。逆にお嬢様が公爵様に贈りたいと考えている可能性もあるかと……」

「それはいけないな。あの子の楽しみを奪ってしまっては可哀想《かわいそう》だ」

「お嬢様は、公爵様から頂いたものならなんでもお喜びになりますでしょう」

「そうだろうね。どこかに領地や別荘が欲しいと言ってくれれば簡単なのだが。そうすれば他所《よそ》で見繕ってもいいし、いっそのこと公爵邸の一角にアルベルティーナ用の屋敷でも建てて、目一杯のドレスや宝石でも詰め込んでドレッサー代わりにでもさせるか？」

「お嬢様は確かにドレスや宝飾品に興味はございますが、自分で身につけるより人を着飾らせることを好みますから……」

屋敷が丸々ドレッサー。とんでもないセリフだが、割と本気で考えているのがグレイルだ。アンナは内心驚愕《きょうがく》したが、静かに否定した。

アルベルティーナは社交もしないし、お洒落《しゃれ》な人だがドレスはそれほど欲しがらないし宝石蒐集《しゅうしゅう》家でもない。

ドールハウスを与える感覚で屋敷をポンと建てようとする当たり、グレイルが生粋の貴族たるゆえんと言えよう。そもそもドールハウスも貴族をはじめとする裕福な家庭にしかない高価な品だが、グレイルが建てようとしているのは間違いなく豪邸だ。

それも、溺愛するアルベルティーナ好みの可愛《かわい》らしくも豪華絢爛《けんらん》なものを誂《あつら》えるのだろう。

「あの子に聞いても私やラティーヌやキシュタリアで祝ってくれれば十分というに決まっている。事実そうなのだろうけれど、できるだけ良い思い出にしてやりたいからね。人見知りだから身内のみで行う予定だ。来客も限られているし、そもそも盛大な催しは好まない」

ふぅむ、と考え込むグレイル。

だが、グレイルとしては愛娘の一大イベントを盛大に祝いたいところなのだろう。グレイル自身の誕生日はあっさり忘れるが、娘の誕生日は完璧に計画を立てている。要はやる気の違いだろう。

「そういえば、ドミトリアス家のジブリールを気に入っていたな。あの娘でも贈ってみるか？」

「それは逆に泣いてしまわれます。どうかおやめになってください」

アンナ、ファインプレーである。間を入れずすぐさま却下した。

グレイルはやると言ったらやる。ここでアンナが否定を忘れたら、明日にでもドミトリアス伯爵家に恐怖の養子縁組の打診が飛ぶかもしれないのだ。

はっきり言って、打診という名の決定通知に近い。

ドミトリアス伯爵家はラティッチェ公爵家に大きな恩がある。

ミカエリスたちが幼少時、父のガイアスが病に伏したことがあった。叔父夫婦が乗り込んできてあわや家督を乗っ取り寸前だったのだ。継嗣でないジブリールを寄越せと言われて断れるはずがない。

ジブリールがラティッチェ公爵家に引き取られることとなれば、アルベルティーナは当然大事に可愛がるだろうが後ろめたさが残るだろう。

ドミトリアス兄妹《きょうだい》は仲が良いのだ。それを権力に物を言わせて奪い取るのは、アルベルティーナが厭《いと》うことだろう。

「公爵様、ペットなどはいかがでしょう？　アルベルティーナ様は犬も猫もお好きでございます」

「猫は引っ掻《か》く。犬は噛《か》む。却下だ」

さっくりとグレイルが否定した。

アルベルティーナは家族を愛している。だが、社交や仕事や学業など様々な理由で家を空けるたびに、寂しげにしていることをアンナは知っていた。

アンナは躾《しつ》ければいいのではないかと思ったら、セバスがそっと首を振っている。健康と美容のための乗馬用のポニーは良くても、なぜか犬猫はダメなようだ。

「鳥はどうでしょう。金糸雀《カナリア》などの囀《さえず》りの美しいものや観賞用もいいですが、鸚哥《インコ》や鸚鵡《オウム》には言葉を覚える賢いものもございます」

庇《ひさし》や庭木に巣作りをした小鳥にすら目を輝かせて、キシュタリアとずっと眺めているような少女である。嫌いなわけがない。

そこでアルベルティーナが鳥を刺激しないように距離を取りながらも「可愛い」とずっと言っていた。鳥の巣を見上げているアルベルティーナを見て、キシュタリアが「可愛いね」と言っていたがそれは余談である。

あまりに楽しみしていたため、庭師たちは鳥たち用の餌場や巣箱の導入を検討していた。

「畜生にアルベルと会話する権利を与えろと？」

凄《すさ》まじく心が狭い。

グレイルは相変わらず笑顔だが断固たる拒絶を感じる。

後ろに控えているセバスはやはり沈痛な面持ちで首を振っている。どうやら、グレイルにとって愛玩動物自体がアウト判定のようだ。

「では、ぬいぐるみや人形はいかがでしょう？　お嬢様は無類の愛らしい物好きです」

十六になる少女へは子供っぽいような気もするが、喜ぶに違いない。

それに触り心地の良いものが好きだ。固いものよりも柔らかい物が好きだから、陶器でできたビスクドールや木製の人形よりも布製のぬいぐるみがいいだろう。

ビスクドールは高級感があるが材質的にどうしても重たく冷たい印象がある。

アンナの提案にグレイルも頷《うなず》いた。

「あの子は動物が好きだというし、人を模した人形よりぬいぐるみがいいだろう。トルソーやマネキンも苦手なようだし」

明るい場所では平気だが、基本的に人形類は苦手なのだろう。

だいぶ前に読んだ怖い話の本の影響だ。それをアンナは知っていたが、敢《あ》えて黙る。

本人は平気なふりをしているが、使用人たちどころか屋敷を空けることが比較的多いグレイルにすら筒抜けである。

「しかし、半年では職人が間に合わないかもしれない。出来合いのものなどアルベルには渡せないしな……。魔法石のジュエリーはすでに一昨年に手配済みだが、ぬいぐるみの職人は数年ぶりだな……アルベルが生まれた時と同じ職人は老齢であったし、念のためアルベルが興味を持ちそうな本をいくつか取り寄せていたから間に合わぬようであればそちらにするか」

グレイルはことあるごとにアルベルティーナに服飾品や装飾品を贈る。

そして、宝石がついたものには大なり小なり必ず魔法が施されている。今日身につけていた珊瑚とダイヤでできたマーガレットのヘッドドレスや一等品の花真珠のイヤリング、上品な艶のベルベットリボンのチョーカー、宝石花のコサージュ、すべてがなんらかの付与が施されている。

その一つ一つが、使用人の年収が軽く吹き飛ぶものである。

随分と思い悩んでいるようだが、グレイルの横顔はいつになく楽しそうである。

その様子を見ると、グレイルへの贈り物を吟味しているアルベルティーナの姿と被《かぶ》る。一見すると二人は全く似ていない親子だが、こういったところはそっくりだ。実に相思相愛な父娘である。

「……不躾《ぶしつけ》な言葉であるかもしれませんが、よろしいでしょうか？」

「構わん。アルベルのためにも忌憚《きたん》のない意見が聞きたい」

「公爵様は、お嬢様からいただいた品で一番思い入れのあるものはなんでしょうか？　お嬢様はプレゼントの貴賤《きせん》や値段よりも、公爵様からいただいたことやその時の思い出をお喜びになると思います」

アンナが多少の顰蹙《ひんしゅく》を覚悟で問うと、一瞬だけグレイルの動きが止まった気がした。何かグレイルの琴線に触れるものが、彼の中に生まれた気配を感じ取った。

グレイルが求めているのは、中途半端な妥協案ではない。無難な意見など求めていない。

本来、当主であるグレイルに意見など言える立場ではないアンナではあるが、アルベルティーナへの理解に対してはグレイルに負けない自信がある。

アンナの仕事はおはようからおやすみまで、ラティッチェ公爵家の天使が恙《つつが》なく日常を過ごせるお手伝いをさせてもらうことである。

「……下がれ」

「畏まりました」

後日、丈夫な布にぎっちり入った金貨を臨時ボーナスとして与えられた。アンナの半年分の給金に相当した。アンナの給料は使用人ではあるが安くはない。上級使用人であり、アルベルティーナ専属の侍女である。下手な下級貴族よりも多いほどだ。何せ、職場は天下のラティッチェ公爵家だ。

どうやら、アンナの勇気を振り絞った一言はグレイルに刺さったようである。


アンナとの話し合いから数日経《た》った。

その日、以前より課題を与えられていたキシュタリアはグレイルの部屋を訪ねていた。なんとか仕上げて、最終審査の義父への確認をしてもらいに来たのだ。

どんな厳格な家庭教師たちより、父親であるグレイルのほうが圧倒的に怖い。何気なく「教科書そのものの模範解答すぎだ」と気まぐれに扱《しご》かれることがあるからだ。

なので、グレイルの部屋を訪れる時は必ず不自然でない程度に装備を整える。装いでない。外見ではなく、身を守るための装備である。

だが、部屋に入ったキシュタリアは顔を上げた瞬間、目を疑った。しばらく瞬きもせず凝視し、ようやく痛み出して目を瞬《しばたた》く有様だ。

「……何なさっているのですか、父様」

「見ての通りだが、ぬいぐるみを作っている。針仕事なんてしたことがないからな」

残念ながら、キシュタリアの見間違いではなかった。

様々な意味で人外魔境と呼ばれる、恐るべき義父の長い指には銀色に輝く細い縫い針が握られている。それだけなら魔道具の一種や、何かの見間違えと思えたかもしれない些細《ささい》なものだった。

だが、その手や机上にはベビーピンク、カナリアイエロー、ライムグリーンといった非常に愛らしい色ばかりが広がっている。

キシュタリアの父のイメージカラーは青系やシルバーといった上品で少し冷たい寒色系である。間違っても今手に持っている春色ではない。

「……そうですか。お忙しいようですのでまたお伺いします」

いろいろと視界に暴力だった。『なぜ公爵当主である父様がぬいぐるみ？』そう聞きたいが、それは喉につかえたままだった。

「魔宝石の置物は簡単にできたが、こっちはうまくいかないものだな」

親指サイズのペリドットの兎《うさぎ》がちょこんと机の片隅に鎮座している。今にも動き出しそうなほど、非常に精緻で細部まで入念に仕上げられた作りであった。

その一角だけがやけにきらきらとしてメルヘンであった。

セバスは何をしているのだろうかと、遠のきかける意識で老執事を探す。セバス・ティアンは黙々と完成品らしいぬいぐるみにつけるリボンを吟味していた。

キシュタリアは考えることを放棄した。

（どうせアルベル絡みだろうな……）

彼は聡明だった。公子として厳しく教育され、彼生来の勤勉さや優秀さもあり多岐にわたり能力を示している。混乱した状態でも状況分析はできていた。あの多忙で冷徹なグレイルが突飛な行動を取るのは大抵アルベルティーナ絡みだった。

数日後、改めて課題を提出しに来たキシュタリアはファンシーな水色のペンギンにしこたま平手打ちされて昏倒《こんとう》することとなる。

フィンのような翼でぺちぺちではなく、魔法強化を施した立派な凶器でババババと滝つぼを穿《うが》つ瀑布《ばくふ》のような勢いでボコ殴りであった。助けようとしたジュリアスをはじめとする使用人、騎士もすぐさまぬいぐるみという名のメルヘンアーミーに叩《たた》きのめされた。

だが、さらに騒ぎに気づいたラティーヌやアンナは無事だった。何事かと男たちに馬乗りになって殴打を繰り返すぬいぐるみたちは、彼女たちの腕の中では静かだった。なぜか女性に攻撃性が薄い。

だが、そうなるまで自壊するまで暴れていたのもいた。

「旦那様、あのぬいぐるみに何を施したのですか？」

「アルベルに近寄る不埒《ふらち》者と軽く遊んでやるようにはしたな」

「作りかけのぬいぐるみが歩き回り、キシュタリア様とジュリアスをはじめとする使用人や護衛たちが軒並み叩きのめされました。影たちにも既に数人被害が出ております」

「なんだ、あの試作品にやられたのか？」

「素材に対して、力が大きすぎます。布が破れ、糸が解《ほつ》れ、挙句に綿が四散してようやく止まりました。被害が甚大すぎます。おやめください。普通のぬいぐるみになさってください」

「柔な奴らだな。確かに自律防衛術式はつけたが、所詮は玩具《おもちゃ》だろう。ただのぬいぐるみではアルベルが守れないのだから、少し機能をつけただけだ」

「このセバス、こればかりは引けませぬ。あれをお嬢様が目にしたら、間違いなく号泣なさいます。トラウマになってしまわれます」

か弱い愛娘を守るために、防衛機能付きのぬいぐるみにしようとしたグレイル。アミュレットのようなお守りや護符の類《たぐい》ではなく積極的に敵をハンティングしていくスタイルであった。

だが、その攻撃力にぬいぐるみの耐久性が負けてしまっていた。動けなくなり、自壊するまで周囲に襲いかかる姿は完全に恐怖である。

グレイルが試しに作った五つのうち三つは四肢を千切れさせた挙句に綿をまき散らしていた。凄まじい死にざまである。ぬいぐるみに死にざまというのはおかしいかもしれないが、それだけ異様な光景だった。

大の男である騎士ですら涙を浮かべ、キシュタリアのぬいぐるみを見る目は完全に恐怖と警戒に染まり顔が引きつっていた。かなり癖のある根性が据わったジュリアスですら、あの事件以来ぬいぐるみや人形を視界に納めると一度足を止める。

はたから見れば立派なトラウマ生産機である。恐怖のぬいぐるみ以上、ぎりぎり殺人人形未満だ。しかしグレイルからすれば、一瞬で灰燼《かいじん》にできる動く玩具だ。

「そもそも、何を基準に動くようになさっているのですか？」

「アルベルに気があるかどうかだが……ふむ、子持ちの騎士たちにすら反応してしまうとは。胸の内で私の天使に理想の娘像を妄想する連中ではあったな。アルベルがとても可憐《かれん》なのは仕方ないから、職務に忠実であれば勝手に夢想するのは許してやるつもりだったのだが……」

魔王公爵の溺愛フィルターは今日も絶好調だ。

しかし、護衛対象に庇護《ひご》を含む親目線ですら刈り取るスタイルは過剰防衛だ。セバスは「最近娘が冷たい」と肩を落とす中年騎士の哀愁を思い出す。年代が近いアルベルティーナがグレイルを慕っているのを非常に羨ましがっていた。長年公爵家に仕えているだけあり、アルベルティーナも人見知りを起こさず朗らかに接してくれるのが癒《いや》しなのはセバスも知っていた。

セバスも仕えるべき公爵令嬢という表面だけのものではなくアルベルティーナに対し、孫娘への親愛のような情を抱いている。明日は我が身なのかもしれないのだ。

「しかし、あまりぬいぐるみの強度を上げると敵性対象を肉片にしてしまうな。アルベルに汚らしいものを見せるのは可哀想だ。仕方ない、呪詛《じゅそ》返しと防汚を施すだけにしておくか」

グレイルとしては不埒者が臓腑《ぞうふ》をまき散らそうがミンチになろうが構わないのだろう。

だが、それを目にしたアルベルティーナが恐怖を感じ、心に傷を負うのは許されないことだ。

「是非そうなさってください」

「だが、玩具ごときに負けた腑抜けたちはまとめて扱いた方がいいな」

公爵子息と騎士たちに、魔王監修による地獄の訓練があっさりと決まった瞬間だった。

数日後、忸怩《じくじ》たる面持ちでアルベルティーナを思い作り上げたぬいぐるみは、さらにグレードアップした狂戦士系ぬいぐるみだった。

作っているうちにどうしても過剰なほどの防衛機能をつけてしまう。可愛いだけのものを作ればいいのに、どうしても愛娘を思えば兵器のような代物になっているのだ。

後日またもや従僕へ襲いかかったぬいぐるみたち。武器は彼が運んでいたティーセットの銀食器。お嬢様愛用の品が凶器になる直前だった。従僕が護衛として武術や戦闘の心得を嗜《たしな》んでいなければ間違いなく目が抉《えぐ》り取られ、胸部から腹部にかけて滅多刺しだった。

当の従僕はぎりぎり軽症だった。お仕着せはズタボロだが、眼鏡の破損と打撲と裂傷だけで済んだ。

だが運んでいたアルベルティーナのお気に入りのティーカップをはじめとする陶器製の茶器や、ジャムや蜂蜜の瓶は割れるというかなりの惨事が起きた。

「グレイル様は材料集めだけに専念なさってください。お嬢様への思いがあればあるほど刺激が強いプレゼントになってしまいます」

「仕方がない。アルベルの物を壊してしまうのはな……」

グレイルもティーセットを壊してしまったのはさすがに反省したようで、ぬいぐるみの製作を職人に依頼することにした。

産まれた時から生粋の貴族であるため裁縫などろくにしたこともないグレイルだったが、天才肌で器用なためあっと言う間に技能を上げていった。何もしなければアルベルティーナの喜びそうな愛らしいぬいぐるみたち。だが、中身は過保護が暴走の極み。己が滅びるまで暴れ尽くす狂戦士なのだ。

グレイルが手作りしたかった理由をセバスは知っている。

以前アルベルティーナから贈られた手製の刺繍《ししゅう》の入ったハンカチーフ。グレイルはそれが嬉《うれ》しかったのだ。暗闇を恐れる娘に寂しい夜も傍に置けるものとしてぬいぐるみを作ろうとしたのだろう。

素材集めを容認したのは、これくらいは手をかけさせていいだろうという判断だ。

魔法使いではない職人が扱うのだから、おかしなものは用意しないだろうと踏んだのだ。

ラティッチェ公爵家の天使が知らぬところで起きた騒動はようやく終結した。

「アルベルティーナ、誕生日おめでとう。私に天使が舞い降りてきた奇跡に感謝を込めて贈るよ」

愛らしいテディベア、オーダーメイドのジュエリー、そしてグレイルの作った家族を模した美しい魔宝石の置物と、欲しがっていた本――だが国一番の職人に作らせた完全オーダーメイドのぬいぐるみ、超一級品の宝石であつらえたジュエリーと、最高ランクの魔宝石でできた動物たちはランプにもなり実用性もあった。そして、贈られた本は百年以上前のもので絶版の絵本の初版という注釈がつく。

贈られたアルベルティーナは宝石すら霞《かす》む輝くような笑みを浮かべて喜び、グレイルもその表情を見て蕩《とろ》けるように相好を崩している。

散々振り回された周囲は別の意味でも涙が滲《にじ》む。

セバスは一人冷や汗をかいていた。自分の認識の甘さとグレイルの愛娘への溺愛を侮っていたことへの後悔だ。

ふわっふわのテディベアの毛並みは白金綿と呼ばれる稀少《きしょう》な魔法植物の産毛。それは重さの二十倍枚数の白金貨の価値がある。円《つぶ》らな丸い瞳は極寒の地にのみ生息するオーロラドラゴンの逆鱗《げきりん》を丸く磨いたものだ。一つで国家予算の二～三割は飛ぶ。同じ色と形の双眸揃っているあたりで恐怖しかない。足裏の部分の鞣《なめ》し革はベヒーモスという魔物の最強種。その中でも特に柔らかく貴重な幼体の腹部を使用している。トドメに首につけてある真珠シルクのリボン。特殊な製法で作られた門外不出の織物だ。はるか遠方にある西国の王族しか使用できない伝統工芸品だと聞く。一緒につけられたドロップカットの宝石は『妖精姫の涙』と呼ばれ幸運を呼ぶと言われる物だ。月光に翳《かざ》すと妖精を呼ぶことができるという噂《うわさ》もあり、各国の魔法使いや考古学者たちが血眼で欲しがると言われている。

「どれもとても素敵。嬉しいです。お父様、本当にありがとうございます」

何も知らないお嬢様は、可愛らしい贈り物に素直に喜んでいる。

特にテディベアを気に入ったのか、ずっと抱きしめてふわふわの毛並みに頬ずりして破顔している。

「お父様、この子と一緒に寝てもいいですか？　わたくしとても気に入りましたの」

「もちろんだよ、アルベルティーナ。そんなに喜んでくれるなら私もぬいぐるみも本望だよ」

わかりやすく上機嫌なグレイル。一番苦心したプレゼントだ。愛娘の一番いい反応に満足なのだろう。

こうして少女の寝室に国家予算相当のぬいぐるみが仲間入りすることとなった。

それはいくつかあるぬいぐるみの中でも特にお気に入りになり、長年にわたり大事に愛用されることとなる。

それは後に人の目に留まり鑑定され、時を経たことによるヴィンテージ価値も加わることとなる。著名な職人が予算も稀少な素材を惜しみなく使われた一点物の一級品。贈られた当時より跳ね上がった価値がつき、それこそ天文学的な数字になることをまだ誰も知らない。

あとがき

この度は「転生したら悪役令嬢だったので引きニートになります」を手に取っていただきありがとうございます！

第六回アイリス大賞金賞を頂いて、書籍化となりました。実はそれまで読むことはあっても実際に応募はしたことがなかったのでかなりビビり散らしていました。

このお話、悪役令嬢や転生のお話は、自分が好きなジャンルだったので書いてみたいと思ったのが始まりでした。

しかも八美☆わん先生には素敵なイラストを描いて頂きまして、本職のビューティフェスティバルなキャラ達に興奮し、コミカライズのお話を頂きコスモを感じた猫ちゃんになり、一生分の運を使い果たしたのではないかと思います。

担当さんや家族をはじめ、支えて下さった方々には深い感謝を！　そして読んで応援してくださった方に感謝を！

また次もお会い出来たら嬉しいです！

藤森フクロウ

転生《てんせい》したら悪役令嬢《あくやくれいじょう》だったので引《ひ》きニートになります

～チートなお父様《とうさま》の溺愛《できあい》が凄《すご》すぎる～

2021年５月５日　初版発行
2024年11月12日　第３刷発行

初出……「転生したら悪役令嬢だったので引きニートになります
（旧：悪役令嬢は引き籠りたい）」
小説投稿サイト「小説家になろう」で掲載

著者　藤森フクロウ

イラスト　八美☆わん

発行者　野内雅宏

発行所　株式会社一迅社
〒160-0022 東京都新宿区新宿3-1-13 京王新宿追分ビル5F
電話　03-5312-7432（編集）
電話　03-5312-6150（販売）
発売元：株式会社講談社（講談社・一迅社）

印刷所・製本　大日本印刷株式会社
ＤＴＰ　株式会社三協美術

装幀　百足屋ユウコ＋豊田知嘉（ムシカゴグラフィクス）

ISBN978-4-7580-9359-0

おたよりの宛て先
〒160-0022 東京都新宿区新宿3-1-13 京王新宿追分ビル5F
株式会社一迅社　ノベル編集部
藤森《ふじもり》フクロウ 先生・八美☆《はちびす》わん 先生